KB069912

띵동! 당신의 눈물이 입금되었습니다

띵동!
당신의 눈물이
입금되었습니다

최소망 장편소설

놀

프롤로그

대학 졸업식을 한 달 앞둔 11월의 첫째 주. 엠마 화이트는 98 조인튼 스트리트를 따라 길을 걷는 중이었다. 황금색 생머리에 커다란 리본이 달린 헤어밴드를 하고 자카란다 꽃이 가득 박힌 원피스를 입은 그녀의 눈은 퉁퉁 부어 있었다.

"엠마! 엠마 화이트!"

셰를 미카엘라는 자신의 몸보다 커다란 일렉트로닉 기타를 메고 숨을 헐떡이며 뛰어왔다. 햇빛을 받은 그녀의 새빨간 머리카락이 오늘따라 활활 불타오르는 불꽃처럼 보였다.

"너, 눈이 또 왜 이래?"

셰를은 숨 고르는 것도 잊은 채 물었다.

"이… 이거?"

"이번엔 또 뭐야, 책? 영화?"

"다큐멘터리…. 이번엔 진짜 안 울 수가 없었어. 어떤 축구 선수가 부모 없는 아이를 12년 동안 후원했는데…"

"됐고. 몇 번을 말해. 남의 일에 감정이입 좀 적당히 하라니까? 실제로 일어난 일도 아닌 소설이나 드라마 보고도 시도 때도 없이 뿌앵―. 눈물이 돈이 되는 것도 아니니까 쓸데없이 그만 좀 울어!"

땅. 땅. 땅. 땅.

엠마의 손에 들려 있는 태블릿이 쉴 새 없이 푸시 알림을 보내왔다.

10시 10분: 캐럴라인 연애 상담

1시 25분: 나띠 데쉬무크 과제 도와주기

3시 17분: 애슐리 아르바이트 대타

8시 20분: 마이크에게 100오슬러 빌려주기

"너 설마 요즘도 애들 아르바이트 대신 해줘?"

"아… 아니?"

셰를이 눈을 내리깔며 엠마를 보자 엠마가 움찔하며 말을 바꿨다.

"가끔이야. 아주 가끔."

엠마가 욱신거리는 자신의 팔목을 어루만졌다.

"캐럴라인이 교통사고 났다고 거짓말하고 데이트하러 간 거 기억나지? 네가 걔 몫까지 일하다가 팔목이 그렇게 된 것도 기억하고?"

"이제 괜찮아. 다 나았어."

엠마는 재빨리 몸 뒤로 팔을 숨겼다.

"너 빌려준 돈은 다 돌려받았어?"

"그… 그게 줄리는 당장 생활비도 없대고 파비앙은 다쳐서 일을 못 한대."

"생활비도 없고 다쳐서 일도 못 하는 애들이 어젯밤 길리언스 클럽 앞에 서 있더라?"

"뭐? 그럴 리가 없는데…"

엠마의 표정이 심각해졌다.

셰를은 가슴을 쿵쿵 치며 한숨을 쉬었다.

"아오, 답답해. 하소연 들어주고, 돈 빌려주고, 일도 대신 해주고. 네가 천사야? 자선사업가야? 도대체 남의 일에 왜 그렇게까지 해? 너만 손해 보고 너만 상처받잖아!"

엠마는 대답 대신 어색한 웃음을 지으며 하늘을 바라봤다. 그녀는 열 맞춰 수놓인 새털구름을 응시하며 나지막이 중얼거렸다.

"나 잘하고 있는 걸까?"

"뭐라고?"

세를은 엠마의 시선을 좇아 하늘을 올려다봤다.

"아니야. 수업 늦겠다. 가자."

그때였다. 띠리리리링. 징— 징—. 기타 소리 같은 세를의 알림음과 함께 엠마의 핸드폰이 조용하게 진동했다.

▲긴급안내문자

1월 1일부터 전 세계의 모든 화폐 제도를 폐지하고, 눈물을 새로운 화폐로 도입합니다. 눈물화폐 시스템의 이해를 위하여 순차적으로 의무 교육을 시행하오니, 12월 1일 9시 10분 눈물관리청(41 마크로산 스트리트) 1번 수증기터널로 방문해 주시기 바랍니다.

메시지를 확인한 엠마는 헛것이라도 본 것처럼 화면에서 눈을 떼지 못했다.

"이게 무슨 소리야? 세를, 너도 메시지 받았어? 눈물이 돈이 된대!"

세를은 잠깐 당황한 듯 보였지만 이내 별것 아니라는 표정을 지었다.

"그걸 믿어? 스팸 메시지야. 신종 보이스 피싱이거나. 그럴 일은 없겠지만 만약 그렇게 되면 너는 재벌 되겠다. 울보 중에 울보니까. 이러다가 수업 늦겠어. 나 먼저 간다."

셰를의 뒷모습이 골목 뒤편으로 사라지자 엠마는 포털사이트에 접속해 쏟아져 나오는 기사들을 읽어 내렸다.

모든 주화와 지폐는 소각 처리, 전 세계 은행 비상

신간 『눈물, 그것은 어떻게 돈이 되는가?』 화제

눈물화폐 반대 집회자들 거리로 쏟아져 나와

엠마는 허공에 멍한 시선을 보내며 나지막이 중얼거렸다.

"스팸이나 보이스 피싱이 아니야. 진짜야. 눈물이… 돈이 되는 세상이 온 거야."

눈물, 그것은 어떻게 돈이 되는가?

    엠마는 길거리 한복판에서 으악— 하고 소리를 질렀다. 높이가 100층은 족히 넘을 것 같은 건물과 맞닥뜨렸기 때문이었다. 엠마는 단번에 그곳이 눈물관리청이란 걸 알 수 있었다. 초대형 물방울 모양을 한 건물 표면에는 빛이 반사돼 휘어진 모양의 느낌표가 생겨나 있었고, 건물 꼭대기에 달린 피뢰침에는 화폐 단위인 '오슬러(Ausllor)'를 상징하는 알파벳 A가 회전하는 원형 표식 안에서 반짝였다. 엠마는 눈물관리청 건물을 향해 천천히 걸어갔다. 멀리서 볼 땐 불투명했던 건물 외부가 가까이 다가갈수록 실내가 훤히 보일 만큼 투명해졌다. 청사 안에서는 수많은 사람이 두리번거리며 저마다 바쁜

걸음을 옮기고 있었다. 엠마는 상상에서나 볼 법한 건물이 눈 앞에 펼쳐진 것에 흥분을 감추지 못하고 '우와!' '놀라워!' '근사해!'라며 연신 감탄을 쏟아냈다. 알 수 없는 기대감이 혈액을 타고 그녀의 온몸을 휘감았다. 엠마가 결의에 찬 사람처럼 두 주먹을 불끈 쥐자 무언가가 손바닥을 찔렀다.

"아야."

주먹을 펼치자 빳빳한 종이로 만들어진 은청색 티켓이 반짝였다. 그녀는 문득 지난주의 일을 떠올렸다.

🜄

물미역 같은 레이스가 달린 셔츠를 입은 캐런 교수가 노란색 홍차 상자를 꺼내며 말했다.

"잉글리시 브렉퍼스트, 얼그레이, 캐모마일. 어떤 걸로 할래?"

"얼그레이가 좋겠어요. 아직 남은 수업이 두 개나 있는데 캐모마일은 너무 졸리거든요."

엠마는 천천히 캐런 교수의 사무실을 둘러보며 대답했다. 평소 담백하고 소탈한 그녀의 성격처럼 사무실 내부는 평범했다. 학교에서 제공해 준 책상, 책장, 의자 외에는 그 어디에도 취향이 묻어 있는 물건을 찾기 힘들었다. 엠마의 시선이 잠시 머무른 곳은 책상 위에 뽀얀 먼지가 쌓인 채 놓여 있는 가족사진이었다. 짧은 콧수염이 매력적인 중년의 남자와 여러 색깔이 섞인 오묘한 눈동자의 소녀가 캐런과 함께 활짝 웃고 있었다. 사진 속 캐런의 모습은 지금보다 훨씬 젊었기 때문에 엠마는 꽤 오래전에 찍은 것이라고 짐작했다.

"뜨거우니까 조심해."

캐런이 김이 모락모락 나는 얼그레이 홍차를 엠마에게 건네며 말했다. 엠마는 재빨리 사진에서 시선을 거두고 캐런을 바라봤다.

"교수님···."

"응?"

캐런이 캐모마일차 한 모금을 홀짝이며 대답했다.

"눈물이 돈이 된다니··· 어떻게 된 걸까요?"

"전 세계는 100년이 넘는 시간 동안 사회적 약자를 위해 다양한 법과 제도를 시행해 왔어. 그 노력 덕분에 많은 것이 개선되었지만, 제일 큰 문제는 여전히 해결되지 않고 있지."

"그게 뭔데요?"

"노동 착취, 부동산 사기, 금융 사기, 폭행, 살인 같은 범죄를 저지르는 인간들이 쉽게 돈을 벌고, 착하고 정직하게 사는 사람들은 피해를 입고 가난과 빚으로 고통받는 문제 말이야."

"맞아요. 하지만 도저히 어쩌지 못해서 모두들 묵인하며 살아왔잖아요.”

“문제는 또 있어. 물질 만능주의. 즉 돈을 위해서라면 도덕, 상식, 윤리, 그리고 공감이나 죄책감 같은 감정처럼 인간만이 가지고 있는 특권을 과감하게 버리기로 한 사람들이, 그렇지 않은 사람의 수를 이미 뛰어넘었단다. 슬프게도 그들은 로봇이 되기로 자처했어. 우리는 이것을 ‘물질 만능주의에 의한 선택적 기계화’라고 부른단다.”

“정말 슬프네요. 돈 때문에 자기 자신을 로봇이 되도록 내버려 두는 사람들이라니요….”

“그래서 결국 더 이상 손 놓고 가만히 있을 수 없었던 세계 각국 정상들은 15년 전 스위스 제네바에서 회담을 열었어. 그리고 이 문제를 해결하기 위한 최후의 수단을 도입하는 것에 모두 동의했지.”

“그게 바로 눈물이군요?”

엠마가 캐런 쪽으로 더욱 몸을 기울이며 말했다.

“맞아. 끊임없이 오르는 물가와 집값, 그에 비해 20년 가까이 제자리인 월급, 폭등하는 금리로 순식간에 불어난 빚과 이자에 시달리는 사람들, 취업·연애·결혼·육아, 더 나아가 삶 자체를 포기하는 젊은 세대, 병원비가 없어서 제대로 치료받지 못하고 고통스러워하는 환자와 가족들까지…. 그들의 눈물을 한곳에 모은 양이 세계에서 가장 길다는 아마존강을 다 채우고도 넘친다는 참담한 통계에 학자들과 각국 정상들도 모두 할 말을 잃었단다. 그래서 결국 이런 결정을 내린 듯하구나…."

엠마는 입을 벌리고 눈만 껌벅거렸다. 그녀 또한 할 말을 잃은 것처럼 보였다. 사무실은 잠시 정적에 휩싸였다.

잠시 뒤, 캐런은 무언가 떠오른 눈치였다. 바퀴 네 개가 달린 회전의자에 앉아 있던 캐런은 몸을 180도로 획 돌린 뒤, 심리학 도서로 빼곡히 들어찬 책장 쪽으로 의자에 앉은 채 걸어갔다. 그러곤 책장 중앙쯤에 꽂혀 있던 책 한 권을 뽑아서 훑어보며 말했다.

"그게 어디 갔지? 내가 잘 넣어뒀는데."

캐런이 책장을 넘기자 적갈색 머리칼이 바람에 휘날렸다. 캐런은 한참이나 책을 처음부터 끝까지 넘겨 보았다. 그렇게 다섯 번쯤 책 안을 살피던 그녀는 마침내 책에서 손가락 두 마디 정도의 작은 티켓을 꺼내어 엠마에게 내밀었다. 중세 시대 문양의 테두리가 고풍스러운 느낌을 주었다.

"관리청에서 온 메시지 받았지?"

"네, 다음 주에 교육받으러 가요."

"이걸 가져가렴. 내 생각엔 네가 적임자일 것 같구나."

"네? 이게 뭔데요?"

"가보면 알게 될 거야."

엠마가 손을 뻗자 캐런이 티켓을 움켜쥐며 말했다.

"한 가지만 약속해 줄래?"

"뭘…요?"

"네가 가진 능력을 강보다 더 깊고 긴 눈물을 흘리는 사람들을 돕는 데 쓰겠다고 말야. 내 말이 무슨 뜻인지 알겠니?"

엠마는 캐런이 하는 말에 많은 의미가 담겨 있다고 생각했다. 아직 어린 자신이 교수님의 큰 뜻을 다 헤아릴 순 없었지만 반드시 그러겠다고 대답했다.

캐런이 쥐고 있던 티켓을 건네주었다.

"고맙구나. 늦겠다, 어서 가보렴."

엠마는 궁금한 것들을 꼬치꼬치 캐묻고 싶었지만 아무 말 없이 티켓을 받아 들었다.

캐런은 사무실 문을 열고 나가려는 엠마를 불러 세웠다.

"엠마!"

"네?"

"많이 보고 싶을 거야."

"어… 네?"

캐런은 자리에서 일어나 엠마를 꼭 안아주며 말했다.

"내일부터 방학이잖아."

엠마는 캐런의 목소리가 미세하게 떨린다고 생각했지만, 방학을 맞이할 생각에 싱글벙글 웃으며 대답했다.

"맞다, 방학이죠! 저도 보고 싶을 거예요, 교수님."

캐런의 사무실에서 나온 엠마는 그녀가 준 은청색 티켓을 자세히 살펴봤다. 티켓 중앙에는 아주 작은 글씨로 이렇게 새겨져 있었다.

"Together(함께)."

♦

엠마는 티켓에 새겨진 글씨를 마음에 새기듯 손가락으로 부드럽게 쓸어내렸다. 그러곤 고개를 들어 크게 숨을 들이마신 뒤, 출입구를 찾기 위해 관리청 주변을 살폈다.

하지만 아무리 둘러봐도 문이 보이지 않았다. 둥그스름한 건물 외곽을 따라 몇 바퀴를 돌아봐도 원래 자리로 되돌아올 뿐이었다.

그때였다. 몇몇 사람들이 우르르 몰려와 한 치의 망설임도 없이 관리청의 유리 벽을 향해 돌진하더니 마법을 부린 것처럼 사라졌다. 엠마는 너무 놀라 헛기침이 나왔다.

"교육 시간 다 되어가는데…."

손목시계를 확인한 엠마는 유리 벽을 뚫어져라 노려봤다. 안으로 들어가는 방법을 찾았지만 쉽게 엄두가 나지 않았다.

"그래. 뭐 설마 죽기야 하겠어? 가보자!"

엠마는 몇 발자국 뒤로 물러났다가 심호흡을 크게 두 번 하곤 그대로 벽을 향해 쇄도했다.

"으아아아아악! 앗! 차가워!"

엠마를 삼킨 유리 벽은 청사 건물 안으로 그녀를 '퉤!' 하고 뱉어냈다. 얼음같이 차가운 물이 그녀의 온몸을 적셨다.

"이게 도대체 뭐야! 다 젖었잖아!"

짜증을 내려는 순간, 젖은 머리카락과 피부에 맺혀 있던 물방울들이 증발해 다시 유리 벽으로 날아가 붙었다. 옷과 신발은 언제 젖었냐는 듯 뽀송뽀송해졌다. 머리카락과 얼굴도 멀쩡했다. 마치 귀신에 홀렸다가 가까스로 빠져나온 듯한 기분이었다. 그녀는 혹시나 물기가 남아 있는 곳이 있을까 봐 몸 구석구석을 털고는 고개를 들었다. 반짝이는 전광판에 선명한 글씨가 천천히 지나갔다.

눈물관리청에 오신 것을 환영합니다

뒤집어진 깔때기 모양으로 생긴 입구에는 대칭을 이룬 수십 개의 물 풍선이 일정한 간격을 두고 매달려 있었다. 왼쪽엔 물이 가득 차 투명해진 물 풍선들이 줄을 이뤘고 오른쪽엔 강아지나 고양이, 코끼리 같은 동물 모양 물 풍선들이 아이들의 시선을 사로잡고 있었다. 입구는 카트를 타려는 사람들로 인산인해였다. 보안 요원들은 손나팔을 한 상태로 크게 소리쳤다.

"물 풍선 카트에 타신 분은 터널 번호나 부서명을 말하세요. 카트가 안전하게 모셔다 드립니다. 거기 손님! 새치기하지 마세요!"

한 요원이 다른 손님을 밀쳐내고 먼저 타려는 중년 부부를 쫓아가 주의를 줬다.

"다음 손님!"

보안 요원이 엠마를 보며 손짓했다.

그녀가 검지를 구부려 자신을 가리키며 "저요? 저?" 하고 재차 물었다. 보안 요원이 고개를 끄덕였다. 엠마는 가장 가까운 물 풍선 앞으로 다가갔다. 긴장한 팔다리가 고장 난 관절 인형처럼 삐걱거렸다. 덜덜 떨리는 손으로 간신히 바늘을 움켜쥔 엠마가 눈을 반쯤 찔끔 감으며 물 풍선을 터트렸다. 감은 눈을 똑바로 떴을 땐 수분막이 그녀의 몸 전체를 감싼 뒤였다. 특별한 느낌은 없었다. 바닥에서 3센티미터 정도 공중에 떠 있는 기분이었다.

"손님, 터널 이름을 외치세요!"

보안 요원이 밀려드는 사람들을 막으며 엠마를 재촉했다.

"1번 수증기터널!"

엠마가 목적지를 말하자 카트가 천천히 움직이기 시작했다.

갑자기 아드레날린이 샘솟는 것 같았다. 물 위에서 둥둥 떠가는 느낌이 들기도 하고 공중을 날아가는 느낌이 들기도 했다. 카트는 몇 초도 안 돼 로비에 진입했다. 사람들을 태운 수많은 물방울 카트들이 로비 이곳저곳을 누비고 있었다. 엠마는 그 모습이 콜라 안에 뽀글뽀글 피어오른 탄산 기포 같다고 생각했다. 그때였다. 악에 받쳐 고래고래 소리를 질러대는 남자의 목소리가 들렸다.

"내가 누군지 알아? 내 소유의 호텔만 전 세계에 500개야. 우리 할아버지, 아버지 그리고 나까지 삼대가 어떻게 모은 재산인데 그게 모두 사라져? 눈물을 흘려서 돈을 벌어야 한다고? 허! 어림도 없지! 여기 청장 누구야? 당장 나오라고 해!"

그는 수천만 원을 호가하는 명품 시계를 찬 손으로 관리자, 방문자 가릴 것 없이 무차별적으로 삿대질을 해댔다. 그가 입은 블랙 슈트의 양쪽 커프스에는 신비로운 동물인 블랙 에뮤가 새겨진 금장 단추가 빛났다. 포마드를 발라 완벽하게 빗어 올린 머리는 찌푸린 그의 미간을 더욱더 돋보이게 했다. 남자의 나이는 아무리 많아도 마흔 살은 넘지 않은 듯 보였다. 잠시 뒤 덩치 큰 보안 요원 두세 명이 달려와 남자를 끌고 갔다. 로비는 그제야 조용해졌다.

"호텔이 500개라고? 눈물화폐 때문에 그 많은 돈이 하루아침에 없어지다니… 저렇게 소리 지를 만도 하겠어…."

엠마는 자신 또한 전 재산을 몽땅 잃은 재벌이라도 되는 듯 남자의 분노에 격하게 공감했다.

점점 속도를 내기 시작한 엠마의 카트는 순식간에 '1번 수증기터널'이라는 팻말이 붙은 터널 입구에 도착했다. 그때였다. 터널에서 한 여자가 흥분된 목소리로 전화 통화를 하며 걸어 나왔다.

"엄마! 나 방금 교육받고 나왔어. 이 사람들 다 미친 것 같아. 속눈썹이 빠져서 눈을 찌르면 얼마나 아픈지 알지? 그렇게 눈물이 나와도 고작 1오슬러밖에 안 준대. 그걸 누구 코에 붙이라는 거야?"

"1오슬러면… 생수 한 병 사기도 부족한데…."

엠마는 고개를 갸우뚱거렸다. 그리고 다른 사람들이 내리는 것을 곁눈질로 보고 따라 하며 카트에서 내렸다. 내리는 것은 타는 것보다 훨씬 간단했다. 정면을 보고 자연스럽게 걸어 나오면 수분막이 부드럽게 갈라지며 열렸다. 그녀가 내리자 카트는 수증기로 바뀌어 금세 증발해 버렸다. 엠마는 이제 놀라는 것도 지겨울 지경이었다. 그녀는 기지개를 쭉 켜면서 두 팔과 어깨를 가볍게 털어 긴장한 탓에 뻣뻣해진 근육을 풀었다. 그리고 한 치의 망설임도 없이 터널 안으로 터벅터벅 걸어 들어갔다. 유리로 만들어진 터널 안쪽은 뿌연 수증기로 가득 차 있었다. 표면엔 수만 개의 물방울이 눈물처럼 맺혔다 흐르기를 반복하고 있었다. 터널의 모습은 매우 아름다웠다. 그러나 마치 동굴 안 종유석에 맺힌 물방울이 떨어지는 듯한 소리가 났기 때문에, 엠마는 왠지 모르게 살짝 싸늘하고 서글프다는 생각이 들어 재빠르게 수증기터널을 빠져나갔다. 터널을 빠져나오자마자 사람의 키를 훌쩍 넘는 높이의 커다란 문이 보였다. 문에는 '신규 트레이닝 센터'라고 적힌 문패가 걸려 있었다. 그녀는 터널을 빠져나오느라 엉망진창이 된 앞머리와 머리띠의 매무새를 가다듬은 뒤 두꺼운 문 손잡이를 밀었다. 호텔 연회장 같은 내부엔 새하얀 식탁보로 감싼 원형 테이블이 가득했지만 모두 텅 비어 있었다. 왼쪽으로 방향을 꺾은 엠마는 홀 가장 안쪽 깊은 곳까지 걸어가서야 겨우 사람 몇 명이 앉아 있는 테이블 하나를 발견할 수 있었다.

사람들은 간이 무대와 스크린이 마련된 앞쪽으로 몸을 틀고 앉아 있어 얼굴이 제대로 보이지 않았다. 엠마는 신고 온 메리제인 슈즈의 뒷굽이 딱딱거리는 소리를 내지 않도록 발 뒤꿈치를 높이 들어 살금살금 테이블로 향했다. 엠마가 첫 번째로 얼굴을 마주친 사람은 로비에서 소리를 고래고래 지르던 바로 그 남자였다. 남자는 여전히 씩씩거리며 팔짱을 끼고 앉아 있었다. 그는 '뭘 봐?' 하는 눈빛으로 그녀를 노려봤고 겁에 질린 엠마는 황급히 고개를 돌렸다. 손질한 지 좀 된 것 같은 폭탄 머리를 한 중년 여자가 유행이 한참 지난 핸드백을 한 팔로 바짝 끌어안고 있었다.

"킴벌리, 나야! 네 동생 율디스가 드디어 결혼한다고? 어머, 축하해. 그래. 당연히 가야지. 내가 안 가면 누가 가겠어! 응, 그때 보자고."

"에밀리, 무슨 일이야? 아버지가 돌아가셨다고? 오늘 저녁에 당장 갈게. 친구 좋다는 게 뭐야. 이럴 때 돕고 살아야지."

"로건! 너 오늘 생일이더라? 작은 선물 하나 보냈어. 에이, 무슨 보답이야, 친구끼리. 내가 아니면 누가 챙기겠어? 안 그래? 다음에 밥 한번 먹자. 그래, 들어가."

여자는 쉴 새 없이 통화를 하며 지인들의 경조사를 챙기느라 바빴다.

그때였다. 갑자기 쿵 소리가 들렸다. 놀란 엠마가 뒤를 돌아보니 일곱 살 정도로 보이는 남자아이가 넘어져 있었다.

"괜찮니?"

깜짝 놀란 엠마가 묻자 아이는 아픈지 팔꿈치를 쓰다듬으면서도 활짝 웃어 보였다.

"엉마. 엉마. 엉. 엉."

"뭐라고?"

"엉. 엉."

엠마는 '말을 늦게 배웠나…'라고 생각하며, 아이를 부축해 일으켜 세웠다. 전화를 마친 여자가 뛰어오더니 고맙다는 말도 없이 아이의 손을 얼른 낚아채 데려갔다. 여자는 아이의 엄마임이 확실했다.

또롱또롱. 또롱또롱.

갑자기 교육장에 맑은 종소리가 울려 퍼졌다. 엠마는 두리번거리며 소리가 나는 곳을 찾았다. 슉—. 육각형 모양의 로봇이 빠른 속도로 엠마의 코앞까지 날아왔다. 마치 로봇 청소기가 날아다니는 듯한 모습이었다.

"이… 이건 또 뭐야?"

"안녕하세요. 제 이름은 퓨리예요. 저는 관리청 이곳저곳을 떠다니며 식수를 공급하는 로봇이랍니다. 지금 바로 '퓨리! 물 줘!'라고 말해보세요."

"뭐? 아… 나… 나는 괜찮아…."

퓨리와 최대한 멀어지게 머리와 어깨를 뒤로 빼며 엠마가 말했다. 퓨리는 들은 척도 하지 않고 다시 말했다.

"아주 간단해요. '물 줘!'라고 말해보세요."

"그냥 가래도. 지금 목 안 말라."

엠마가 손을 휘휘 저었다.

퓨리는 잠시 가만히 있더니 이내 몸을 부르르 떨며 자신의 가슴에 달린 작은 화면에 불을 켰다. 화면엔 인기 연예인들과 눈물관리청 마스코트가 같이 춤을 추며 '물을 많이 마시자'라는 유치한 노래를 부르고 있었다. 영상이 재생되는 내내 퓨리도 춤을 추듯 몸을 좌우로 흔들었는데, 그때마다 찰랑찰랑 물 소리가 들렸다.

"거 좀 그냥 마셔요. 시끄러워서 살 수가 없네."

팔짱을 낀 남자가 핀잔을 주며 말했다.

"죄송합니다."

엠마는 남자의 눈치를 보며 황급히 퓨리에게 말했다.

"물! 물 줘! 빨리."

퓨리는 물방울 모양의 워터 캡슐을 툭 뱉어냈다. 엠마가 재빨리 워터 캡슐을 낚아채자, 퓨리는 빠른 속도로 자리를 벗어났다. 그녀는 워터 캡슐을 손에 든 채로 퓨리가 날아가는 뒷모습을 지켜봤다. 엉덩이를 흔들면서 날아가는 퓨리의 뒷모습은 '진작 그럴 것이지'라고 말하는 듯 매우 만족스러워 보였다. 엠마는 다시 워터 캡슐로 시선을 옮겼다. 얇은 수분막으로 감싸인 물이 안에서 찰랑거리는 모습이 마치 세탁기나 식기세척기에 넣는 캡슐 세제 같았다. 엠마는 이걸 어떻게 마셔야 하나 고민에 빠졌다. 흔들어도 보고 손가락으로 쿡쿡 눌러보기도 했다. 한참 고민하던 그녀는 양손 엄지와 검지를 이용해 캡슐 상단의 밀봉선을 조심스럽게 찢었다. 좌악—. 그러자 캡슐 안에서 물이 한꺼번에 쏟아져 나와 옆에까지 튀어버렸다.

"으아아아아악!"

옆에서 비명이 들렸다. 엠마는 황급히 고개를 돌렸다. 잔

머리 한 올 없이 높게 틀어 올린 포니테일, 어깨와 가슴이 훤히 드러나는 손바닥만 한 튜브톱, 엉덩이가 반쯤 보이는 미니스커트, 13센티미터는 족히 넘을 듯한 킬힐을 신은 여자였다. 그녀는 자신의 명품 가방과 선글라스가 물 범벅이 된 걸 보곤 경악을 금치 못하는 중이었다.

"당신 미쳤어?"

여자가 죽일 듯이 날카로운 눈으로 엠마를 쩌려봤다. 엠마는 여자의 눈총보다도 생김새에 눈이 갔다. '묘하게 낯이 익네? 어디서 봤더라?' 미간에 잔뜩 주름을 만들며 뚫어지게 쳐다보자 여자는 더 크게 소리쳤다.

"이봐! 내 말 안 들려?"

날카로운 여자의 목소리에 정신이 바짝 든 엠마는 봇짐 같은 자신의 가방에서 휴지를 꺼내 여자의 명품 가방을 닦으려했다.

"정말 죄송해요. 손이 미끄러지는 바람에…."

"어디 함부로 손을 대! 이 한정판 가방이 얼만지나 알아?"

여자는 엠마의 손을 탁 쳐내고 휴지만 빼앗아 들었다.

"정말 죄송해요…. 죄송합니다."

엠마는 연신 고개를 숙이며 사과했다.

"죄송하면 다야? 진짜 재수가 없으려니까."

여자는 엠마를 향해 삿대질을 하며 쏘아붙였다.

그때였다. 딱. 딱. 딱. 딱. 하얀 대리석 바닥을 울리는 구두 소리가 들렸다.

커다란 매그놀리아 꽃이 잔뜩 박힌 촌스러운 블라우스를 입고, 안경테 끝이 하늘로 날카롭게 솟은 빨간 안경을 쓴 여자가 테이블로 걸어오고 있었다. 그녀가 입은 머메이드라인 치마가 얼마나 타이트한지, 종종걸음으로 넓은 교육장을 가로질러 오느라 시간이 꽤 걸렸다.

여자는 엠마에게 '운 좋은 줄 알아'라는 듯 동공을 굴린 뒤 자리에 털썩 앉았다. 움찔한 엠마는 어깨를 최대한 접어 찌그러지듯 자리에 앉았다.

여자는 작은 단상에 올라가 테이블을 내려다보며 말했다.

"여러분! 좋은 아침입니다. 저는 신규 트레이닝 센터의 수잔이라고 합니다. 잘 아시겠지만 한 달 뒤부터는 눈물이 돈이 되는 세상이 됩니다. 우리 관리청에서는 새로운 세상을 '흐르는 세상'이라고 부르기로 했습니다. 저는 오늘 흐르는 세상에서 눈물이 어떻게 돈이 되고 어떻게 사용되는지에 대해 여러분께 자세하게 알려드리고자 합니다. 먼저 각자 자기소개를 간단히 하는 게 어떨까요? 사랑스러운 리본 머리띠를 하고 계신 여성분부터 해주시죠."

수잔은 엠마를 바라보며 말했다.

"안녕하세요. 저는 엠마라고 합니다."

28

엠마는 쑥스러웠지만 그렇지 않은 척하며 말했다.

곧이어 수잔이 반대쪽으로 눈을 돌려 남자를 쳐다봤다. 남자는 미간을 찌푸리며 무뚝뚝하게 말했다.

"데이먼입니다."

데이먼의 소개가 끝나기가 무섭게 남자아이의 엄마가 요란스럽게 자기소개를 시작했다.

"호호호! 여러분, 안녕하세요. 상쾌한 아침이에요. 오늘 관리청에 오자마자 퓨리가 주는 워터 캡슐을 벌써 열 개나 마셨답니다. 중간에 화장실을 가도 될까요? 참, 최근에 제가 베스트셀러를 한 권 샀어요. 이게 얼마나 재밌냐면—"

여자는 자랑스럽게 책을 들어 보이며 말했다. 표지에는 '눈물, 그것은 어떻게 돈이 되는가?'라고 선명하게 적혀 있었다. '출간 즉시 판매 1위', '세계적인 작가 앤서니 버밍엄이 추천하는 책', '수많은 독자에게 감동을 선사한 화제의 책'… 띠지에 박힌 화려한 수식어들이 반짝거렸다. 엠마는 책의 내용이 궁금해졌다.

"선생님은 성함이 어떻게 되시죠?"

수잔이 여자의 말을 끊었다.

"어이쿠, 내 정신 좀 봐. 제가 이렇다니까요. 호호. 저는 머들이라고 하고 여기는 제 아들 루니예요. 루니! 인사하렴."

"엉. 엉."

루니는 알 수 없는 옹알이를 하는 것처럼 보였다. 수잔은 루니를 자세히 관찰하더니 들고 있던 클립보드에 무언가를 써 내려갔다.

수잔이 고개를 들어 여전히 가방을 닦고 있는 여자를 바라보자 모두의 시선이 그녀를 향했다. 여자는 혼잣말로 중얼거리더니 이내 쌀쌀맞게 자신의 이름을 말했다.

"촌스럽게 자기소개는…. 그레이스입니다."

"좋습니다. 그럼 이제 교육을 시작해 볼까요? 먼저 눈물의 양을 측정하는 방법과 가격을 알려드리겠습니다."

수잔은 대형 스크린에 자료를 띄우며 말했다. 눈물의 가격은 사람들이 가장 궁금해하던 내용이었기 때문에, 공간은 무서운 집중력으로 고요해졌다.

"눈물은 이물질로부터 눈을 보호하기 위해 눈물샘에서 내보내는 분비물입니다. 눈을 깜빡일 때마다 끊임없이 생성되며 24시간, 즉 하루에 약 1그램의 눈물이 나옵니다. 우리는 그걸 기본 눈물이라고 부릅니다. 하지만 그 양이 많지 않아서 흐르거나 떨어지진 않죠. 기본 눈물은 단위를 그램으로 측정하여 매일 본인의 눈물 계좌에 입금됩니다. 눈물 1그램은 10오슬러입니다. 햄버거 하나 정도 사 먹을 수 있는 돈이겠군요."

엠마는 자기도 모르게 스멀스멀 피어오르는 내적 기쁨을 막을 수가 없었다. '눈물로 번 돈으로 햄버거를 사 먹을 수 있

는 세상이라니. 나 같은 사람이 살기 정말 좋은 세상이야!'

엠마는 콧노래라도 흥얼거리고 싶었지만 씩씩거리는 데이먼의 숨소리를 듣고 들뜬 표정을 숨겼다.

"10오슬러라고? 기가 차는군. 나는 한 시간에 10만 오슬러씩 버는 사람이란 말입니다. 그런데 나보고 기껏 눈물 1그램을, 그것도 24시간 동안 모아서 햄버거 따위나 사 먹으라 이 말입니까?"

"데이먼? 우선 진정하시고 제 얘기를 끝까지 들어보세요."

수잔이 데이먼을 진정시키려 했다.

"진정? 지금 진정하게 생겼습니까? 한순간에 거지가 되게 생겼는데?"

데이먼은 좀처럼 흥분을 가라앉히질 못했다.

"정말 내가 소유한 자산은 하나도 인정이 안 됩니까? 현금은 그렇다 치고 부동산이나 주식, 가상화폐는 여전히 소유할 수 있는 거죠?"

"유감입니다만 1월 1일이 되면 당신의 모든 재산은 사라집니다. 되팔 수 있는 고가의 그림이나 골동품까지 전부 자진 신고하셔야 할 겁니다."

"이 자리에 오르기 위해 내가 하고 싶은 일은 포기하고 하기 싫은 일을 억지로 하면서 버텨왔습니다. 그렇게 열심히 지켜온 재산을 어떻게 하루아침에 다 몰수할 수 있습니까? 네?"

"물론 당신의 말도 일리가 있습니다. 당연히 받아들이기 어려우시겠죠. 하지만 이제 세상은 바뀌었고, 당신은 새로운 상황에 놓였습니다. 흐르는 세상을 인정하고 받아들여야 합니다."

"이건 불공평합니다. 불공평하다고요!"

흥분을 참지 못하는 데이먼을 잠자코 보던 수잔이 부드럽지만 단호한 목소리로 말했다.

"짐작하기 어렵겠지만 어떤 이들은 당신이 공평하다고 생각했던 세상에서 아주 철저하게 불공평하게 살아왔습니다. 그들의 베개는 매일 밤 잠들기 전 수많은 눈물로 축축하게 젖어 있었죠. 그럼에도 그들은 불공평한 세상을 어떻게든 참고 이겨내며 살아보려고 애써왔어요. 주어진 상황을 받아들이고 더 나은 미래를 희망하며 하루하루를 버텨낸 것이죠. 어쩌면 눈물화폐를 쓰는 이 세상은, 그들에겐 조금 공평해질지도 모르겠군요. 당신에겐 아니겠지만. 데이먼, 이제 당신이 이 불공평한 상황을 받아들이고 애써볼 차례입니다."

"말도 안 돼! 이건 말이 안 된다고! 난 절대 용납 못 합니다."

데이먼이 좀처럼 흥분을 가라앉히지 못하고 길길이 날뛰자 머들이 날카롭게 쏘아붙였다.

"지금 여기서 그쪽만 당황스러운 거 아니에요. 그리고 여기 아이도 있으니 목소리 좀 낮추시죠?"

단호한 머들의 모습에서 좀 전 같은 호들갑은 찾아볼 수 없
었다. 데이먼이 머들의 말을 받아치려는 찰나 수잔이 나서서
그를 말렸다.

"자, 여러분, 많이 당황스러우실 겁니다. 이해합니다. 하지
만 그렇다고 바뀌는 것은 없습니다. 앞으로 저와 여러분은 흐
르는 세상에서 살아가야만 합니다. 그리고 오늘 여러분은 신
규 교육을 반드시 끝내야 합니다. 그러니 제—발 협조 좀 해
주세요."

수잔이 데이먼을 뚫어져라 쳐다보면서 말했다. 그는 여전
히 불쾌해 보였으나 입을 다물었다.

"눈물에는 여러 종류가 있고 종류별로 가격이 다르게 책정
됩니다. 첫째로, 반사 눈물이 있습니다. 반사 눈물이란 바람이
나 먼지, 연기, 양파나 파처럼 눈물을 유발하는 외부 요인으로
인해 우리의 의도와는 상관없이 몸에서 반사적으로 나오는
눈물입니다. 이 눈물은 방울 단위로 금액을 측정합니다. 반사
눈물 한 방울은 1오슬러입니다. 24시간 내내 양파를 자르거
나 억지로 바람이나 먼지를 맞아봤자 얻을 수 있는 돈은 매우
소액이니 그런 무모한 행동을 하시는 분은 없길 바랍니다."

머들은 메모장에 '양파, 바람, 먼지'라고 작게 적고 그 옆에
더 작은 글씨로 '혹시 모르니까'라고 적었다.

"둘째는 인간의 감정에서 비롯되는 눈물인 감정 눈물입니다. 우선 크게 기쁨의 눈물과 슬픔의 눈물로 나뉩니다. 그리고 그 감정이 얼마나 가볍고 무거운지에 따라 적게는 100오슬러, 많게는 10만 오슬러까지 지급됩니다."

"눈물은 누가, 어떻게 측정하죠?"

목을 길게 뽑은 그레이스가 눈썹을 추켜세우며 물었다.

수잔은 투명한 유리 상자를 가져왔다. 상자 안에는 좁쌀만 한 구슬이 잔뜩 들어 있었다. 수잔은 아주 길고 가느다란 핀셋을 사용해 구슬을 하나씩 조심스럽게 꺼내며 말했다.

"이 구슬 안에는 초소형 눈물 로봇 '니블'이 들어 있습니다. 최첨단 신소재로 제작되었고, 머리카락 정도로 아주 가는 두께를 자랑합니다."

그녀가 한쪽 손에 들고 있던 리모컨을 눌렀다. 그러자 니블을 몇만 배로 확대한 사진이 화면에 나타났다. 쉽게 이동하기 위해 달린 양쪽 날개, 강력한 흡착력을 가진 네 개의 다리. 니블은 마치 작은 곤충처럼 보였다.

"눈물을 담아내도 부피나 무게가 절대 늘어나지 않기 때문에 겉으로 티가 나지 않고 불편지도 않습니다. 주로 여러분의 머리카락 위에 붙어 뇌가 느끼는 감정과 생각을 읽어냅니다. 그런 후 재빨리 눈썹 근처로 이동해 첫 번째로 흘리는 눈물 한 방울을 담아냅니다. 우린 그걸 '최초의 눈물'이라고 부르죠. 많은 양의 눈물을 흘린다고 해서 모두 돈이 되지 않음을 반드시 기억해 주세요. 마지막으로 당사자의 상황과 눈물을 흘린 이유를 자세하게 알아야 관리청에서 정확한 측정을 할 수 있기 때문에 니블이 주변 상황을 한시적으로 녹화하고 있다는 점도 알려드립니다."

머들과 그레이스는 도무지 무슨 소린지 모르겠다는 표정을 지었고, 엠마와 데이먼은 그들의 예상보다 꽤 완벽하고 철저하게 만들어진 눈물화폐 시스템에 쩍 벌어진 입을 다물지 못한 채 그저 멍하니 수잔의 말만 듣고 있었다.

"지금 모든 내용을 다 이해하지 못해도 괜찮습니다. 다만 이것만은 반드시 기억하셔야 합니다. 타인에게 강제로 착취한 눈물은 한 시간 이내에 썩어 무용지물이 된다는 것입니다."

수잔이 매우 심각한 표정으로 힘주어 말했다. 데이먼은 그녀가 유독 자신을 향해 말하는 것처럼 느껴져 불쾌한 표정을 지었다.

"자, 이제 여러분 머리 위에 니블을 올려드릴 겁니다. 아까도 말했지만 너무 작고 가벼워서 아무 느낌도 나지 않으니 겁먹지 않으셔도 됩니다."

상자에서 작은 구슬을 꺼낸 그녀는 그 구슬을 사람들 머리 위에서 핀셋으로 깨트렸다. 니블이 너무 작아서 제대로 머리 위에 떨어졌는지 어쨌는지 보이지도 않았다.

"소지하고 계신 휴대폰에서 '눈물뱅크' 애플리케이션을 다운로드하시면 블루투스를 통해 자동으로 니블과 연결됩니다. 잔액 조회, 계좌이체 같은 은행 업무는 모두 이곳에서 할 수 있습니다. 지금 바로 설치해 주세요."

그레이스는 식은 죽 먹기라는 표정으로 영롱한 스톤 장식이 반짝거리는 긴 손톱을 딱딱거렸다. 데이먼은 세상의 모든 숨 쉬는 생명체는 죄다 맘에 안 든다는 듯 심드렁한 표정을 지으면서도 시키는 대로 했다. 엠마가 애플리케이션을 내려받자마자 '니블 연결 완료'라는 메시지가 화면에 떴다 사라졌다. 눈물 계좌의 잔액을 확인해 보니 0원으로 표기되어 있었다. '은행 계좌를 눈물로 채운다니…' 엠마는 흐르는 세상이 기대되기 시작했다.

"신규 트레이닝은 이것으로 마무리하도록 하죠. 다음은 간단한 개인 면담이 있을 예정이니 각자 자리에서 기다려주세요. 머들 씨부터 시작할까요?"

수잔이 황금색 클립보드를 넘기며 말했다.

머들은 알 수 없다는 표정을 지어 보이며 손에 들고 있던 책을 황급히 엠마의 가슴팍으로 밀어 넣었다.

"왜 내가 첫 번째람. 엠마라고 했지? 이것 좀 맡아줘. 어렵게 구한 거니까 살살 다루고!"

머들은 양해도 없이 반말을 했다. 엠마는 기분이 조금 상했지만 차마 말은 못 하고 책을 떠안았다.

루니와 머들이 한쪽 구석에 있는 상담실 안으로 들어간 것을 확인한 후, 엠마는 손에 들린 책을 살펴봤다.

"눈물… 그것은 어떻게 돈이 되는가? 살짝 보는 건 괜찮겠지?"

엠마는 주변의 눈치를 살폈다. 데이먼은 벽에 등을 기댄 채 통화를 하고 있었고, 그레이스는 가방에 박힌 명품 로고를 얼굴 옆에 바짝 붙이고서 연신 셀카를 찍어대고 있었다. 아무도 보는 사람이 없단 걸 확인한 엠마는 조심스럽게 책을 펼쳤다.

3장. 눈물화폐와 직업 선택의 역학 관계

눈물화폐 시스템이 도입된다고 해서 일을 안 해도 되는 것은 아니다. 직업은 수입을 떠나서 개인의 사명과 직결되기 때문에 모든 직업은 그대로 유지된다. 단, 어떤 직종이건 기본 급여는 1000오슬러로 책정한다. 그 외의 모든 수입은 눈물로만 취할 수 있다. 생계를 유지하기 위해 자신의 꿈을 저버릴 수밖에 없었던 사람들의 대거 이직이 예상된다.

"뭐? 직원들이 단체로 사직서를 냈다고?"

통화를 하고 있던 데이먼이 갑자기 불같이 소리를 질렀다.

책 내용이 눈앞에서 현실이 되어가는 것을 본 엠마는 흐르는 세상이 이제 먼 나라 이야기가 아님을 온몸으로 느꼈다. 호텔이란 곳은 고급 서비스를 요구하는 곳이기에 일부 진상 고객들의 엄청난 갑질을 받아내야 한다. 거기에 데이먼 같은 상사라니…. 그동안은 생계 때문에 참았겠지만, 어차피 무슨 일을 해도 월급이 다 똑같아지는 마당에 직원들이 이직을 하는 건 당연하단 생각이 들었다. 엠마는 펼쳤던 페이지를 한 번 더 눈으로 훑곤 재빨리 책을 덮었다. 그때 머들과 루니가 상담실에서 나오는 소리가 들렸다. 머들은 양팔을 아래로 힘없이 늘어뜨린 채 걸어 나왔고, 루니는 영문도 모른 채 엄마의 손을 꼭 붙잡고 서 있었다. 아주 환한 미소와 함께.

축축한 베개

눈물관리청에서 약속한 새해 첫날이 밝았다. 눈물이 돈을 대신하는 이상한 세상이 드디어 시작된 것이다. 오늘은 엠마의 첫 출근 날이기도 했다. 몸을 일으켜 샤워를 하고 나온 엠마는 로션과 선크림을 섞어 얼굴에 휘휘 세수하듯 바른 다음, 리본이 길게 늘어진 하얀 블라우스와 검은색 정장 바지를 입었다. 마무리로 막 세탁한 이불 냄새 같은 눈물 향수를 뿌리고, 니블이 휴대폰과 잘 연결되었는지 몇 번이나 확인한 뒤 지하철역으로 향했다. 엠마는 지하철 개찰구 앞에서 잠시 망설였다. 처음 써보는 눈물화폐가 과연 작동할지 의문이 들었기 때문이다. 지난밤, 사람들은 새해를 맞이하는 카운트다운을 했다. 작년과 다른 점이 하나 있다면 자정이 되자마자 연인과 키스를 하거나 가족과 서로 얼싸안으며 '해피 뉴 이어'를 외치는 사람들이 없었다는 것이었다. 카운트다운이 끝나기 무섭게 사람들은 눈물뱅크 애플리케이션에 접속했다. 관리청에서 당분간 쓸 생활비로 준 1만 오슬러가 잘 들어왔는지 확인하기 위해서였다. 엠마도 자정이 되자마자 눈물 계좌를 확인하곤 눈을 비비며 몇 번이고 다시 확인했다. 거기다 학생 신분에서 벗어나 첫 출근을 하는 긴장감과 설렘까지 더해져 도무지 잠을 이루지 못했다. 엠마는 하품을 한 번 하곤 걱정스러운 눈으로 개찰구를 바라봤다. 그러곤 조심스럽게 휴대폰을 살짝 가져다 댔다.

삑―.

개찰구가 활짝 열렸다. 그녀는 애플리케이션을 켜서 잔액을 확인했다. 그새 교통비로 3.5오슬러가 빠져나가 있었다.

"정말이지 짜릿하게 멋진걸?"

아드레날린이 온몸을 빠른 속도로 뛰어다니는 것 같았다.

"눈물이 돈이 되면 뭐 해? 교통비가 여전히 이렇게 비싼데. 쯧쯧."

"출근 시간에 0.5오슬러 할증 붙는 건 여전하군, 젠장."

개찰구를 통과해 들어오는 사람들은 저마다 한마디씩 중얼거렸다.

잠시 뒤, 사람들로 꽉 찬 지옥 같은 열차에서 간신히 빠져 나온 엠마는 고소한 커피 향과 달큰한 버터 냄새에 이끌렸다. 그녀는 마약을 찾아내는 수색견이라도 된 듯 킁킁대며 냄새의 진원지를 찾아 두리번거렸다. 발걸음이 멈춘 곳은 작은 카페였다. 떡갈나무로 만든 아치형 문 때문인지 카페는 마법사들이 들락거릴 것 같은 신비로운 분위기를 자아냈다. 카페 문에 바짝 다가간 엠마는 종이 한 장이 붙어 있는 것을 발견하고, 거기에 적힌 글씨를 읽었다.

〈눈물관리청 권장 메뉴〉

탱글달달 매실커피

아삭촉촉 참외머핀

새콤찔끔 토마토쿠키

절찬 판매 중. 단체 주문 환영.

-카페 티어스-

카페 앞은 몰려든 손님들로 발 디딜 틈이 없었다.

"매실커피 그딴 걸 누가 먹나 했는데 생각보단 맛이 괜찮군. 소화도 잘되겠어."

"참외머핀도 별미야. 방금 오븐에서 나온 머핀 위에 싱싱한

참외를 큼지막하게 썰어 곁들였다고. 리치한 머핀의 풍미와 상큼한 참외의 조합이 꽤 괜찮단 말이지!"

"관리청 놈들, 놀기만 하는 줄 알았더니 꽤 괜찮은 아이디어를 냈어!"

불과 한 달 전만 해도 매실커피와 참외머핀이 구역질 난다고 했던 사람들은 온데간데없었다. 맛도 좋고 수분 충전에도 좋다며 칭찬 일색인 사람들의 모습에 엠마는 피식 웃었다.

"탱글달달 매실커피랑 아삭촉촉 참외머핀 하나요."

양 떼같이 몰려든 손님들 사이에서 겨우겨우 주문을 마친 엠마가 카페 단말기에 휴대폰을 가져다 대자, 눈물 계좌에서 9오슬러가 빠져나갔다.

잠시 후, 바리스타이자 카페 사장인 피터가 큰 소리로 외쳤다.

"엠마! 커피와 머핀이 준비됐어요!"

엠마는 피터가 건넨 뜨거운 매실커피를 받자마자 호로록 마셨다. 탄내 나는 커피 향과 달달한 매실 향이 그녀의 코끝을 자극했다. 엠마가 컵을 흔들자 탱글한 매실 두 알이 부딪치는 소리가 들렸다. 따뜻하게 구운 머핀과 차가운 참외의 조합도 듣던 대로 매우 훌륭했다. 기분이 좋아진 엠마는 우스꽝스러운 모습으로 깡총거리며 걸었다. 기운 넘치게 활보하던 그녀가 채 몇 걸음도 떼지 않았을 때, 눈앞에 우뚝 솟은 건물이 나타났다.

"그러니까… 내가 오늘부터 여기서 일을 한다는 거지…?"

엠마는 고개를 뒤로 젖혀 건물을 올려다봤다. 그러곤 참외 머핀으로 가득한 입을 우물거리며 건물 벽에 새겨진 글자를 읽어 내렸다.

눈물관리청

12월 첫째 주. 졸업식을 이틀 앞둔 엠마는 컴퓨터 앞에 앉아서 왼손 손톱을 입으로 가져가 물어뜯고, 오른손으로는 마우스를 또르르르르 굴려대고 있었다. 어떤 일을 해도 월급은 1000오슬러라 졸업생들은 최대한 쉬운 일을 선택하려고 안간힘을 썼다. 엠마는 전공을 살려 심리상담사가 되고 싶었다. 그게 자신이 제일 잘하는 일이고, 잘할 수 있는 일이라고 생각했다. 하지만 급작스럽게 바뀐 세상 때문인지 기업에선 당분간 채용 계획이 없다고 발표했기에, 이러다 진짜 일자리를 구하지 못할까 봐 걱정이 되었다. 그녀는 입을 오리처럼 내밀며 날숨을 크게 뱉었다. 후—. 그때, 갑자기 휴대폰에서 띵! 하고 소리가 났다.

[눈물관리청]

친애하는 엠마 님,

귀하는 눈물관리청 니블분석관으로 채용되었음을 알려드립니다.

첫 출근은 새해 첫 주 월요일, 1월 1일 오전 9시입니다.

로비 분수대에서 물방울 엘리베이터를 타고 꼭대기 층으로 오시길 바랍니다.

"말도 안 돼! 관리청에 이력서를 낸 적도 없는걸?"

엠마는 관리청에서 온 문자를 볼 때마다 난독증에 걸린 것 같았다. 짧은 메시지를 수차례 반복적으로 읽으며 눈을 비볐다. 그녀가 메시지를 스물세 번째 다시 읽었을 때, 한 사람이 떠올랐다.

"캐런 교수님…."

엠마는 빠르게 교수실로 뛰어올라 갔다. 캐런의 사무실은 깜깜했다. 엠마는 유리창에 한쪽 눈을 바짝 가져다 대고서 사무실 안을 들여다봤다.

"물건이 하나도 없잖아? 텅 비었어."

사무실은 이사를 막 끝낸 빈집 같았다.

엠마는 캐런에게 전화를 걸었다. 신호음은 울렸지만 통화 연결이 되지 않았다. 엠마는 발걸음을 돌려 1층 학과 사무실로 뛰어갔다. 일렬로 높게 쌓인 서류들을 정리하고 있던 스테파니가 엠마에게 인사를 건넸다.

"오, 엠마! 졸업 축하한다!"

"감사합니다. 저… 스테파니, 캐런 교수님은요? 사무실이 비었던데…."

"말씀 안 하셨니? 다음 학기에 휴직 신청하셨어."

"왜요?"

"글쎄…. 개인 사정이라고 하시긴 했는데… 좀 아프신 것 같기도 하고… 자세한 건 나도 모르겠어. 전화해서 직접 여쭤보렴."

"벌써 여러 번 걸어봤는데 안 받으세요…."

"바쁘신가 보지. 곧 다시 연락 주실 거야! 참, 관리청에서 전화가 왔었어! 학교는 물론이고 우리 지역 전체에서 청사 직원이 된 사람은 네가 유일해! 캐런 교수님이 정말 자랑스러워하실 거다!"

"안 그래도 그것 때문에 교수님을 봬야 해요. 아무래도 그 티켓 때문인 것 같은데…."

엠마는 미간을 찌푸리며 말했다.

"티켓? 무슨 티켓?"

"아… 아니에요. 이만 가볼게요. 혹시 교수님과 연락이 닿으면 저한테도 꼭 연락 주셔야 해요."

스테파니는 알겠다고 고개를 끄덕인 뒤 다시 산더미처럼 쌓인 서류로 시선을 돌렸다.

엠마는 연보라색 자카란다 나무가 빽빽하게 들어선 교정을 터덜터덜 걸으며 중얼거렸다.

"교수님이 왜 휴직을…."

🖤

엠마는 물방울 카트를 타고 로비에서 내렸다. 로비 중앙 분수는 천장 꼭대기와 연결되어 있었는데, 물이 위에서 아래로 떨어지는 게 아니라 중력을 거슬러 올라가는 것처럼 보였다.

분수를 동그랗게 감싸고 있는 안내 데스크에서는 직원들이 길을 안내하고 있었다. 그중 흰머리가 희끗희끗한 남자가 볼록하게 나온 배에 힘을 주며 말했다.

"어떻게 오셨나요?"

"저, 꼭대기 층에 가려고 하는데요."

"꼭대기 층이요? 거긴 손님이 갈 수 없는 곳입니다만."

남자가 안경 너머로 눈을 동그랗게 뜨며 말했다.

엠마는 남자에게 문자 메시지를 보여주며 말했다.

"저는 엠마라고 해요. 오늘부터 꼭대기 층에서 일하게 됐어요."

눈이 침침한지 휴대폰 화면에서 얼굴을 멀리 떨어트려 인상을 쓰고 한참을 바라보던 남자가 겨우 메시지를 다 읽어냈

느지 호탕하게 웃었다.

"오! 엠마, 정말 반갑군. 난 경비원 브루스라고 하네. 그렇다고 남녀가 얼싸안고 춤을 추는 블루스랑 헷갈리지 말게나. 우하하하하."

"아하하… 하하…."

자기 유머에 웃겨 죽겠다는 듯 껄껄거리는 브루스를 따라 엠마가 억지로 웃었다.

브루스가 프런트 데스크 안에 숨어 있는 버튼을 누르자 분수대 안쪽으로 들어가는 문이 열렸다. 그곳으로 들어가자 물방울 엘리베이터가 기다렸다는 듯 반으로 쩍 갈라지며 열렸다. 브루스는 엠마에게 고개를 까딱하며 타라는 신호를 보내면서 말했다.

"사원증이 나오면 그때는 자유롭게 드나들 수 있을 거야!"

엠마는 상체만 살짝 구부려 감사 인사를 한 뒤, 엘리베이터 안으로 걸어 들어갔다. 제 발로 물 안에 걸어 들어가는 느낌이라 기분이 썩 유쾌하진 않았다. 엠마는 눈을 굴리며 엘리베이터 내부를 수상하게 살폈다.

브루스가 한쪽 손으로 문이 닫히지 않도록 잠시 잡아두며 말했다.

"꼭대기 층에 있는 레이먼 청장은 나의 오랜 친구지. 배울 게 많을 거야! 행운을 비네, 엠마!"

브루스가 손을 떼자마자 엘리베이터는 작은 틈새 하나 없이 물로 채워졌다. 이음새가 있던 자리에서 동글동글한 버튼이 표면 위로 올라왔다.

꼭대기 층
1층
땅굴 층

"꼭대기 층… 1층… 땅굴 층? 이름이 왜 이렇게 촌스러워!"

엠마가 피식 웃으며 꼭대기 층 버튼을 누르자 물방울 엘리베이터는 꿀렁꿀렁 소리를 내며 빠르게 움직였다. 밖에선 엘리베이터 내부가 보이지 않았지만 엘리베이터 안에서는 청사 내부가 한눈에 들어왔다. 엠마는 브루스의 말을 곱씹었다.

"브루스 아저씨랑 청장님이 친구라면…."

엠마는 레이먼이 브루스처럼 똥배가 볼록 나온 아저씨일 거라고 생각했다.

띵. 엘리베이터 문이 활짝 열리자마자 엠마는 눈이 휘둥그레졌다. 그 흔한 출입문도 없이 탁 트인 넓은 공간이 펼쳐졌기 때문이다. 천장에는 하늘을 복잡하게 수놓는 전신주의 전선 같은 줄들이 산발적으로 천장 끝과 끝을 연결하고 있었다.

줄에는 만국기, 알록달록한 장식용 가랜드, 은은하게 반짝이는 알전구가 걸려 있었다. 마치 어닝을 분위기 있게 꾸며놓은 초대형 캠핑카 같았다. 그리고 가장 장관인 건 바로 눈물방울이었다. 수만 개의 눈물방울들이 그 줄들을 타고 중앙에 위치한 스크린으로 내려가고 있었다. 눈물이 스크린 안으로 들어가자 수천 개의 분할 스크린은 차례대로 눈물에 담긴 영상을 재생했다. 화면에 담긴 영상들이 얼마나 많고 정신없는지 엠마는 이곳이 마치 NASA(미국 항공 우주국)의 미션컨트롤 센터 같다고 생각했다. 스크린 앞에는 스테인리스처럼 반짝이는 데스크와 컴퓨터들이 불규칙하게 놓여 있었고, 직원들이 분주하게 영상을 분석하는 중이었다.

"엠마? 엠마 화이트?"

낯선 남자의 목소리가 들렸다.

"깜짝이야!"

엠마는 귓가에 들리는 소리에 소스라치게 놀랐다.

"이런, 미안해요. 놀라게 할 생각은 없었어요."

뒤를 돌자 양복을 입은 멀끔한 남자가 보였다. 남자의 얼굴에선 빛이 났다. 한쪽만 자연스럽게 내려온 앞머리 때문에 더 잘생겨 보였다.

엠마는 멍하니 남자의 얼굴을 바라봤다. 왠지 모르게 얼굴이 빨개지는 것 같았다.

남자는 '치명적임'이라는 죄목으로 판결받을 만한 미소를 머금은 채 악수를 건넸다.

"저는 레이먼이라고 합니다."

"반갑습니다. 레이먼 씨. 아니 잠깐, 레이먼이라면… 청장님?"

"맞습니다. 그냥 레이먼이라고 불러주면 좋겠군요!"

그가 쑥스러운 듯 코끝을 문질렀다.

레이먼을 브루스와 나이가 비슷한 아저씨일 거라 예상한 엠마는 왠지 모를 안도감이 들었다. 그러자 이곳이 부쩍 마음에 들기 시작했다.

"꼭대기 층은 눈물관리청에서 가장 중요한 부서인 니블 분석실입니다. 전 세계에서 실시간으로 들어오는 눈물의 감정을 분석하고 그에 상응하는 금액을 책정하는 곳이죠. 앞에 보이는 직원들은 모두 분석관들입니다. 엠마 역시 분석관으로 일하게 될 겁니다."

레이먼이 생크림처럼 부드러운 목소리로 친절하게 설명했다.

그때 담당관으로 보이는 남자와 여자의 목소리가 높아졌다.

"정말 어처구니가 없군. 이 여자는 눈물 때문에 양파를 계속 자르고 있어. 돈 때문에 이렇게까지 하지 말라고 분명히 교육받을 때 들었을 텐데 말이지."

"아이삭. 그 사람은 중국요릿집 요리사라고요. 영상을 자세

50

히 봐요. 눈물 때문에 억지로 양파를 자르는 게 아니고 일을 하는 중이라고요. 하루에 양파 300개씩 잘라봤어요? 알지도 못하면서 함부로 얘기하지 말고 금액이나 넉넉하게 측정해 줘요!"

"그럼 이건 어떻게 생각해? 젊은 남자 일곱 명이 강풍기 앞에서 몇 시간째 가짜로 눈물을 쥐어짜고 있어! 돈 때문에 이렇게까지 하다니…. 정말 한심한 인간들이군."

"영상을 꼼꼼하게 좀 보세요. 저 사람들은 전 세계적으로 유명한 보이밴드라고요. 저들은 돈 때문에 억지로 우는 게 아니에요. 지금 뮤직비디오를 찍고 있는 거라고요!"

"뮤직… 뭐? 도대체 무슨 소리인지 하나도 모르겠군. 아, 몰라! 그냥 1오슬러 반사 눈물!"

그는 흐릿한 미색 버튼을 신경질적으로 일곱 번 눌렀다. 컴퓨터 화면엔 같은 글씨가 일곱 번 반복되었다.

반사 눈물

16-7800 마시멜로

세계적인 스타의 계좌에 고작 1오슬러씩 입금되는 광경을 상상한 엠마는 손으로 입을 가리고 웃었다.

"내일부터 이런 반사 눈물은 자동 처리 시스템으로 돌려놓자고! 시간 낭비가 따로 없으니!"

　조안은 아이삭을 보고 고개를 절레절레 저은 뒤 다른 영상으로 고개를 돌렸다. 남자가 10년 동안 사귄 여자친구에게 무릎을 꿇고 프러포즈하는 영상이었다. 여자친구의 눈에서 감동의 눈물 한 방울이 톡 하고 떨어졌다. 조안은 두 손을 포개어 '정말 로맨틱해!'라고 말한 뒤 몽글몽글한 솜사탕 색깔의 핑크색 버튼을 꾹 눌렀다.

꽤 감동적인 행복의 눈물
17-3980 크림로즈 핑크

　그녀가 버튼을 누르자 투명했던 눈물은 몽글몽글한 솜사탕 같은 핑크색으로 물들더니 줄을 타고 반대 방향으로 흘러갔다. 엠마는 투명한 눈물에 색이 입혀지는 모습을 보고는 놀라서 입이 떡 벌어졌다.

　"레이먼! 보셨어요? 색깔이 바뀌었어요! 눈물이 핑크색이 됐다고요."

　"분석관들은 눈물의 금액뿐만 아니라 눈물의 색깔도 지정합니다. 슬픈 눈물은 짜고, 기뻐서 흘리는 눈물은 약간 달며, 화가 나서 흘리는 눈물은 산성 성분 때문에 신맛이 난답니다. 관리청엔 하루에도 수십억 개가 넘는 눈물방울이 전 세계에서 날아 들어오는데, 겉보기엔 똑같아 보여도 성질이 다른 눈물들을 쉽게 구분하기 위해 고유의 색을 부여하게 되었어요. 색의 명도나 채도를 통해서 측정 금액을 더욱더 미세하게 나눌 수도 있고요."

레이먼은 레드 계열로 그러데이션 되어 있는 수천 개의 버튼을 가리키며 말을 이어나갔다.

"먼저 기쁨, 행복, 감동처럼 긍정적인 눈물은 붉은 계열입니다. 약간 기쁜 눈물은 흰색에 가까운 살구색인 '몽실 애프리콧', 꽤 기쁘거나 행복한 눈물은 연핑크 색상의 '크림로즈 핑크', 점점 감정이 격해질수록 색은 진해져 그 감동이 절정에 이른 눈물은 태양처럼 쨍한 '페르시안 레드'로 분류됩니다."

엠마는 가장 행복한 눈물인 '페르시안 레드' 버튼을 눌러보고 싶은 충동을 간신히 참으며 침을 꿀꺽 삼켰다. 레이먼이 이번엔 반대쪽 버튼 쪽으로 몸을 돌렸다.

"다음으론 슬픔, 고통, 분노처럼 부정적인 눈물입니다. 이 눈물들은 푸른 계열이죠. 미미한 분노의 눈물은 연하늘색인 '흐릿한 항구', 오랜 시간 누적된 고통의 눈물은 '더스트 블루', 마지막으로 인간이 느끼는 가장 극악의 슬픈 감정, 가장 사랑하는 사람이 죽음을 맞이했을 때 흘리는 눈물은 '밤하늘의 블루'라고 부릅니다. 이 색들 말고도 무수히 많은 색이 존재합니다. 색이 연할수록 측정 금액은 적고, 색이 진할수록 환산되는 금액은 매우 높아지죠."

"그렇군요. 이곳은 정말 놀라워요. 제 상상보다 훨씬 더요. 이상한 나라에 들어온 앨리스가 된 기분이에요."

엠마가 눈을 반짝이며 말했다.

엠마의 호들갑에 몇몇 직원이 뒤를 돌아봤다. 민망해진 엠마는 어깨를 한 번 으쓱한 뒤 손을 흔들어 인사했다.

"저… 청장님. 아니, 레이먼? 저는 무슨 일을 하면 될까요?"

인사를 마친 엠마가 물었다.

"엠마, 당신도 니블 분석관입니다. 하지만 당신은 조금 더 특별한 일을 하게 될 겁니다."

"특별한 일이요?"

"이쪽으로."

레이먼이 팔로 한 곳을 가리키며 안내했다.

엠마와 레이먼은 투명한 계단을 올라가 상황실이 한눈에 내려다보이는 데스크로 향했다. 딱 봐도 높은 직급의 관리자가 앉는 자리 같아 보였기에, 엠마는 '설마 이 자리에서 일하는 건 아니겠지'라고 생각했다.

자리엔 커다란 스크린과 컴퓨터 모니터 세 대가 서로 마주보고 있었다. 왼쪽 자리엔 귀가 뾰족하고 얼굴이 창백한 남자가 심각한 얼굴로 컴퓨터 화면을 보며 앉아 있었다. 피를 머금은 것처럼 붉은 남자의 입술이 흡사 뱀파이어의 것과 같아 보여서, 엠마는 자신도 모르게 온몸을 부르르 떨었다.

"이든! 여긴 오늘부터 같이 일하게 될 엠마야. 인사해."

남자는 날카로운 눈빛으로 엠마를 한 번 쳐다보더니 시큰둥하게 인사를 건넸다.

"안녕하세요."

"아… 안녕하세요."

엠마는 목 쪽으로 바짝 당겨진 턱을 겨우 움직여 목례한 뒤 레이먼의 등 뒤로 숨으며 말했다.

"제… 제가 일할 곳이 여… 여긴가요? 저분하고 저하고 단둘이요?

"정확히 말하면 셋이죠, 저까지."

레이먼이 가운데에 놓인 의자의 헤드레스트 부분을 손으로 탁탁 치며 말했다. 그의 의자는 나머지 두 개와 달리 쿠션이 빵빵한 황갈색 가죽으로 덮여 있었다.

"그러니까… 저분하고 저하고 청장님하고요?"

엠마는 당장이라도 도망가고 싶었다. 점심도 같이 먹기 싫다는 직속 상사, 찔러도 피 한 방울 안 나올 것 같은 동료와 한 팀이라니. 엠마는 엘리베이터 쪽을 계속 흘끔거렸다.

"엠마 자리는 이쪽이에요."

레이먼이 오른쪽에 있는 의자를 빼주며 말했다.

억지로 엉덩이를 쭉 내민 엠마는 의자 끝에 간신히 걸터앉았다. 마치 밥 먹기 싫은데 엄마한테 끌려와 식탁에 앉은 아이 같았다. 레이먼은 엉거주춤한 그녀의 자세를 보며 은근슬쩍 새어 나오는 미소를 최선을 다해 참았다.

"우리 셋은 상당히 신중을 기해야 하는 눈물을 분석할 겁니다. 엠마는 최대한 사람들의 감정에 집중하는 역할을, 이든은 과도한 감정이입과 공감을 이성적으로 통제하는 역할을 합니다. 나는 두 사람의 이야기를 듣고 최종적으로 눈물 금액과 색깔을 측정할 겁니다. 자, 저기 눈물 하나가 날아오는군요."

유독 굵은 눈물방울 하나가 줄을 타고 내려와 저울처럼 생긴 측정대 위에 살포시 안착했다. 레이먼이 책상 위 동그란 버튼을 누르자 눈물이 측정대 위에서 뱅글뱅글 돌아가기 시작했다. 회전 속도가 점점 빨라져 최고조에 이르자 세 사람 앞에 놓인 초대형 스크린이 번쩍이며 켜졌다.

에밀리 쿠퍼는 가정 형편이 어려운 집에서 태어나 고등학생 때부터 아르바이트를 시작했다. 스무 살이 된 지금은 나라에서 운영하는 기술 전문대학에 진학했지만, 등록금과 생활비를 감당하기 위해서 아르바이트를 세 개나 하는 중이었다. 일을 아무리 열심히 해도 에밀리의 상황은 좀처럼 나아지지 않았다. 하루에 식사는 딱 한 끼. 두 개에 5오슬러인 내용물이 부실한 샌드위치를 먹거나, 단돈 7오슬러에 원하는 만큼 먹을 수 있는 푸드코트 내 중국음식점을 애용했다. 과다한 조미료 때문인지 먹고 나면 밤새 화장실을 들락거려야 했지만, 그녀에게 이보다 나은 선택지는 없었다. 벌써 몇 년째 쌓여만 가는 학자금 대출, 좁은 평수에 비해 턱없이 비싼 월세, 별로 쓴 것 같지도 않은데 매번 지난달보다 더 많이 나오는 공과금 때문에 식비라도 줄이지 않으면 방법이 없었기 때문이다.

매일 새벽 5시 반, 그녀는 시티 중심에 있는 28층짜리 증권사 건물로 출근한다. 자기 몸집보다 큰 배낭형 청소기를 메고 꼭대기에서부터 층마다 내려오며 구석구석 떨어져 있는 머리카락과 각종 이물질을 치운다. 회의실 문에 잔뜩 찍힌 손자국을 다각도로 살펴 꼼꼼하게 닦아내고, 책상마다 하나씩 놓인 꽉 찬 쓰레기통을 깨끗이 비워내야만 첫 번째 아르바이트가 끝난다. 청소가 끝나면 바로 학교로 달려가 꾸벅꾸벅 졸며 수업을 듣는다. 아무리 참아보려고 해도 무거워진 눈꺼풀을 견디기 힘들어 기절하듯 엎드려 자는 날도 많다. 매일 저녁엔 집 근처 펍에서 새벽까지 서빙을 하고, 주말엔 일본인 사장이 운영하는 회전초밥 가게에서 주방 보조로 일한다.

여느 때와 같은 금요일 저녁, 에밀리는 늦게까지 펍에서 일하는 중이었다.

"음식 맛이 왜 이래? 너네 장사 이따위로 할 거야?"

"술 더 가져와! 나 하나도 안 취했어!"

에밀리는 자기 잘못도 아닌 일에 오늘 하루만 '죄송합니다'를 수십 번째 외치고, 새벽 1시가 되어서야 지옥 같은 일상에서 해방됐다. '집에 가서 씻고 바로 잠들어도 2시, 내일 아침 새벽 청소를 가려면 5시에는 일어나야 하는데 많이 자도 세 시간이다. 휴….'

그녀가 발걸음을 재촉해 집으로 돌아가는 길, 이 시간까지 유일하게 열려 있는 케밥 가게 안은 클럽에서 놀다 지쳐 허기를 채우려고 모여든 젊은이들로 가득했다. 사람들은 김이 모락모락 나는 케밥을 호호 불어가며 먹고 있었다.

꼬르륵. 에밀리는 그제야 자신이 오늘 한 끼도 못 먹었음을 알아차렸다.

'뭐 하나 먹고 갈까? 잠은 한 시간만 덜 자지 뭐….'

딸랑. 그녀는 큰맘 먹고 케밥 가게 안으로 들어갔다. 타오르는 불꽃 그림과 튀르키예 말이 복잡하게 섞인 메뉴판에서 작은 글씨로 써 있는 영어를 간신히 찾아내느라 그녀의 미간이 찌푸려졌다.

"믹스 케밥. 비프, 포크, 치킨, 세 가지 고기와 토마토, 양상추. 쓰읍."

육즙을 뚝뚝 흘리며 빙글빙글 돌아가는 회전구이 케밥의

냄새가 콧속 제일 깊숙한 곳을 찌르자, 메뉴를 읽던 그녀의 입 안에 침이 가득 고였다.

"가격이 18오슬러? 비싸네…."

그녀는 다른 메뉴로 눈을 돌렸다.

"비프 케밥은 13오슬러. 치킨만 들어간 건 11오슬러…."

그녀는 슬며시 프런트에 서 있는 가게 주인의 눈치를 봤다. 붉은 융단 같은 모자를 쓴 가게 주인이 칼을 탁탁 치며 불편한 심기를 드러냈기 때문이었다. 에밀리는 그 후에도 30분이나 메뉴판 앞을 서성거리다 겨우 주문을 마쳤다. 잠시 뒤 에밀리는 음식을 들고 야외 테이블로 걸어 나왔다. 그녀가 손에 들고 있는 건 비프 케밥도 치킨 케밥도 아닌 5오슬러짜리 감자튀김이었다. 에밀리는 테이블에 앉아 김이 모락모락 나는 감자튀김을 높게 들어 올려 짙은 새벽하늘 위에 올려놓았다. 찰칵! 그녀는 사진을 한 장 찍은 뒤, 개중 가장 두꺼워 보이는 감자튀김 하나를 베어 물었다. 아무것도 먹지 않았을 때는 몰랐는데 막상 음식이 입 안으로 들어가니 더욱 배가 고파지는 것 같았다.

"이거라도 먹으니까 좀 살겠네."

그녀는 입을 오물거리며 '워터세일링' 애플리케이션을 열었다. '이보다 더 행복할 수 없어요, 우울해요, 그저 그래요, 마지못해 살아요, 죽겠어요' 등 감정을 기록하면 자신의 눈물 색깔과 금액을 예측할 수 있는 기능 때문에 젊은 층에게 가장 인기를 끌고 있는 소셜미디어다. 화면엔 허름한 티셔츠와 청바지를 입은 아바타가 유료 아이템을 하나도 장착하지 않은 채 우울한 표정으로 중앙 공간에 서 있었다. 아바타의 머리 위로 아이디와 프로필이 보였다.

@emily_cooper_10

대학생(학교 이름은 비밀)

노잼 인생

'우울해요', '그저 그래요'

프로필은 좋게 말하면 심플하고 나쁘게 말하면 초라했다. 그 흔한 학교 이름이나 직업, 취미 한 줄 없었다. 달이 찍힌 밤 사진 몇 장이 겨우 여백을 메우고 있었다. 에밀리는 고민에 빠졌다. '방금 찍은 감자튀김 사진을 올릴까? 너무 구질구질해 보이나?' 그녀는 무료로 제공되는 기본 필터를 번갈아 입혀본 뒤 요즘 인기 있다는 눈물 키워드를 덧붙였다.

💧새벽하늘 💧알바끝 🖤고생했어 💧토닥토닥

키워드를 붙일 때마다 애플리케이션 오른쪽에 보이는 유리

병에 눈물이 차올랐다.

고민 끝에 올린 사진이 업로드되었다는 알림창을 보자 에밀리는 묘하게 기분이 좋아졌다. 별 볼 일 없는 사진이지만 마음대로 할 수 있는 일이 하나라도 있다는 것이 그녀에게 작은 위로가 되었다.

만족스러운 표정의 에밀리는 커다란 돛이 달린 요트 모양 버튼을 눌러 다른 사람들의 계정을 구경하다가 샤넬 쇼핑백 열 개가 겹겹이 쌓인 사진을 발견했다.

"하나 사기도 어려운 걸 하루에 열 개나 샀어? 도대체 누군지 얼굴 좀 보자."

사진 끝에 적혀 있는 아이디를 누르자, 머리끝에서 발끝까지 명품으로 쫙 빼입고 활짝 웃고 있는 아바타가 나타났다. 아바타는 하이틴 여주인공의 방처럼 꾸며진 중앙 공간에 앉아서 칵테일을 마시고 있었다.

@the queen_grace_01

대학생 (맥퀸대 경영학과)

모델 ('스플래싱', '쇼잉오프' 외 다수)

'워터세일링' 선정 올해 최고의 인플루언서

제13회 아마추어 골프 챔피언십 준우승

스쿠버다이빙 다이브 마스터 과정 수료

비즈니스 문의 (하단에 구명조끼 버튼을 눌러 메시지를 보내주세요.)

꿀잼 인생

'이보다 더 행복할 수 없어요', '신나요'

프로필이 매우 화려했다. 피드 섹션에는 해외 여행, 골프, 테니스, 5성급 호텔 수영장을 즐기는 여자의 셀카 사진이 가득했고, 명품 쇼핑백이 가득 쌓인 사진도 셀 수 없이 많았다. 팔로어는 무려 200만 명. 사진마다 '좋아요'를 뜻하는 수천 개의 물방울과 댓글이 달려 있었다. 에밀리는 댓글이나 물방울이 단 하나도 없는 자신의 사진과 비교하며 상대적 박탈감을 느꼈다.

"나이도 나랑 비슷해 보이는데…. 저렇게 사는 건 무슨 기분일까? 감자튀김 사진이나 찍고 있는 내 인생은 답이 없다. 이번 생은 망했어."

에밀리는 새벽 3시가 되어서야 세 평 남짓한 그녀의 자취방으로 돌아왔다. 곰팡이 핀 벽을 가리기 위해 붙여놓은 포스터 한쪽이 떨어질 듯 달랑거렸다.

"뭐 하나 멀쩡한 게 없어. 거지 같아, 정말."

씻을 기운도, 의욕도 없는 에밀리는 방바닥에 그대로 철퍼덕 누웠다.

징—. 징—. 징—. 그녀의 주머니에서 휴대폰 진동이 연달아 울렸다.

[집주인 아주머니]
에밀리, 월세 세 달째 밀린 거 알지? 내일까지 입금 안 되면 미안하지만 나가줘야겠어.

[HADS-HELP]
학자금 대출 이자 연체 중입니다. 빠른 상환 바랍니다.

[텔스라 통신]
안녕하세요. 고객님의 휴대폰 요금이 납부되지 않은 것으로 확인되고 있습니다. 요금이 계속 납부되지 않을 경우 휴대폰 이용이 정지될 예정이오니, 오늘 자동납부 통장에서 인출될 수 있도록 잔고 확인을 부탁드립니다.

미납요금: 430오슬러

당월요금: 70오슬러

합계금액: 500오슬러

"돈 걱정 좀 안 하고 살았으면 좋겠다…."
에밀리의 한숨이 더 깊어졌다.
몇 초나 지났을까? 친구들과의 단체 채팅방에서도 진동이 울렸다.

"얘들아! 이번 주말에 1박 2일로 놀러 갈래? 각자 500오슬러씩만 내면 되는데, 어때?"

"오케이! 난 가능할 듯."

"너무 싼 거 아냐? 나 5성급 호텔 이하는 취급 안 하는 거 알지?"

"당연히 5성급이지. 에밀리! 이번엔 같이 가는 거지?"

에밀리는 답장할 기력도 남아 있지 않았지만, 읽고도 답을 하지 않았다간 친구들과 사이가 틀어질까 봐 무서웠다. 그녀는 몇 번이고 메시지를 썼다 지우기를 반복했다. 어떻게 하면 완곡하게 거절할 수 있을지 고민이 됐다.

"미안, 난 알바 있어서 못 갈 것 같아. 즐거운 시간 보내."

문자를 보낸 에밀리가 초조하게 친구들의 반응을 살폈다.

"넌 왜 맨날 알바만 해?"

"그래, 에밀리, 좀 놀기도 해야지."

에밀리는 점점 가슴이 답답하고 무언가 옥죄는 듯한 기분이 들었다. 잘못한 것도 없는데 죄인이 된 것만 같았다. 돈 없는 죄인.

그녀의 휴대폰이 다시 울렸다. 이번엔 전화였다. 발신인이 누군지 확인한 에밀리는 목소리 톤을 한껏 끌어 올려 전화를 받았다.

"엄마⋯."

"우리 딸 목소리가 왜 이렇게 힘이 없어? 어디 아파?"

"아프긴. 너무 건강해서 탈이지!"

에밀리는 목소리에 한껏 힘을 주며 말했다.

"밥은 먹었어? 일하랴 공부하랴 힘들지?"

질문을 쏟아내던 엄마는 잠시 말이 없었다.

"미안해⋯. 엄마가 능력이 안 돼서 우리 딸 고생만 시키네."

에밀리는 금방이라도 터져 나올 것 같은 눈물을 꾹 참으며 엄마를 위로했다.

"왜 그런 소리를 해, 엄마. 난 괜찮아. 엄마나 아프면 참지 말고 제발 병원 좀 가. 청소 일이 얼마나 힘든 건데. 저번처럼 또 쓰러지지 말고⋯ 응?"

에밀리의 엄마는 자신은 멀쩡하니 걱정 말고 밥 잘 챙겨 먹고 건강하란 말만 연신 반복했다. 에밀리는 자신을 걱정해 주는 엄마의 말에 금방이라도 눈물이 날 것 같았다.

'내가 울면 엄마가 속상할 거야. 빨리 끊어야 해.' 에밀리가 속으로 생각했다.

"하암― 나 피곤해 엄마. 자야겠어."

에밀리는 손바닥으로 아― 하고 벌린 입을 톡톡 두드리며 말했다.

"그래. 엄마가 눈치 없이⋯. 얼른 자. 우리 딸 잘 자. 사랑…"

달칵. 에밀리는 재빨리 전화를 끊었다. 엄마가 사랑한다고 말하려는 걸 눈치챘기 때문이다. 지금 그 말을 들었다간 정말로 눈물이 왈칵 쏟아질지 모른다는 생각에 통화 종료 버튼과 함께 차오르는 북받침을 끊어버렸다. 에밀리는 조금 새어 나온 눈물을 말리느라 천장을 보며 손부채질을 해댔다.

띵. 또다시 휴대폰이 울렸다.

"도대체 나한테 왜 이래 오늘!"

에밀리가 힘을 잔뜩 준 손가락으로 휴대폰 화면을 신경질적으로 눌렀다. 그러나 메시지를 확인한 에밀리의 눈은 곧 안개가 낀 듯 뿌예졌다.

'우리 딸. 네 계좌로 100오슬러 보냈어. 너무 적어서 미안. 이번 달엔 일을 몇 번 못 나가서…. 엄마가 다음 달엔 좀 더 많이 보내줄게. 케밥이라도 하나 사 먹어. 너 그거 좋아하잖아. 알겠지? 엄마가 많이 사랑해.'

"흐흑… 흑…"

하루 종일 꾹꾹 눌러왔던 에밀리의 눈물이 터지고야 말았다. 그녀는 촌스러운 꽃무늬 베개를 끌어안고 소리 내어 울기 시작했다. 엄마가 사다 준 베개였다. 에밀리는 이렇게 촌스러운 걸 왜 사왔냐고, 당장 환불하라고 꽥꽥 소리를 질렀던 일이 생각났다. 돈은 없고 애정만 가득한 엄마의 사랑이 이따금씩 에밀리를 괴물로 만들었다. 가슴으론 알겠지만 머리로는 이해할 수 없는, 엄마를 사랑하지만 동시에 엄마가 밉고 원망스러운 그런 괴물 말이다. 그녀는 가난을 물려준 엄마에게 소리를 지르고 화를 내는 것으로 또 다른 상처와 아픔을 전가했다. 그렇게 한참 화풀이를 하고 나면 슬픈 눈으로 자신을 보는 엄마가 짠했다. 미안함과 후회가 밀려와 얼굴을 들 수 없게 창피하고 비참해졌다. 돈 때문에 세상에서 고통받고, 그 고통을 엄마에게 상처로 돌리며, 그 후회로 자신이 고통받는 끔찍한 악순환… '나는 내가 정말 싫다. 살고 싶지 않다. 더 이상 살아갈 자신감도 없고 희망도 없다.'

에밀리는 힘껏 끌어안은 베개에 얼굴을 파묻고 흐느꼈다. 매일 그래왔듯 익숙하게, 꽃무늬 베개는 오늘 밤도 그녀의 눈물로 축축이 젖어갔다.

💧

엠마는 폭포수처럼 쏟아지는 눈물과 콧물을 닦은 휴지를 책상 위로 쌓아 올렸다. 이든은 그 모습에 경악했다.

"엠마, 괜찮아요?"

레이먼이 티슈를 건네며 말했다.

"공적인 자리에서 눈물을 보여서 죄송해요. 창피하네요."

"오, 엠마! 눈물은 창피한 게 아니에요. 오히려 자기 자신 그대로의 순수함을 나타내죠. 진짜 자신은 감추고 숨길 수 있는 게 아니니까요. 있는 그대로 드러내는 나의 모습이 진짜죠. 엠마는 눈물로 자기 자신 그대로의 모습을 지켜내는 사람이에요. 그러니 사과하지 말아요."

엠마는 레이먼의 말에 놀랐다. '뭘 잘했다고 울어, 공적인 자리에서 눈물 보이지 마, 집에 가서 울어, 울면 일이 해결돼?' 살면서 무수히 들었던 말과는 명백히 달랐기 때문이다.

잠시 뒤, 엠마가 진정할 때까지 기다린 레이먼이 차분히 말을 이어나갔다.

"요즘 청년들은 평생 월급을 모아도 살 수 없는 높은 집값, 끊임없는 경쟁, 일자리 부족으로 유독 힘들어한다더군요. 좁은 자취방에서 1오슬러짜리 식빵 몇 개로 점심을 때우고 친구나 가족으로부터 고립되어 가면서요. 더군다나 에밀리처럼 가정 형편이 넉넉하지 못한 경우에는 그 고통이 배가될 겁니다. 이든, 어떻게 생각해?"

엠마는 긴장이 되어 괜히 침을 꿀꺽 삼켰다. 그의 입에서 나오는 모든 말은 얼음장처럼 차가울 것 같았기 때문이다. 그녀의 예상은 빗나가지 않았다.

"글쎄요, 이 정도의 고통은 삶을 살아가는 인간이라면 대부분 겪는 일 아닌가요? 조금 더 냉정하게 말해보면 저 여자분은 고등교육을 받고 있고, 작지만 제 몸 누일 거처가 있으며, 또 전화를 걸 수 있는 부모도 있어요. 아이티나 베네수엘라 같은 가난한 나라에 사는 사람들은 진도 7.0이 넘는 지진으로 보금자리와 부모를 잃었고, 실업률은 90퍼센트가 넘어요. 대학은커녕 초등교육도 못 받는 사람이 넘쳐나죠. 그런 이들과 비교해 보자면 에밀리 쿠퍼의 눈물은 그렇게 슬픈 강도의 눈물이라고 볼 순 없겠습니다."

"말도 안 돼요!"

이든과 제대로 눈도 못 마주치던 엠마는 책상을 쾅 치며 소리쳤다.

"형편이 극단적으로 척박한 사람들하고만 비교하면 안 되죠! 에밀리는 지난 몇 년 동안 자신이 할 수 있는 최선을 다해왔어요. 하지만 상황이 전혀 나아지지 않잖아요. 자신보다 상황이 훨씬 좋은 사람들하고 비교했을 때 에밀리의 눈물은 충분히 '심한 강도의 슬픈 눈물'이라고요! 우리는 하루아침에 흐르는 세상에서 살게 되었어요. 이유가 뭐라고 생각하세요? 전 에밀리 같은 사람들을 위해서라고 생각해요. 매일 베개가 축축하게 젖을 때까지 눈물로 밤을 지새우는 사람들 말이에요. 이제 저들의 눈물이 보상받을 시간이에요."

엠마는 무수히 많은 단어들을 쉼 없이, 그러나 한 글자 한 글자를 또박또박 쏟아냈다. 이든은 당혹스러운 표정으로 더 이상 아무 말도 하지 않았고, 레이먼은 고개를 끄덕이며 말했다.

"엠마, 진정해요. 당신 말이 틀린 건 하나도 없어요. 하지만 이든의 말에도 일리가 있어요. 이 세상엔 상대성이란 것이 늘 존재해요. 누구와 비교하느냐에 따라 자신의 인생이 꽤 괜찮게 느껴지기도 하고, 지옥같이 느껴지기도 하죠. 불공정과 불균형 사이에서 적정선을 찾아야 합니다. 그게 바로 우리가 해야 하는 일이죠. 제 생각엔 이 정도가 적당할 것 같군요."

그는 짙은 회색이 약간 섞인 파란색 버튼을 꾹 하고 눌렀다.

꽤 오래 누적된 인고와 고통의 눈물
15-9870 더스트 블루

"레이먼! 1만 오슬러는 너무 적잖아요. 에밀리가 다니는 대학의 한 학기 등록금이 2만 5000오슬러라고요."

엠마가 실망 섞인 투로 말했다.

"너무 아쉬워하지 말아요. 에밀리는 자신에게 주어진 삶을 살아내면서 울게 될 순간들을 끊임없이 마주하게 될 겁니다. 어떤 때는 매우 행복하고 기뻐서, 또 어떤 때는 매우 고통스럽고 힘들어서 울게 되겠지요. 이번 눈물은 그저 '힘내, 에밀리. 넌 정말 잘하고 있어. 아직 세상엔 희망이 있어'라고 말하는 작은 위로라고 생각하면 어떨까요?"

🜄

시끄러운 코카투 앵무새가 짹짹거리는 아침, 에밀리는 또다시 시끄럽게 울리는 메시지 소리에 잠에서 깼다.

"지겨워. 이번엔 또 뭔데? 내가 또 뭘 안 냈냐고!"

[눈물관리청] 눈물 처리 결과 안내
친애하는 에밀리 쿠퍼 님, 당신의 눈물은 '꽤 오래 누적된 인고와 고통의 눈물'로 측정되어 다음과 같이 지급되었음을 알려드립니다. 가까운 시일 내엔 기쁘고 행복한 눈물로 만나뵙길 고대하겠습니다.
■ 접수번호: 1007367114
■ 지급액: 10,000오슬러

"일, 십, 백, 천, 만…? 1만 오슬러잖아?"

에밀리는 입금된 돈의 숫자 '0'을 반복해서 세어가며 눈을 비볐다. 도저히 믿기지가 않았다. 이 정도면 학자금 대출 이자도 어느 정도 갚을 수 있고, 당분간은 휴대폰 요금과 월세 걱정 없이 지낼 수 있다. 에밀리는 벌떡 일어나 아무것도 없는 허공을 보며 큰 목소리로 외쳤다.

"감사합니다. 정말 감사합니다! 힘내서 살아볼게요! 정말⋯ 정말 고맙습니다."

자그마한 희망의 빛이 그녀의 삶에 원동력을 다시 불러일으켰다.

감사 인사를 마친 에밀리는 재빨리 휴대폰을 낚아채듯 들어 올려 손가락을 움직였다.

-주인 아주머니, 밀린 월세 입금했습니다. 늦어서 죄송해요.

-이번 달 학자금 대출 이자가 상환되었습니다.

-텔스라 통신 미납요금 납부 완료.

당장 급한 것부터 재빠르게 해결한 에밀리는 묘한 성취감과 짜릿함에 사로잡혔다. 무엇이든 해낼 수 있을 것 같은 자신감과 의욕이 넘쳤다. 그녀가 어디론가 전화를 걸었다. 길어지는 신호에 그녀는 손톱을 깨물며 흥분된 마음을 감추지 못했다.

달칵.

"우리 딸, 아침 일찍부터 웬일이야?"

"엄마, 오늘 우리 맛있는 거 먹으러 가요. 내가 이따가 엄마 일하는 곳으로 갈게요."

"뭐? 오늘 무슨 날이야?"

"음… 뭐든 하고 싶은, 뭐든 할 수 있을 것만 같은 그런 멋진 날이에요, 오늘은."

에밀리의 가슴속, 뭔가 묵직한 덩어리가 장기들을 밀치며 움직이고 있었다. 덩어리가 만들어낸 묵직한 진동은 식도를 타고 올라와 그녀의 양쪽 눈두덩이를 뜨겁게 달궜다. 기쁘고 행복한 눈물을 만날 날이 그리 머지않은 듯 보였다.

스머글 상점

퇴근길에 엠마의 발걸음은 가벼웠다. 매일 밤 남몰래 수많은 눈물을 흘려도 그 어떤 보상도 받지 못했던 에밀리 같은 사람들이 이제는 눈물로 보상을 받는 세상이 왔다는 사실, 그리고 그게 자신이 처음 관리청에서 맡은 업무였다는 사실이 그녀의 몸을 가볍게 만들었다.

"엠마, 첫 출근 어땠어? 근데 왜 이렇게 실실 웃어. 끝나고 데이트라도 하러 가는 거야?"

연신 새어 나오는 미소를 숨기지 못하는 엠마를 보고 경비원인 브루스가 말했다.

"데이트보다 훨―씬 좋은 일이죠!"

사원증을 태그한 엠마가 물방울 분수대를 걸어 나오며 말했다.

"그게 뭔데?"

"아저씨, 저는 이곳이 정말 마음에 들어요. 이보다 더 좋을 수 없겠다 싶을 정도로요. 먼저 가볼게요. 좋은 저녁 되세요."

엠마는 뒷걸음질로 물러나며 브루스를 향해 손을 높이 흔들었다.

브루스는 알 수 없는 말에 잠깐 어깨를 으쓱였지만, 이내 그녀를 따라 미소 지었다.

엠마가 1번 수증기터널을 지나고 있을 때, 레이먼의 뒷모습이 보였다.

"청장님!"

엠마가 큰 소리로 불렀지만, 레이먼은 쏜살같이 유리 벽을 뚫고 관리청 밖으로 사라졌다.

엠마는 꼭대기 층에서 레이먼과 나눈 대화를 떠올렸다.

"많이 걱정했는데… 생각보다 잘 지내고 있었던 것 같아 다행이네요."

레이먼이 알 수 없는 말을 했다.

"네? 그게 무슨 말씀이신지…."

"그러니까 제 말은, 엠마가 감정 담당관 역할을 잘할 수 있을지 걱정했는데 생각보다 잘해서 다행이라고요."

레이먼은 당황하며 말을 얼버무렸다.

"아… 네."

"궁금한 게 있는데요. 마지막으로 엠마 자신을 위해 울었던 적은 언제인가요?"

"네?"

엠마는 순간 뇌가 정지됨을 느꼈다.

"엠마 당신은 타인을 배려하고, 공감하고, 함께 울어주는 능력이 탁월한 사람인 것 같아요. 그런 당신이 언제 어느 순간에 스스로를 위해서 눈물을 흘리는지 궁금해서요."

"저를 위한 눈물이요? 저를 위한… 나를 위한… 그러니까… 그게…"

엠마는 가슴에 손을 올리며 말을 더듬었다. '자신을 위한 눈물'이라는 말을 태어나 처음 들어보는 것 같았다.

"조금 의외네요. 당신처럼 눈물이 많은 사람이 이런 질문에 대답을 망설이다니…."

엠마는 입을 꾹 다문 채 한마디도 덧붙이지 못했다.

"엠마?"

레이먼이 초점을 잃은 엠마의 눈을 요리조리 살피다 조심스레 물었다.

"네?"

"당신을 곤란하게 했다면 미안해요. 하지만 한 번쯤 진지하게 생각해 봐요. 당신 스스로를 위해서요."

🌢

깃털처럼 날아갈 듯 가벼웠던 엠마의 발걸음이 한없이 무거워졌다. 마치 모래사장 위를 걷는 듯한 기분이었다.

"나 자신을 위해 마지막으로 울었던 날이라니. 그런 쉬운 질문에 왜 대답을 못 했지? 작년이었나? 아니면 재작년? 도무지 떠오르질 않아. 거의 매일 우는 내가 나를 위해 울었던 적은 없는 건가?"

엠마는 스스로에게 묻고 또 물으며 몇 차례 고개를 절레절레 흔들다 관리청을 나섰다. 잠시 후, 길을 걷던 그녀의 시선이 멈춘 곳엔 빨간 벽돌로 기둥을 쌓아 올린 선물 상점 '스머글'이 따뜻한 아이보리색 전구를 환하게 밝히고 서 있었다.

칠판 위에 하얀 분필로 써놓은 가격표에는 세 개 구매 시 10오슬러라고 쓰여 있었다. 그 아래로는 알록달록한 색깔과 다양한 무늬의 마스킹 테이프들이 쇼케이스 너머로 보기 좋게 진열되어 있었다. 포근한 조명 아래서 저마다 개성을 뽐내는 문구용품과 선물 상자를 본 엠마는 홀린 듯 가게 안으로 들어갔다.

딸랑. 오래된 상점의 전유물처럼 남아 있는 빛바랜 현관 벨이 손님의 입장을 알렸다.

"어서 오세요."

풍성하고 짙은 밤색 머리와 빨려 들 것 같은 깊고 그윽한 눈을 지닌 중년 여자가 한 손에는 도트 무늬가 가득 박힌 물병을, 다른 한 손에는 양털로 만든 먼지떨이를 들고 프런트 뒤에서 걸어 나왔다. 상점 주인 다이애나였다.

"선물하실 건가요? 가족? 친구?"

다이애나는 머리카락과 속눈썹뿐만 아니라 가슴과 엉덩이도 매우 풍만했기 때문에 그냥 걸어 나왔을 뿐인데도 저돌적으로 보였다. 그녀의 신체 조건에 주눅 든 엠마는 한 걸음 뒤로 물러서며, 자신도 모르게 고개를 끄덕였다.

"아주 잘 왔어요! 오늘 신상품이 잔뜩 들어왔답니다."

잔뜩 들뜬 표정의 다이애나가 엠마의 팔을 잡고 붉은 나무로 만든 선반 장으로 끌고가듯 안내했다. 선반에는 하양, 빨강, 노랑, 초록 화장품이 가지런히 놓여 있었다.

"핸드크림만큼 선물로 주기 만만한 것도 없죠. 하양은 양파, 빨강은 고추, 노랑은 마늘, 초록은 대파 향이 난답니다. 이 핸드크림을 바르고 눈물을 흘리면 매운 향 때문에 0.3배 더

많은 금액을 받을 수 있어요. 우리 가게 최고 인기 상품이랍
니다. 자, 한번 발라봐요."

쭉ㅡ. 다이애나는 빨간색 튜브에서 크림을 짜내어 엠마의
손등에 얹었다. 엠마는 내키지 않았지만 크림이 아까워 손등
전체에 쓱쓱 펴 발랐다.

"콜록콜록. 으악! 내 눈!"

코끝을 지나 대뇌까지 얼큰해지는 매운 고추 냄새에 기침
이 쏟아졌다. 엠마의 눈은 시뻘겋게 충혈되었다.

"처음만 그렇지, 조금만 지나면 곧 괜찮아져요. 노 페인, 노
게인. 고통 없이 얻을 수 있는 게 있는 줄 알았어요? 세상은
그렇게 만만하지 않답니다."

다이애나는 엠마를 엄살쟁이 대하듯 바라보며 빨간색 핸드
크림에 코를 대고 꽃향기 맡듯 킁킁거렸다.

"냄새가 매콤한 게 좋기만 하구먼."

잠시 뒤, 코와 눈이 매운 기운에 적응했는지 엠마는 겨우
고통에서 벗어날 수 있었다. 하지만 여전히 스멀스멀 올라오
는 알싸한 잔향은 어쩔 수 없었다.

다이애나는 이번엔 가게 입구 쪽으로 엠마를 데려갔다. 빙
글빙글 돌아가는 진열대엔 작은 유리병이 달린 열쇠고리가
가득 매달려 있었다. 방울처럼 작고 동그란 것, 시험관처럼 길
쭉한 것, 약병처럼 생긴 것, 모래시계처럼 생긴 것, 주사기 형

태로 생긴 것 등 유리병의 디자인은 매우 다양했다.

언젠가 최악의 선물로 열쇠고리가 부동의 1위라는 이야기를 들었던 적이 있다. 테크놀로지와 메타버스에 점령당한 세상에 아날로그의 상징인 열쇠에 다는 고리라니.

엠마가 뜨악한 표정을 차마 감추지 못하며 말했다.

"요즘에도 열쇠고리를 선물하는 사람이 있나요?"

"어머, 무슨 섭섭한 소릴. 이건 그냥 열쇠고리가 아니랍니다."

다이애나가 시험관 모양 유리병이 달린 열쇠고리를 꺼내어 보였다. 가까이서 보니 유리병 표면에 박힌 촘촘한 계량 눈금이 선명하게 보였다. 고리 위에는 실눈을 뜨고 봐야 가까스로 보이는 초소형 카메라가 빨간 불빛을 번쩍거리고 있었다. 엠마가 깜짝 놀라 다이애나를 쳐다보자, 그녀는 기다렸다는 듯 제품 설명을 하기 시작했다.

"이거야말로 누구나 가지고 싶어 하는 최고의 선물이죠! 어느 날 니블이 고장 나서 아까운 눈물을 그냥 흘려보낸다면 얼마나 안타까울까요?"

다이애나는 이 대목에서 양팔로 자신의 가슴과 어깨를 감싸며 안타까움을 한층 더 격하게 표현했다.

"이 열쇠고리는 작고 가벼워서 항시 휴대에 최적화되어 있죠. 눈물을 받아야 하는 순간에 이 유리병에 담아 관리청에 제출하면 돈으로 환산받을 수 있답니다. 고리 끝에 달린 카메라는 어떻고요? 사건경위서 대신 증거 영상 하나만 제출하면 바쁜 현대인의 시간을 아낄 수 있죠. 올해 가장 받고 싶은 선물 1위에 빛나는 비상용 니블 열쇠고리랍니다."

다이애나는 춤을 추듯 두 바퀴 빙글 돌고는, 한쪽 다리와 한쪽 팔을 길게 늘어뜨리는 포즈를 지어 보이며 설명을 마쳤다. 엠마는 마치 한 편의 뮤지컬을 본 듯해 박수라도 쳐야 할 것 같은 기분이 들었다.

"자, 어떤 게 마음에 들어요?"

다이애나가 취하던 포즈를 풀며 말했다.

"글쎄요…."

엠마는 쉽게 대답을 못 하고 우물쭈물했다.

"내가 추천해 주죠. 선물 받는 사람이 누구라고 했죠?"

"받는 사람이… 그러니까…"

엠마는 차마 선물할 사람이 없다고 얘기할 수가 없었다.

그런 엠마가 답답한지 다이애나의 미간이 점점 좁아졌다.

"여자예요? 남자예요? 친구? 아님 가족? 나이는요? 젊은가요? 아니면 연세가 있으신가요? 평소 좋아하는 물건 같은 거 알아요? 직업은 뭐죠?"

"그 사람은… 그러니까… 여자인데 나이는 젊은 편이고…"

"그 여자분이 좋아하는 색깔이 뭐죠? 혹시 혈액형이나 별자리 같은 건요? 생일은? 생일이 몇 월이죠? 탄생석이 뭐죠?

진주? 사파이어? 그분의 향수 취향이 노골적인 편인가요?"

엠마는 속으로 외쳤다. 제발 그만. 선물 주인이 존재하지도 않는데 취향이 있을 리가 없잖아….

엠마는 공격적으로 들려오는 다이애나의 목소리에 눈을 질끈 감으며 소리쳤다.

"저예요, 그 사람이!"

상점은 순식간에 정적에 휩싸였다.

아무 소리가 없자 불안해진 엠마는 살짝 실눈을 떠 다이애나의 눈치를 살폈다. 물음표 살인마처럼 질문을 해대던 다이애나의 입이 굳게 다물어져 있었다. 그녀의 표정은 물건 하나 팔아보려고 갖은 수를 다 쓰는 장사꾼 같던 좀 전과는 다르게 진중해 보였다.

"스스로를 위한 선물이 필요한 거군요?"

엠마가 조용히 고개를 끄덕이자 다이애나도 한 번 고개를 끄덕여 답했다. 다이애나는 조금 다른 시선으로 가게 안을 쭉 둘러보기 시작했다. 엠마는 천천히 물건을 탐색하는 그녀의 시선에 자신의 시선을 포갰다.

"저게 좋겠어!"

제자리에서 한참을 고민하던 다이애나는 문득 좋은 물건이 생각난 듯 한쪽 구석을 향해 성큼성큼 걸어갔다. 그녀의 풍만한 엉덩이 때문에 지나가는 자리마다 지그재그 모양으로 높이 쌓아놓은 물건들이 후드득 소리를 내며 바닥으로 떨어졌다. 평소보다 두 배 증폭된 감정을 느끼게 한다는 오감 향수, 신생아들의 눈물을 받아준다는 애착 인형, 종이컵만 한 크기에 정수기 한 통 분량의 물을 담을 수 있는 매직 텀블러, 눈물뱅크 사용을 어려워하는 어르신들을 위한 충전식 카드 같은 것들이었다. 다이애나는 아랑곳하지 않고 엠마에게 이쪽으로 오라며 손짓했다. 엠마는 떨어진 물건을 밟지 않으려 최대한 곧게 까치발을 들고 움직였다.

"자기 자신을 위한 선물론 이것만 한 것이 없죠."

다이애나가 멈춰선 곳엔 고급스러운 빈티지 양장 노트와 떡갈나무로 만든 연필통이 종횡을 무시하고 겹겹이 쌓여 있었다.

다이애나는 노트 한 권과 연필통 하나를 집어 엠마에게 건넸다.

"이 노트는 최상급 자작나무 종이로 만들었죠. 산성 물질을 사용하지 않은 중성지로 오랜 시간이 흘러도 황변 현상이 적어 문서 보존에 탁월해요. 또한 은은한 상아색은 눈의 피로가 덜하여 편안한 느낌을 제공한답니다."

"아… 추천은 감사하지만 노트와 연필이라면 괜찮아요…. 저는 이미 휴대폰과 태블릿PC가—"

엠마는 갖고 있던 전자기기들을 들어 보이며 최대한 공손

하게 말했지만, 다이애나는 그녀의 말을 무시한 채 말을 이어 나갔다.

"뿐만 아니라 이 연필통 안에 담겨 있는 연필은 뛰어난 배합 기술력으로 입자가 섬세하고 부드럽게 배열되어 있죠. 불순물이 적은 최상급 흑연과 점토를 사용해 진하고 깨끗하게 써진답니다. 특히 흑연은 다이아몬드와 같은 원재료로 연필심의 강도가 높고 심의 마모가 적어요. 또한, 필요한 굵기로 장시간 쓸 수 있어—"

"저… 말씀 중에 죄송하지만 전 정말 노트와 연필은 필요치 않아요. 다른 물건을 추천해 주시면—"

엠마와 다이애나는 번갈아 가며 서로의 말을 끊었다.

"나를 위한 가장 좋은 선물은 그 모든 방해로부터 벗어나 오롯이 자기에게 집중하는 순간이에요. 당신이 손에 든 건 수천 가지 정보를 쏟아내고, 시도 때도 없이 알람을 울려 한시도 당신을 가만히 두지 않죠. 때론 해야 할 일이나 생각을 한없이 미루게 하기도 하고요. 즉 온전히 '집중'을 할 수가 없다는 겁니다."

다이애나가 엠마의 전자기기를 눈으로 흘깃거리며 말했다. 엠마는 그녀의 한마디에 휴대폰을 들고 있던 손을 등 뒤로 숨겼다. 다이애나는 짐짓 못 본 체하며 말을 이어나갔다.

"자신을 위해선 디지털 디톡스가 필요해요. 디지털 디톡스란 하루에 최소 한 시간이라도 모든 전자제품에서 벗어나 자유롭고 편안해지는 걸 뜻한답니다. 지금처럼 모든 것이 최첨단 기술에 의해 돌아가는 바쁜 세상, 눈물을 로봇이 받아내고 감정의 경중을 측정하는 세상에선 더더욱 필요한 일이죠. 나에게 선물을 하고 싶나요? 나에 대해서 알고 싶나요? 나를 위해 무언가를 하고 싶나요? 나를 정확하게 돌아보기엔 이 노트와 연필만 한 것이 없죠. 노트를 펼쳐 당신 자신과 대화를 나눠보세요. 이 상아색 종이가 당신의 눈과 마음을 편안하게 만들어줄 것이고, 이 불순물이 적은 연필이 당신이라는 사람에 대해 진하고 깨끗하게 써줄 겁니다."

다이애나는 양장 노트 위에 연필을 겹쳐 올린 뒤 엠마에게 내밀었다. 엠마는 잠시 그녀의 눈을 바라보다 말없이 물건을 받았다.

만년 꼴찌

"시청자 여러분, 안녕하십니까? 5월 마지막 주, 랭킹 1위인 FC 블루즈 시티와 FC 옐로버즈의 대결이 있겠습니다. 오늘 해설 말씀에 전 축구 국가대표 미드필더 레전드이신 필립 웨일스 씨가 함께해 주시겠습니다. 어서 오십시오."

"안녕하십니까."

"오늘 경기는 어떻게 예측하십니까?"

"아무래도 FC 옐로버즈가 운이 좋질 못하군요. 랭킹 1위 팀을 상대해야 하니, 승리보다는 크게 실점하지 않는 것을 목표로 해야겠습니다."

엠마는 집 근처 골목에 있는 패디스 펍에 앉아 방금 튀겨져 나온 바삭바삭한 웨지감자를 스위트 칠리 소스에 한 번, 사워 크림에 한 번 찍어 먹으며 축구를 보고 있는 중이었다. 옆 테이블에선 승부를 걸고 돈내기를 하는지 무척 소란스러웠다.

"8 대 0으로 블루즈 시티가 이긴다에 50오슬러 걸지! 대런 자넨?"

"이런 쪼잔한 친구 같으니! 난 10 대 0에 100오슬러 걸지!"

적갈색 턱수염이 덥수룩한 남자가 테이블을 주먹으로 쾅 치며 호탕하게 말했다.

'우와와와와, 우우우우우우우, 고 블루즈! 고 블루즈!'

블루즈 시티가 공을 몰고 갈 때, 아쉽게 골이 빗나갔을 때, 잠깐 소강상태일 때, 사람들은 화면을 뚫고 들어갈 듯 몸을 TV 쪽으로 기울이고 다양한 탄성을 내뱉었다.

"골! 골입니다. 벌써 전반전에 블루즈 시티가 네 골을 터트렸습니다!"

사람들은 저마다 얼싸안고 환호하며 블루즈의 완승을 예감했다. 엠마는 자신이 평소 제일 좋아하는 블루즈 시티의 간판선수 켄트가 헤트트릭을 기록하고 전반전이 끝났는데도 이상하리만큼 신나지 않았다. 한껏 느려진 움직임, 축 처진 어깨와 고개, 어둡고 그늘진 표정. 휴식을 위해 경기장을 빠져나가는 옐로버즈 선수들의 모습이 엠마의 마음을 불편하게 했다. 특히 골키퍼에게 제일 신경이 쓰였다. 전반에 네 골이나 내어준 것도 마음에 걸렸지만, 지난번에 본 TV 다큐멘터리의 주인공이었기 때문이다.

🌢

"아이들을 사랑해 주시는 후원자 여러분, 안녕하십니까? 여기는 제50회 후원자 졸업식이 열리고 있는 릴렌트리스 컨벤션 센터입니다. 이곳엔 최소 10년 길게는 20년 동안 한 아이를 위해 기도하고 응원하며 후원해 주신 후원자님들이 모여 계십니다. 어떻게 그 오랜 세월 동안 아이들의 손을 잡아주셨는지, 정말 놀랍고 존경스럽습니다. 우리 주위에 앉아 계신 후원자님들께 축하와 감사의 박수를 부탁드립니다."

사회자의 말이 끝나자 객석에 있는 후원자들은 서로 악수를 하기도 하고, 가볍게 포옹을 하기도 하고, 박수를 쳐주기도 하며 서로를 격려했다.

"오늘 이 자리에는 아주 특별한 후원자 한 분이 졸업식에 함께 오셨는데요. 바로 프리미어리그 FC 옐로버즈의 골키퍼이자 주장인 조시 건더 선수입니다. 박수로 맞아주시죠!"

사회자가 무대 한쪽을 향해 손을 뻗자 키가 크고 훤칠하게 생긴 남자 한 명이 무대 위로 올라왔다. 두 사람은 악수를 나누고는 진행팀이 놓고 간 의자에 나란히 앉았다.

"조시 건더 선수, 만나서 반갑습니다. 오늘 함께 졸업식을 위해 참석한 후원자님들과 방송으로 보고 계시는 전 세계 모든 후원자님들께 인사 부탁드리겠습니다."

"안녕하세요, 조시 건더입니다."

무뚝뚝한 말투의 그는 속을 알 수 없는 표정을 지었다. 이런 자리가 어색한지 자꾸 엉뚱한 카메라를 보는 그 때문에 객석은 웃음바다가 되었고, 그의 귀는 빨갛게 달아올랐다.

"여러분, 조시 선수가 긴장을 많이 한 것 같으니 응원의 박수 한번 주시죠."

사회자가 마이크를 든 채로 조시를 향해서 박수를 보내자, 객석에서도 커다란 박수 세례가 쏟아졌다. 조시는 여전히 긴장한 상태로 객석을 향해 가벼운 묵례로 화답했다.

"이제 우리 후원 어린이에 대해서 이야기를 좀 나눠볼까요? 직접 소개해 주시죠."

"제가 후원하는 친구는 태국 치앙라이 고산지대 마을에 살고 있는 아락 보세입니다. 아이가 여덟 살이던 때 처음 만나 12년째 인연을 이어오고 있습니다."

"이야, 12년이라니 정말 대단하시네요. 후원을 시작한 이듬해에 아이를 만나러 직접 태국에 갔었다고 들었습니다. 혹시 그 후에도 아락을 만난 적이 있나요?"

"아니요. 매달 편지를 주고받긴 했지만 직접 만난 건 그때가 마지막이었습니다."

"그렇다면 아락이 정말 보고 싶을 것 같은데요."

"그야 당연히 보고 싶습니다만—"

객석에서 와— 하는 탄성이 터져 나왔다. 조시는 객석 반응에 놀라 말을 멈췄다. 사회자는 조시에게 뒤돌아서 스크린을 보라고 말했다. 스크린 속 젊은 청년을 보자마자 그는 울컥하여 손으로 입을 막았다. 그 청년은 올해 막 스무 살이 된 아락이었다.

"아락! 제 말 잘 들립니까?"

사회자가 또박또박 얘기하자 아락이 잘 들린다고 대답했고 통역사가 이를 통역해 줬다.

"조시, 그렇게 보고 싶다던 아락이에요. 인사 나누세요."

조시는 도무지 입이 떨어지지 않는 것처럼 보였다. 그저 화면에 비친 아락의 얼굴을 믿기 힘들다는 듯 보고 또 봤다.

"후원자님이 너무 감격해서 잠시 할 말을 잊으신 듯합니다. 그러면… 우선은…"

사회자가 큐 카드와 프로듀서를 곤란한 표정으로 번갈아 봤다. 프로듀서가 재빨리 프롬프터에 '편지 먼저'라고 입력하자 사회자는 고개를 끄덕이고 능숙하게 멘트를 이어나갔다.

"자, 여러분. 아락이 감사의 마음을 담아 조시 후원자님께 편지를 준비했다고 합니다. 정말 궁금하지 않나요?"

사회자의 물음에 객석에서 '네'라는 말이 크게 들려왔다. 이윽고 아락은 편지를 읽어 내려가기 시작했다.

　"사랑하는 후원자님, 안녕하세요. 저 아락이에요. 12년 전 저를 후원하기로 결정해 주시고 오늘까지 한결같이 사랑해 주시고 저를 위해 기도해 주셔서 감사해요. 후원자님을 처음 만났던 날을 잊을 수가 없어요. 모든 것이 저에게는 처음이었거든요. 비행기를 타고 방콕에 간 것도, 레스토랑에서 밥을 먹고 호텔에서 잔 것도, 또 코끼리 똥으로 종이를 만드는 공원에 간 것도요. 후원자님과 함께 찍은 사진과 보내주신 편지를 모두 소중하게 가지고 있어요."

　아락은 상자 안을 가득 채운 사진과 편지들을 카메라에 비추며 웃었다. 조시는 울컥한 마음에 아락을 똑바로 보지 못하고 시선을 떨구고 있었다.

　"후원자님은 매년 크리스마스와 제 생일에 선물과 함께 사진이 담긴 편지를 보내주셨어요. 그 편지들이 제가 살아가는 큰 원동력이 됐어요. 힘들고 어려울 때마다 꺼내 보며 버텼거든요. 후원자님이 저 대신 일하신 돈으로 저를 학교에 보내주셨어요. 후원자님은 제 인생을 구해주셨습니다. 이 모든 걸 아무런 대가 없이 12년 동안이나 해주셨어요. 저는 저의 후원자님이 당신이라는 사실이 너무 자랑스럽습니다. 후원자님, 정말 고맙습니다. 그리고 사랑합니다."

아락은 마지막 말을 조시의 모국어로 연습해 왔다.

객석 이곳저곳에선 다른 후원자들의 훌쩍이는 소리가 들렸다.

"조시도 아락에게 한마디 해주셔야죠."

사회자가 바닥만 보고 있는 조시를 부추겼다.

조시는 마이크를 쉽게 입에 가져다 대지 못했다. 머릿속이 하얘져 뭐부터 어떻게 이야기해야 할지 혼란스러운 눈치였다. 그는 화면을 흘끔거리며 아락의 표정을 살폈다. 아락은 옅은 미소를 띠며 가만히 조시를 기다리고 있었다. 잠시 후 조시가 겨우 마이크를 들었다.

"아락, 오랜만이구나. 화면이라도 이렇게 얼굴을 보고 대화를 나눌 수 있어서 정말 기쁘다. 우선 밝고 건강하게 자라줘서 고맙다. 이렇게 듬직하고 바른 청년이 되어 대견하구나. 우리가 태국에서 헤어지던 날, 네가 나에게 물었었지. '후원자님, 저 보러 다시 와주실 건가요?'라고…. 나는 조금의 망설임도 없이 그러겠다고 했어. 그런데 그 약속을 못 지켰어. 바쁘다는 핑계로, 살기가 힘들다는 핑계로. 미안해…. 약속 못 지켜서, 너무 많이 기다리게 해서… 정말 정말 미안해."

조시는 말을 하다 결국 참았던 눈물을 터트렸다. 약속을 지키지 못했던 미안함이 폭포수처럼 쏟아져 나오는 것 같았다.

"괜찮아요. 후원자님. 저를 많이 사랑하시는 걸 아니까요.

만일 시간이 되신다면… 언젠가 한 번이라도 절… 다시 보러 와주시겠어요? 후원자님이 보고 싶어요."

"그럼… 갈게! 약속해. 우린 꼭 다시 만날 거야."

아락도 참았던 눈물을 흘렸다. 오랜 그리움, 다시 만난 반가움, 안도감, 행복감, 연대감… 아주 진한 감동의 눈물이었다.

"후원자 조시 건더님, 귀하는 가난으로 고통받던 한 어린아이의 삶의 여정에 4127일 동안 함께해 주셨습니다. 당신의 조건 없고, 위대하고, 끊임없는 사랑에 경의를 표하며 이 졸업장을 수여합니다."

후원 단체의 대표가 조시에게 졸업장을 내밀며 악수를 청했다.

조시에 이어 객석에 있던 모든 후원자들이 한 명씩 무대 위로 올라와 상장을 받았다. 후원 단체에서는 후원자 전원에게 부상으로 학사모를 선물했다.

"자, 사진 찍겠습니다! 하나! 둘! 셋!"

포토그래퍼가 열과 행을 맞춰 서 있는 졸업생들을 향하여 소리쳤다.

수백 개의 학사모가 공중으로 날아올랐다. 세상에서 가장 아름다운 졸업식이었다.

"왜 승리와 성공에는 사람의 성품과 진심이 포함되지 않는 거야? 과정도 인정을 해줘야지."

엠마는 스포츠의 세계는 냉정하고 오로지 결과로만 논해야 한다는 것을 잘 알고 있었지만, 조시처럼 따뜻한 마음을 가진 사람들은 늘 성공과 거리가 먼 것 같아 세상에 화가 났다.

"또 쓸데없이 감정이입 중인 건 아니겠지?"

기타 연주를 마치고 돌아온 셰를이 눅눅해진 웨지감자 하나를 입으로 쏙 밀어 넣으며 엠마 옆에 앉았다. 셰를은 천재적인 기타 연주를 인정받아 대학 졸업 후 유명 기획사에서 수차례 러브 콜을 받았다. 하지만 연예인 세션으로 들러리나 설 바엔 동네 펍에서 자기가 원하는 음악이나 마음껏 연주하고 싶다며 이곳에서 일하기 시작했다. 엠마에게 눈물이 돈이 되는 것도 아니니까 작작 울라며 잔소리를 해대던 그녀였지만, 실제로 그런 세상이 도래한 후에는 엠마를 피해 다녔다. 자기 생각이 틀린 것 같았고, 뭔가 단단히 잘못 살아온 것 같은 느낌도 들어서 자존심이 상했다. 하지만 다시 만났을 때 엠마는 '거봐, 나처럼 사는 게 바보 같은 것만은 아니지?'라며 으스대지 않았다. 셰를은 다시 편한 마음으로 엠마와 관계를 이어오고 있었다. 그와 함께 엠마를 향한 잔소리도 되살아났다.

"마음이 안 좋아. 우승은 못 하더라도 1승이라도 하면 좋을 텐데…."

"블루즈 시티의 검은 독수리, 레드 데빌스의 사자, 화이트 레이크의 전설 속에만 존재한다는 불사조 정도가 엠블럼에 딱— 박혀야 1승이든 우승이든 하는 거지. 옐로버즈 엠블럼을 보렴. 가녀린 종달새 한 마리가 간신히 퍼덕거리고 있잖아? 퍼덕퍼덕. 그러니 선수들도 다 저 모양이지. 괜한 동정심 쥐어짜지 말고 술이나 마시자!"

셰를의 말이 틀리진 않았지만, 그렇다고 '퍼덕퍼덕'이라 말하면서 양손으로 날갯짓까지 한 건 너무했다는 생각을 하며 엠마는 맥주를 꿀꺽꿀꺽 삼켰다.

잠시 뒤 후반전이 시작됐다. 블루즈 시티 선수들은 심장이 세 개씩은 달린 사람들처럼 지친 기색 없이 경기장 이곳저곳을 종횡무진 휘젓고 다녔다. 옐로버즈 선수들은 또다시 네 골이나 더 내어주고 말았다.

"대런, 내 말이 맞지? 100오슬러 어서 내놓으라고! 낄낄."

"결국 8 대 0, 블루즈 시티의 대승으로 경기가 끝났습니다. 블루즈 시티 팬들의 함성이 가득한 밤이겠군요. 시청해 주셔서 고맙습니다. 이것으로 중계방송을 마칩니다."

집으로 돌아온 엠마는 재킷을 벗어 책상 위로 던지며 중얼거렸다.

"아무리 그래도 8 대 0이라니…."

탁. 무언가 떨어지는 소리가 둔탁하게 울려 퍼졌다. 엠마가 바닥에 떨어진 재킷을 들추자 스머글 상점에서 사온 양장 노트와 연필이 보였다. 엠마는 그대로 굳어버렸다. 마치 누군가 그녀가 나오는 영상을 보다가 일시정지 버튼이라도 누른 것처럼. 그녀는 지난 몇 주간 그것들을 외면해 왔다. 스치듯 지나가는 눈길 한번 준 적이 없었다. 행여 눈이라도 마주쳤다간 큰일 날 것처럼 노트를 보는 일을 꺼렸다. 자신이 없었다. 본격적으로 자리를 잡고 앉아 노트에 흔적을 남기는 것, 그걸 읽어보는 것, 후에 만나게 될 감정에 직면하는 것. 그중에서도 제일 무서운 건 오랜 시간 몰랐던 것들, 혹은 알았어도 부정해 왔던 것들을 인정하는 것이었다. 엠마는 힘겹게 노트를 내려다보며 망설였다. '펼쳐보기라도 해볼까? 이게 뭐라고…. 그냥 노트랑 연필이잖아. 그냥 노트랑 연필이야. 아무것도 아니라고.' 그녀는 바닥에 떨어진 노트와 연필통을 낚아채 책상으로 집어 던졌다. 그러곤 의자에 앉아 잠시 눈을 감고 마음의 준비를 했다. 이윽고 눈을 뜨고 크게 두 번 심호흡을 한 뒤 노트의 표지를 조심스럽게 손끝으로 집었다. '후ㅡ. 아무것도 안 써도 돼. 그냥 펼쳐보기만 하는 거야. 그냥 펼쳐보기만 응?' 계속 같은 말을 되새기며 스스로를 안심시켜 봐도 손가락은 노트를 펼칠 생각이 없어 보였다. 몇 번을 시도해도 손가락이 꿈쩍하지 않자 그녀는 노트와 연필통을 책상 구석으로 밀어버렸다. 그러곤 슬라이딩하듯 침대로 몸을 날려 휴대폰을 집어 들었다.

"아, 몰라! 축구나 다시 봐야겠어."

시간은 어느덧 새벽 5시, 엠마는 고통스럽게 양쪽 눈두덩이를 부여잡았다. 밤을 새워 축구 경기를 반복해서 본 탓에 눈의 실핏줄이 터진 것이었다. 그녀는 고민에 빠졌다.

"두 시간이라도 잘까? 아니다, 못 일어날 바엔 그냥 일찍 출근하는 게 낫지 않을까?"

그녀는 잠시 천장을 보며 고민하다 벌떡 일어나 기지개를 폈다. 입이 찢어져라 하품을 하는 엠마의 눈엔 금세 눈물이 그렁그렁해졌다. 니블은 눈물이 떨어지기만을 기다렸다. 그녀가 다시 한번 크게 하품을 하자, 모인 눈물이 중력을 이기지 못하고 톡 떨어졌다. 눈물은 손으로 훔칠 새도 없이 니블 안으로 빨려 들어가듯 사라졌다. 띵동! 그때 엠마의 휴대폰이 울렸다. 눈물 계좌에는 그새 1오슬러가 입금되어 있었다.

"역시. 아이삭 말대로 이런 반사 눈물은 자동으로 돌려놓길 잘했어! 이렇게 처리 속도가 빠르다니. 매일 들어오는 기본 눈물은 10오슬러, 월급이 1000오슬러, 드라마 보면서 그렇게 많이 울었는데도 100오슬러밖에 안 되네…. 엠마 화이트! 이

번 달엔 제—발 돈 좀 아껴 쓰자!"

엠마는 자신의 머리를 콩 하고 쥐어박곤 잘 접어놓은 수건 하나를 집어 들어 욕실로 향했다.

🜄

엠마는 눈물관리청 유리 벽을 향해 최전방 스트라이커라도 된 듯 질주했다.

"앗, 차가워! 이건 매일 아침마다 너무 불쾌하단 말이지."

"좋은 아침."

상황극 세트장의 팀장인 마크가 들어왔다. 그는 두껍게 땋은 드레드 헤어를 하고 있었는데, 머리카락이 자꾸 시야를 가리는 통에 한 가닥씩 뒤로 넘기기 바빴다.

"마크! 좋은 아침이에요."

보이지도 않는 물방울을 연신 털며 엠마가 대답했다.

"뭐 묻었어? 뭘 그렇게 털고 있어?"

"하아—. 이 문 말인데요. 아니, 문이라고도 부를 수 없는 이 출입구 말이에요. 왜 들어올 때마다 이렇게 샤워하는 느낌이 드는 거예요? 몸에 닿는 느낌도 영 별로고. 어떤 날은 줄기가 너무 세서 니블이 떨어질까 봐 조마조마하다니까요?"

"아직도 그 이유를 몰랐단 말이야?"

"이유가 뭔데요?"

"기독교에서는 머리끝부터 발끝까지 온몸을 물에 담가 죄 사함을 받는 '세례식'이라는 걸 하지. 엠마 너도 아마 들어봤을 거야."

"네. 들어봤어요. 그런데 이 기분 나쁜 출근길이 세례와 상관이 있나요?"

"눈물관리청 외부는 사실 유리 벽이 아니라, 1급수에 버금 가는 깨끗한 눈물로 이루어져 있어. 정화된 눈물이 지하부터 건물 꼭대기까지 흐르고 있거든. 그래서 사람들은 벽이 아니라 눈물을 통과해서 청사 내부로 들어오는 거지. 그런데 여기가 어떤 곳이야? 전 세계에서 오만 가지 눈물이 다 모이는 곳이지? 그러면 도둑들이 여기를 털고 싶겠어, 안 털고 싶겠어? 응?"

엠마가 대답하려고 입을 벙긋거리는데 마크는 기회도 주지 않고 말을 이어나갔다.

"하지만… 깨끗하게 정화된 눈물에 머리끝부터 발끝까지 퐁당 담기고 나면 그런 고약한 욕심과 칠흑같이 어두운 마음들이 싸악— 씻겨 나가는 거지. 세례 의식처럼 말이야."

"그런 뜻이 있었단 말이에요? 전혀 몰랐어요. 그런데 그런다고 그 나쁜 놈들의 마음이 바뀔까요?"

"당연하지. 눈물 범죄 수사과에 따르면, 잠재적 범죄자들이 저 출입문을 통과하는 순간 나쁜 행동을 하려던 마음이 게 눈 감추듯 사라졌다고 해. 엠마 네가 찝찝하다고 생각하는 저 문이야말로 썩은 흑심을 품은 인간들의 이기심을 걸러내는, 그야말로 현존하는 최고 기술력의 출입구라고 볼 수 있지. 암— 그렇고말고."

"어쩐지…. 밀린 카드값 때문에 밤새 양파라도 까면서 울어야 하나 생각했던 제 나쁜 마음이 출근만 하면 사라졌던 게 그래서였군요."

"너도? 나도!"

두 사람은 동시에 웃음보를 터트렸다.

"그런데 왜 이렇게 일찍 왔어?"

마크가 시계를 보며 말했다.

"뭘 좀 보느라 밤을 새웠거든요. 팀장님은요?"

"그게… 비공개 단체 손님이 있거든."

"비공개 단체 손님이요?"

"절대 외부에 노출되면 안 된다면서 이 시간에 해달라는 거야."

"누군데요? 연예인이라도 돼요?"

"누구냐면…"

마크가 엠마에게 귀를 대보라고 손짓했다. 엠마가 그에게 귀를 바짝 가져다 대는 순간, 그는 청사 유리 벽에 드리워진 사람들의 그림자를 보고 화들짝 놀랐다.

"어이쿠. 난 아무래도 먼저 가봐야 할 것 같아. 준비할 것이 아주 많다고!"

마크는 가장 가까운 물 풍선 카트를 잡아 타고 2번 수증기 터널로 향했다. 얼마나 급했는지 아이들이 좋아하는 캐릭터 물 풍선을 터트리는 바람에 티라노사우루스가 그의 몸을 감쌌다. 양발을 날카롭게 세우고 허겁지겁 뛰어가는 뒤태를 보며 엠마는 콧바람 섞인 웃음을 터트렸다.

"앗! 차가워."

"문이 뭐 이따위야."

유리 벽에 비친 그림자들이 점점 진해지더니 여기저기 불만 섞인 목소리가 들려왔다. 큰 키, 축 늘어진 어깨와 고개, 썩은 동태 눈깔처럼 초점 없고 흐릿한 눈을 가진 남자 스무 명이 똑같은 옷을 입고 유리 벽을 통과했다. 엠마는 너무 놀라 악—! 하고 소리를 지를 뻔한 걸 간신히 참았다. 남자들이 입고 있는 노란 옷에는 이렇게 써 있었다.

'FC 옐로버즈'

프리미어리그 만년 꼴찌팀이자 바로 어젯밤 8 대 0으로 블루즈 시티에 속수무책으로 져버린 바로 그 팀이었다. 선수들은 단체로 무기력증에 걸린 사람들처럼 마지못해 물 풍선을 바늘로 터트리며 말했다. "2번." "2번." "2번."

"왜 다들 2번 수증기터널로 가는 거야? 아! 단체 손님이라는 게 그럼…?"

지금 엠마의 눈앞에는 축구 경기장의 열 배는 될 법한 크기의 거대한 공간이 펼쳐졌다. 얼마나 넓은지 도저히 그 크기를 가늠하기도 어려워 보였다. 엠마는 결국 궁금함을 참지 못하고 축구팀을 따라 들어와 있었다. 엠마는 신규 트레이닝 때 들은 수잔의 말이 떠올랐다.

"2번 수증기터널은 상황극 세트장입니다. 인간의 감정은 상황에 따라 다양하게 변하지만 현대사회의 사람들은 감정을 억누르며, 때로는 모른 체하며 살고 있어요. 이 때문에 적재적소의 상황에 눈물을 흘리는 법도 잊어버린 지 오래죠. 세트장에선 배우처럼 다양한 상황을 연기해 보고, 자신의 감정을 제대로 인지하는 법을 배워나가게 됩니다."

수잔의 말대로 이곳은 영화 촬영장을 방불케 했다. 집, 학교, 공원, 병원, 쇼핑몰 등 다양한 상황이 벌어질 수 있는 장소들이 실제라고 해도 믿을 만큼 완벽하게 세트로 갖추어져 있었다. 세트장이 얼마나 거대한지 마크와 선수들을 찾는 것이 여간 어려운 게 아니었다. 아직 직원들이 출근하지 않은 이른 시간이라 몇몇 세트장은 유독 어두웠다. 길을 잘못 든 엠마는 하필이면 폐가 세트장으로 들어가 '세계에서 가장 무서운 가면 대회'에서 2위를 차지한 귀신 가면을 보고 놀라 기절할 뻔했다. 벌렁거리는 가슴을 겨우 진정시키며 한참을 더 걸어갔을 때 엠마는 실제 축구장과 똑같은 규모의 세트장을 발견했다. 기둥 뒤로 몸을 숨긴 엠마는 고개를 빼꼼 내밀어 세트장 안을 염탐했다. 그런데 이게 웬일인가? 마크와 선수들이 전쟁 직전의 군사들처럼 대치 상태로 서 있는 것이 아닌가. 그들은 팔짱을 끼고 입을 꽉 다문 채 서로를 노려보고 있었다. 엠마는 무슨 상황인지 전혀 갈피를 잡을 수가 없었다. 마크의 목소리가 들려온 것은 그때였다.

"도대체 왜 훈련을 안 받겠다는 겁니까?"

"감정이 풍부해지는 걸 원치 않으니까요. 저희에게 필요한 건 사실과 데이터에 기반한 전략적 접근과 정신 건강에 도움이 되는 이성입니다."

주장 조시가 미간을 찌푸리며 말했다.

"어쩔 수 없죠. 선수들은 트레이닝을 받기 싫다고 하고, 저는 반드시 시켜야 하는 입장이니까요. 가볍게 축구 한 게임 하시죠. 당신들이 이기면 오늘 이후로 더 이상 청사에 오지 않아도 좋습니다. 그 대신 만약 우리가 한 골이라도 넣으면 일주일에 한 번씩 트레이닝을 성실하게 받는 겁니다. 어떻습니까?"

조시는 피식하고 웃으며 마크의 어깨에 손을 올렸다.

"내기를 하자고요? 이봐요, 마크, 아무리 만년 꼴찌팀이라도 우리는 프로 축구 선수입니다. 더구나 11 대 1로 축구 경기라니… 진짜 당신이 한 골이라도 넣을 수 있다고 생각하는 겁니까?"

마크도 조시의 어깨에 부드럽게 손을 올리며 말했다.

"11 대 1이라뇨? 내 말을 똑바로 안 들었군요, 조시. 난 분명 '우리가' 한 골이라도 넣으면… 이라고 했는데 말이죠. 거기, 엠마! 엠마 화이트!"

마크는 건너편 기둥 뒤로 시선을 옮기며 큰 소리로 외쳤다.

이제 엠마는 마크와 나란히 서서 맞은편에 서 있는 선수들을 보고 있었다. 억지 미소를 지어 보이며 손 인사를 했지만, 선수들은 이건 또 뭔가 싶은 얼굴로 엠마를 내려다봤다.

조시가 눈을 가늘게 뜨며 말했다.

"그러니까 마크 당신이 말한 '우리'에서 당신이 '우'고, 이 여자분이 '리'라는 거죠?"

하하하하하하. 선수들은 처음으로 크게 웃었다.

엠마는 몰래 훔쳐본 벌을 톡톡히 받는 중이라고 생각했다. '이게 다 무슨 일인가? 프로 선수들과 축구 경기를 한다니. 팀장님은 도대체 무슨 생각으로 이런 내기를 한 거지?' 엠마는 마크가 자존심을 세우다 자신도 모르게 내기를 시작한 것이라고 추측했다. 마크의 표정을 흘끔 살핀 엠마는 당황스러웠다. 그는 자신감에 가득 찬 얼굴인 데다가 의기양양하게 팔짱까지 끼고 있는 것이 아닌가? 엠마는 마크의 옆구리를 팔꿈치로 쿡 찌르며 조용히 말했다.

"마크… 근데 나는 왜 해야 하나요?"

"허락도 없이 들어와서 비공개 트레이닝을 몰래 훔쳐보고 있었잖아. 청장님께 보고할까?"

엠마는 눈을 흘기며 말했다.

"치사하시네요. 이것만 하면 보고 안 하는 거죠?"

"그렇다니까."

"근데 자신 있어요? 한 골이라도 넣을 수 있냐고요. 저 사람들 프로예요."

"걱정 마. 나만 믿으라니까?"

마크는 능글맞게 찡긋 윙크를 했다. 엠마는 토하는 시늉을 하며 고개를 돌렸다.

"마크, 나중에 딴말하기 없깁니다. 우리가 이기면 더 이상 여기 절대 안 옵니다!"

조시가 몇 번이고 무르기 없다며 못을 박는데도 마크는 자신 있게 오케이를 외쳤다.

"자, 전반 10분, 후반 10분만 하죠."

마크는 무슨 자신감인지 축구 공식 경기 시간인 전반 45분,

후반 45분을 제안했지만 조시가 단호하게 거절했다. 마크는 선심이라도 쓰는 듯 제안을 받아들였다. 그렇게 프로 선수 열한 명과 일반인 두 명의 이상한 내기 축구가 시작되었다.

헉헉. 엠마는 점점 숨이 가빠왔다. 경기가 시작되자 선수들은 현란한 패스 실력으로 공을 돌려댔다. 시간만 끌다 후반이 끝나기 직전에 슬쩍 한 골만 넣을 심산처럼 보였다. 엠마는 땀을 뻘뻘 흘려가며 공을 쫓아다녔지만 선수들이 절대 뺏길 리 없었다. 엠마는 선수들이 밉지 않았다. 그보다 마크가 훨씬 더 미웠다. 수상하게도 그는 축구 경기엔 일절 관심도 없는 것처럼 보였다. 그는 미인 대회 출신 아내와 아들 셋이 있는 걸로 알려진 스트라이커 헨리 제임스에게 다가갔다. 그가 음흉한 제스처를 취하며 무언가 속삭이자 열심히 패스를 하던 헨리가 조각상처럼 멈춰 섰다. 그뿐만이 아니었다. 마크는 걸그룹 광팬으로 소문난 수비형 미드필더, 토니 그레이그에게도 접근했다. 잠시 대화를 나눈 두 사람은 의미심장한 미소를 날리며 악수를 했다. 그때부터 토니 역시 경기 따위는 안중에도 없는 것처럼 굴었다. 그는 양팔을 허리 옆에서 교차로 휘두르며 몸통을 흔들어젖혔다. 엠마는 저 괴상한 몸놀림이 뭔지 모르겠지만, 아마도 그가 좋아하는 걸 그룹의 춤일 거라고 확신했다. 마크가 다른 선수들도 쫓아다니며 권모술수를 부리는 동안 전반 10분이 끝났다. 선수들은 잠시 쉬기 위해 벤치를 향해 천천히 걸어갔고, 엠마와 마크도 반대편 벤치에 자리를 잡았다.

"안 뛰고 도대체 뭐 하는 거예요!"

"다 이게 고도의 전략이라는 거야."

"전략이란 건 팀원 전체가 알아야 하는 거거든요? 나도 알려줘요. 아까 선수들한테 뭐라고 했어요?"

두리번거리던 마크는 무언가를 발견하곤 크게 외쳤다.

"서번!"

둥둥탁! 둥둥탁! 경쾌한 음악 소리를 내며 사람 크기만 한 무언가가 천천히 다가왔다. 로봇이었다. 상단 LCD 화면에는 웃는 얼굴이 새겨져 있었고 아래쪽 몸통에는 네 칸의 선반이 달려 있었다.

"안녕하세요. 저는 간식 로봇 서번이에요. 서랍 안에는 눈물관리청에서 권장하는 간식이 들어 있어요. 화면에서 원하시는 메뉴를 선택해 주세요."

이온초콜릿

탄산과자

눈결정체빵

루이보스젤리

마크는 뭉툭한 손가락 끝으로 주저 없이 화면을 눌렀다. 그러자 첫 번째 서랍이 덜컥 열렸다. 서랍 안에는 번쩍거리는 은박지로 포장된 초콜릿이 가득 쌓여 있었다.

마크는 쌀뜨물 색깔의 초콜릿을 씹으며 말했다.

"운동할 땐 역시 몸에 빠르게 흡수되는 이온음료지, 아무렴."

마크가 말을 돌리자 엠마는 큰 소리로 외쳤다.

"마크!"

"어이쿠! 귀청 떨어지겠네. 알았어… 그게 그러니까…"

마크가 막 입을 떼려는 순간 조시가 큰 목소리로 외쳤다.

"휴식 시간 끝! 후반전 시작!"

"자세한 건 나중에 알려줄게. 엠마, 한 가지 부탁이 있어."

마크가 목소리를 낮추었다.

"뭔데요?"

엠마도 덩달아 목소리를 낮췄다.

"골키퍼 조시를 맡아!"

"네? 뭘 어떻게요?"

"겉으로만 저렇게 무뚝뚝하지, 사람 좋기로 유명해. 뭐 하나 건드려서 시선 돌려봐. 그리고 바로 골을 넣어버려."

"하아─. 이렇게까지 해야 돼요?"

"내 말 잘 들어. 선수들은 트레이닝을 받고 싶어 하지 않지만, 흐르는 세상에서 어떻게 눈물과 가장 밀접한 감정 훈련 없이 살아갈 수 있겠어. 우리가 저 선수들을 도울 수 있는 방법은 반드시 이 내기에서 이기는 거야. 내 말 무슨 뜻인지 알지?"

진심을 꾹꾹 눌러 담은 눈빛으로 마크가 말했다. 엠마는 알겠다며 힘차게 고개를 끄덕거려 보였다. 두 사람은 하이파이브를 하며 다시 경기장으로 나갔다.

"헨리! 공격 좀 해! 야! 토니! 너는 수비 안 하고 왜 춤을 추고 있어!"

조시가 아무리 윽박지르고 야단쳐도 선수들은 듣는 둥 마는 둥 했다. 조시가 골킥으로 롱패스를 해줘도 헨리는 괜히 무릎으로 리프트를 해대며 시간을 끌었다. 그러곤 은근슬쩍 마크에게 공을 흘려 줬다. 토니는 후반전에만 벌써 열 번이나 넘어졌다. 우연인지 연기인지 그가 넘어질 때마다 공은 또 마크에게로 흘러 들어갔다. 마크는 후반전 내내 골문 앞에 서 있는 엠마에게 수십 번도 넘게 패스했다. 하지만 조시가 엠마의 솜방망이 슛을 못 막을 리 없었다. 이제 후반전은 3분밖에 남지 않았다. 헨리와 토니 외에 다른 선수들도 이길 생각은 전혀 없어 보였다. 다들 강 건너 불구경하듯 멀찌감치 서서 끊임없이 마크나 엠마에게 공을 흘려줬다. 이 경기장에서 마크, 엠마, 그리고 조시, 이 세 사람만이 진지했다.

경기 종료 2분 58초 전, 마크가 공을 패스하며 외쳤다.

"엠마! 마지막이야!"

경기 종료 2분 56초 전, 엠마는 공을 받아 골 에어리어에 섰다. 골대 안에는 자세를 낮춘 조시가 양손을 들고 수비에 집중하고 있었다. 엠마는 조시를 어떻게 자극해야 할지 몰랐다. 도무지 아이디어가 떠오르지 않았다. '여자니까 좀 봐달라고 할까? 아니야. 그건 매우 시대착오적인 발상이야. 아니면 나는 청사에서 일하니까 공권력으로 확 협박할까? 그것도 아닌데… 시민을 협박하는 공무원이라니 쇠고랑 차고 싶어? 아… 어떡하지? 아, 맞다!'

좋은 아이디어가 떠올랐는지 엠마의 얼굴에 은은한 미소가 퍼졌다.

"조시! 너무한 거 아니에요? 나는 키도 160센티미터밖에 안 되고, 축구 선수도 아니고, 출근하다 갑자기 봉변당해서 정장 차림에 구두까지 신고 있어요. 키 190센티미터의 프로 선수, 거기에 기능성 축구화까지 신은 당신이, 저 같은 신체적 결함과 상황적 불리함에 놓여 있는 약자를 상대로 너무하잖아요!"

엠마가 발에서 공을 떼지 않고 앞뒤로 굴리며 말했다.

"오! 엠마, 이러지 말아요. 이건 명백히 내기가 걸려 있는 경기예요. 약자라는 걸 어필하면서 동정심을 유발하는 거야말로 너무한 거라고요!"

조시는 공에서 눈을 떼지 않고 냉정하게 말했다. 조시가 호락호락하지 않다고 생각한 엠마는 최후의 필살기를 날렸다.

"그래서… 아락은 다시 보러 갔어요?"

조시는 자신이 12년 동안 후원했던 아이의 이름을 듣자마자 전기충격이라도 받은 사람처럼 당황해 굳어버렸다.

이때다! 경기 종료 5초 전, 엠마는 온 힘을 다해 슛을 날렸다. 공은 잔디 위를 낮게 날며 골대 구석으로 들어가 그물망을 강하게 흔들었다. 골! 고오올! 엠마와 마크는 환호성을 지르며 얼싸안았다. 조시는 여전히 그 자리에 서 있었다.

"청장님도 당신이 이러는 거 압니까?"

이든이 한심하다는 표정으로 고개를 절레절레 흔들었다.

"당연하죠. 매주 수요일마다 출근 전까진 얼마든지 비공개 트레이닝에 참석해도 좋다고 하셨거든요?"

엠마는 얼굴을 길게 늘여 원숭이를 닮은 표정을 지어 보였는데 마치 '어쩌라고— 약 오르지—'처럼 보였다. 이든은 한층 더 심각한 표정으로 그녀를 한심하게 쳐다봤다.

엠마는 벌써 세 달째 마크와 함께 FC 옐로버즈팀의 트레이닝을 돕고 있었다. 다양한 상황에 놓여 연기하고 공감하고 감정을 키워보는 과정은 일이라기보다는 오히려 놀이처럼 느

껴졌다. 마크와 엠마는 방송국 피디와 작가라도 된 것처럼 짬
날 때마다 아이템 회의를 했다.

"에이, 아무리 선수들이라도 소풍은 가봤겠지. 요즘 '소풍'
이란 말도 안 쓰나?"

"마크, 제가 몇 번 말해요. 선수들은 정말 운동만 하느라 다
른 분야에 관해서는 하얀 도화지 상태라니까요? 그러니까 이
번 주에는 이 아이템을 하자고요! 네?"

두 사람의 노력과 달리 선수들의 반응은 늘 시큰둥했다. 특
히 조시는 '이런 쓸데없는 시간 낭비를 할 바엔 나가서 공이
라도 한 번 더 차겠다(조시는 골키퍼다)'라고 했고, 헨리는 황실
가족이 쓸 것 같은 고급 호텔 스위트룸 세트장에서 잠이나 자
게 해달라고 했다(실제로 몇 번 자고 있는 걸 엠마가 깨우기도 했
다). 선수들이 조금씩 협조적으로 변한 것은 불과 몇 주 전이
었다. 엠마와 마크는 너무 놀라 눈을 깜빡이지도 못했다. 트레
이닝을 받는 선수 중 한 명인 토니가 직접 아이템 회의를 하
고 싶다며 관리청을 찾은 것이 아닌가. 토니는 레퍼런스와 삐
뚤빼뚤하게 만든 PPT 자료까지 보여주며 필드트립을 가자고
제안했다.

"우리는 전지훈련은 많이 갔어도 다 같이 여행은 못 가봤거
든요. 여기를 보시면…"

침을 튀겨가며 열정적으로 프레젠테이션을 진행한 토니는,

잠시 뒤 기대에 가득 찬 눈으로 마크와 엠마의 대답을 기다렸다. 마크가 있지도 않은 턱수염을 허공에서 쓸며 대답을 보류하고 있었다. 그러자 엠마가 대답을 얼른 가로채 그대로 토니에게 패스하듯 던졌다.

"좋아요. 가요!"

며칠 뒤, 선수들은 기차역 앞에 서 있었다.

"뭐야, 이게. 진짜 좋은 데라도 가는 줄 알았구먼."

여기저기서 선수들의 볼멘소리가 터져 나왔다. 마크는 아랑곳 않고 기차역으로 꾸며진 세트에서 발 연기를 시전했다.

"우와! 드디어 기차 타고 한 시간 반을 달려 휴양지로 유명한 카란다역에 도착했잖아? 정말 신난다! 안 그런가, 친구들? 우. 하. 하."

선수들은 짝다리를 짚고 고개를 약간 꺾어 '장난하냐?'라는 뜻의 자세를 취했고, 추가로 엠마는 한쪽 입꼬리를 귀에 닿을 정도로 끌어 올려 비웃음을 시전했다.

"내가 진짜 가야 한다고 했죠? 이게 뭐예요, 세트장에서!"

"청사 밖에서 트레이닝 하는 건 안 돼. 외부에서 하는 행사는 사고의 우려가 있어서 청장님이 허가를 안 해주신다고. 그리고."

마크가 엠마에게 귀를 빌려달라고 했다.

"예산이 없어."

하는 수 없다는 듯이 엠마는 좀 전에 마크가 했던 발 연기를 따라 했다.

"친구들아―. 우… 우리 밥부터 먹어볼까? 하. 하. 하."

최악이었다. 이건 발 연기가 아니라 거의 발 냄새가 나는 연기였다. 선수들은 깔깔거리며 엠마를 따라 했다.

"친구들아―. 그럼 가보자! 하. 하. 하."

선수들은 문화유적지 세트장 이곳저곳을 둘러보며 견학 온 고등학생이라도 된 양 단체 사진을 찍고, 90년대 느낌이 물씬 풍기는 오락실 세트장에서 총을 쏘고, 인형을 뽑고, 대전 격투 게임 등을 하면서 승부욕을 불태우고, 티격태격하다가, 깔깔거리며 배를 잡고 웃었다. 선수들은 점점 상황극에 빠져들었다. 지금 이 순간엔 경기 결과로 냉혹한 평가를 받는 축구 선수가 아닌 듯 보였다. 평범한 10대 청소년들처럼 천진난만하게 웃고 떠들며 장난을 주고받았다. 엠마가 팀 내 맏형이자 욕쟁이 쌈닭으로 불리는 잭 콜먼에게 모니터의 표시대로 전후좌우 방향의 센서판을 밟는 댄스 게임을 권하자, 이런 저급하고 교양 없는 게임은 처음이라며 난색을 표했다. 하지만 몇 번 게임을 해본 뒤에 그는 이렇게 참신하고 세련된 게임을 왜 이제야 알려줬냐며 새어 나오는 미소를 감추지 못하고 투

덜대는 척을 했다. 잭이 저렇게 웃는 건 정말 오랜만에 본다며 토니가 엠마에게 슬쩍 귀띔했다. 엠마는 덩달아 기분이 좋아졌다. 웃고 있는 사람은 잭뿐만이 아니었기 때문이었다. 귀띔을 하는 토니도, 무뚝뚝하게만 보이던 조시도, 맨날 인상 쓰고 다니는 헨리도, 사람을 째려보는 것 같던 노아도 모두 웃고 있었다. 반복되는 패배와 떨어지는 사기 때문에 좋은 감정을 표현할 리 없었던 선수들이 조금이라도 긍정적인 감정을 표현하고 있다는 것은 분명 좋은 신호였다. 선수들은 달라지고 있었다.

저녁이 되자 선수들은 바비큐 파티를 하며 너도나도 술을 찾았다. 토니가 선수들에게 맥주를 나눠주려고 하자, 어디선가 미친 속도로 뛰쳐나온 마크가 이를 말렸다.

"여긴 관리청이야! 엄연한 정부 기관이라고! 아무리 상황극이라지만 여기서 술은 안 돼. 사이다 마셔!"

조시는 내기 사건 이후로 슬금슬금 엠마가 가는 곳 주변을 서성였다. 아락을 어떻게 아는지 물어보고 싶었기 때문이다. '지금 바로 옆자리에 그녀가 앉아서 사이다를 마시고 있다. 물어볼까? 말까?' 조시는 마음속으로 갈팡질팡하고 있었다.

그때 엠마가 반대편에 앉은 토니를 향해 되물었다.

"진짜예요?"

"그렇다니까? 내가 좋아하는 걸 그룹이 관리청에 자주 온다고 내기에서 져주기만 하면 사인받아 준댔어. 거짓말쟁이 자식."

듣고 있던 헨리가 숟가락을 세게 내려놓으며 동조했다.

"뭐? 너한테도 그랬어? 나한테는 아들 셋 키우느라 힘들지 않냐면서 원한다면 최고의 육아 전문가인 폴 스미스 박사를 소개해준다고 했다고. 마크 이 자식 어딨어, 지금?"

나머지 선수들도 저마다 마크에게 속았다고 분통을 터트렸다. 싸움을 좋아하는 잭 콜먼이 마크를 잡으러 가자고 제안하자, 선수들은 뿔뿔이 흩어져 세트장을 뒤지기 시작했다. 자리에 남은 것은 엠마와 조시뿐이었다.

"나한테 할 말 있어요?"

계속 느껴지는 시선에 엠마가 먼저 운을 뗐다.

"네? 어떻게 알았어요?"

놀란 조시가 들고 있던 사이다를 흘렸다.

"예전부터 하고 싶은 말 있는 사람처럼 나를 뚫어져라 쳐다봤잖아요."

조시는 민망해서 뒤통수를 긁적거렸다.

"할 말이 뭔데요?"

"아락을 어떻게 알아요?"

"당신의 졸업식에서 봤어요."

"졸업식이라뇨?"

"후원자 졸업식 말이에요."

"아… 그거, 방송국에서 촬영 왔었다는 사실을 잊어버리고 있었네요. 그건 그렇고 엠마, 당신 저번에 매우 치사했어요!"

"치… 치사요? 제가 왜요?"

엠마가 발끈했다.

"아락 얘기를 꺼내는 바람에 내가 방심한 틈을 타서 골을 넣었잖아요! 덕분에 난 매주 여기 와서 이러고 있고요."

"아… 그… 그건 미안해요. 하지만 그땐 나도 어쩔 수 없었어요. 마크한테 협박당하고 있었다고요. 그런데… 후원은 어쩌다 시작하게 됐어요?"

"친구 중에 천사 같은 놈이 하나 있어요. 어느 날인가 자선 바자회를 한다고 안 입는 유니폼이나 축구화를 가지고 오라고 성화를 부리길래, 따라갔다가 시작하게 됐어요. 벽에 걸려 있던 수백 명의 아이들 중에 아락이 가장 개구쟁이처럼 생겼더라고요. 저도 모르게 마음이 갔어요. 그렇게 시작했죠."

"부담스럽지 않았나요? 한번 후원을 시작하면 이 아이를 끝까지 책임져야 하는데 혹시, 그러지 못하면 어떡하지? 그런 생각 안 해보셨어요?"

"물론 저도 같은 생각을 했어요. 하지만 후원금이 한 달에 겨우 50오슬러였어요. 친구랑 밥 한 끼 먹는 금액이죠. 그 정

117

도면 내가 저 친구 밥은 안 굶기겠구나 하는 이유 모를 자신
감이 생기더군요."

"'겨우'라고 표현하시는 부분이 인상적이네요. 후원금이 무
려 50오슬러냐며, 그럴 돈 있으면 다른 나라 애들한테 쓰지 말
고 불쌍한 자기나 도와 달라고 하는 어른들을 많이 봤거든요"

"그렇게 말을 하는 사람들이 있다니…. 다른 의미로 불쌍한
사람이네요."

엠마는 어딘가 모르게 통쾌한 느낌이 들었다. 자신이 하고
싶었던 말을 조시가 대신해 준 것만 같았다.

"솔직히 말해봐요. 한 번이라도 후원금이 아까웠던 적은 없
었나요? 적은 금액이라도 어쨌든 당신이 열심히 번 돈이잖아
요."

"글쎄요. 저는 한 번도 후원금이 제 돈이라고 생각해 본 적
이 없어서요."

"네? 그게 무슨?"

"어떤 신이 아락을 너무나 사랑해서 저를 사용하는 거라고
생각해요. 제게 돈 벌 기회를 주고 아락의 몫을 얹어주며 이
렇게 말하는 것 같거든요. '이건 너를 통해 아락에게 보내는
나의 사랑이란다.' 그러니 제 돈이라고 생각하지도 아깝다고
생각하지도 않아요. 아, 이런. 너무 터무니없는 생각이라 이해
하기 힘들죠?"

"아니요, 말도 안 되게 멋지고 감동적이에요. 그래서 아락과 한 약속은 지켰나요? 다시 만나러 가겠다던 그 약속 말이에요."

조시는 지갑에서 사진 한 장을 꺼내 엠마에게 보여줬다. 사진엔 조시만큼 키가 큰 아락이 옐로버즈 유니폼을 입고 조시와 등을 맞댄 채 환하게 웃고 있었다. 다시 만나러 가겠다던 약속. 조시는 그 약속을 지킨 것이었다.

엠마는 두 사람의 미소를 보며 주책맞게 눈물이 날 것 같았다. 사진 속 조시의 얼굴이 유난히 행복해 보였다.

엠마는 문득 지난 경기가 떠올랐다.

"저기… 조시, 궁금한 게 하나 있는데요…."

"뭔데요?"

"FC 블루즈 시티한테 8 대 0으로 무참하게 져버린― 아 그게 아니고, 아주 근소한 차이로 패했던 그 경기요. 제가 영상을 보고 또 보고 또 봐도 이해가 잘 안 가서요. 그날 경기장에선 선수들이 의욕도 없고, 누구 하나 격려하는 사람도 없고, 경기 내내 전략을 지시하거나 상황을 조율하는 콜플레이도 전혀 하지 않았어요. 다들 축구 따윈 지겨워졌나… 어차피 무슨 일을 해도 받는 돈은 똑같으니까 은퇴하려고 하나… 하는 생각이 들 정도로요. 그런데 실제로 만난 선수들은 축구를 정말 사랑했어요. 축구 선수를 그만둘 생각 같은 건 전혀 없어 보였죠. 그래서 난 정말 그날의 패배가… 그리고 당신들이 만년 꼴찌라는 것이 이해가 안 가요."

"정확히 봤어요. 우리 팀은 우리의 선배, 선배의 선배 때부터 내내 꼴찌였어요. 어렸던 우리는 우리가 이 팀을 위기에서 구해낼 수 있다고 자신만만하게 믿었죠. 하지만 최선을 다한다고 해서 최고가 되는 것은 아니더군요. 우린 여전히 꼴찌였고 구단주는 더 이상 투자를 하지 않겠다고 했어요."

"하지만 구단에서 돈을 주지 않아도, 이제는 눈물로 수입을 얻을 수 있잖아요."

엠마가 세상 무해한 얼굴로 말했다.

"우리 같은 사람들은 눈물과는 거리가 멀어요. 아니, 정확히 말하자면 멀어지려고 노력하죠. 이성의 끈을 꽉 붙잡고 고된 훈련과 경기를 이겨내야 하는 집단에서 눈물은 필요악이니까요. 그런데 갑자기 흐르는 세상이 된 거예요. 가뜩이나 연봉 협상에 실패한 선수들은 더욱더 생활고에 시달리게 됐어요. 눈물로 수입을 전혀 얻질 못했으니까요. 과도한 스트레스와 불안, 그리고 걱정은 고스란히 의욕 상실로 바뀐 거죠. 가장 좋아하던 축구였는데도 말이에요."

"그랬군요. 정말 속상하고 안타까운 일이네요. 그런데 당신은 어때요? 당신도 다른 선수들처럼 눈물이 없나요?"

"사실 난 눈물이 많은 사람이에요. 후원자 졸업식에서 봤죠?"

"당신이라도 눈물이 있다니 다행이네요. 생활고에 시달리지는 않겠어요."

"하지만 난 절대 울지 않아요. 감정을 억누르고 눈물을 삼킵니다."

"왜요?"

"난 팀의 주장이에요. 내가 눈물을 보이면 팀의 사기가 떨어지거든요. 눈물은 우울한 기운을 쉽게 전염시켜요."

조시의 얼굴은 생각이 가득해 보였다.

잠시 가만히 조시의 얼굴을 보던 엠마는 조심스러운 목소리로 말했다.

"눈물은 따뜻한 위로를 전염시키는 긍정적인 힘이 있어요, 조시."

"말도 안 돼요."

조시가 고개를 흔들었다.

"상대에게 눈물을 보여주는 것은 내 감정을 솔직하게 표현하는 거예요. 감추고 속이지 않기에 상대는 당신을 신뢰하게 되죠. 또 위로를 받아요. '아, 저 사람도 나와 같은 감정을 느끼는구나. 나만 그런 게 아니야'라고 생각하며 동질감을 느끼게 되니까요. 레이먼 청장님이 그러셨어요. 눈물은 자기 자신의 순수함을 그대로 보여준다고요. 있는 그대로 드러내는 모습이 진짜라고요. 당신이 진짜 당신을 보여준다면, 결국 주변 사람 모두가 힘을 얻게 될 거예요. 당신 팀원들도요."

엠마의 말이 끝나자 조시는 멍한 시선으로 바닥만 쳐다보았다. 생각이 많은 얼굴이었다.

"조시?"

엠마가 부드럽게 부르자, 조시가 다시 고개를 들었다.

"아락의 자랑스러운 후원자님으로, FC 옐로버즈의 든든한 주장으로, 마지막으로 눈물이 많은 당신 그대로의 순수함으로 남아주셔서 진심으로 고맙습니다. 그냥 당신이 꼭 알아줬으면 해서요."

엠마의 눈빛은 진심으로 가득했다.

조시의 눈에서 반짝이는 무언가가 차올랐다. 그는 한동안 고개를 젖히고 반짝이는 것이 사라질 때까지 기다렸다.

◆

"시청자 여러분, 안녕하십니까? 8월의 마지막 날, 프리미어 리그의 새로운 시즌이 시작되었습니다. 7연속 우승을 노리는 FC 블루즈 시티와 FC 옐로버즈의 대결이 있겠습니다. 필립 씨, 오늘 경기, 어떻게 예측하십니까?"

"옐로버즈는 대진 운이 매번 좋지 않군요. 강력한 우승 후보를 상대로 승리할 가능성은 희박하지만, 스포츠란 끝날 때까지 끝나는 게 아니니까, 한번 해보죠!"

"끝날 때까지 끝난 것이 아니다. 필립 씨의 응원이 선수들에게 닿길 기대해 봅니다."

사회자가 말을 끝낸 순간, 중계 화면은 옐로버즈 관중석을 비쳤다. 텅 빈 관중석에는 엠마와 마크를 포함한 선수들의 가족 몇 명만이 겨우겨우 머릿수를 채우고 있었다. 발 디딜 틈 없이 꽉찬 블루즈 시티의 관중석과는 완연하게 대조를 이루었다. 헨리의 세 아들과 그의 아내, 토니 그레이그의 어머니가 차례로 카메라에 잡혔고 곧이어 팬으로 보이는 남자의 모습이 비쳐졌다. 우스꽝스러운 페이스페인팅과 손으로 배배 꼬아 만든 밧줄 같은 머리띠를 한 남자였다. 남자는 자기 몸집만 한 북을 두드리며 목이 터져라 응원하고 있었다. 남자를 발견한 캐스터가 말을 이어갔다.

"저분, 유명한 분이시죠? 오늘도 혼자서 목이 터져라 응원하고 계시네요."

"옐로버즈의 마지막 남은 팬이라고 들었습니다. 정말 대단한 팬심입니다."

그때 주심의 휘슬 소리가 들렸다.

"말씀드리는 순간 경기 시작되었습니다."

"야— 이거 예상 외인데요. 옐로버즈의 수비력이 엄청납니다. 특히 주장이자 골키퍼인 조시 건더 선수, 오늘 슈퍼 세이

브를 셀 수 없을 정도로 많이 했어요. 결국 전반전에 블루즈 시티에 한 골도 내어주지 않았습니다."

"그렇습니다. 지금 수비수들 라인 보세요. 블루즈 시티 선수들이 공을 줄 데가 없게 만들고 있어요. 저번 경기와 같은 선수들이 맞는지 제 눈을 여러 번 의심하게 되는군요."

"숏― 아, 공중으로 날아갑니다. 다시 숏― 골포스트 맞고 튕겨져 나갑니다. 자, 헤더 숏― 골키퍼 정면, 막아냅니다."

"후반전 이제 1분 남았습니다. 아직까지 경기 스코어 0 대 0으로, 7연속 우승 목표인 블루즈 시티를 상대로 아주 잘 싸우고 있습니다. 심판이 추가 시간으로 5분을 줬습니다."

"자, 이제 이 5분 안에 골을 넣는 팀이 이기게 됩니다. 역습이나 코너킥 기회를 잘 활용해야 할 것 같습니다."

"그렇습니다. 그런데 지금 옐로버즈의 선수 한 명이 경기장에 쓰러져 있는데요. 수비를 하다 상대 공격수와 심하게 부딪친 모양입니다. 얼굴이 잘 안 보이는데, 어떤 선수죠?"

"아, 지금 확인해 보니 수비수 토니 그레이그 선수입니다. 오늘 무려 15킬로미터를 넘게 뛰었습니다. 체력이 많이 떨어진 상태에서 상대편 공격수랑 아주 세게 부딪치는 바람에 쉽게 일어나지 못하고 있군요."

"토니!"

관중석에 있던 토니의 어머니가 소리쳤다. 그녀는 불안한 마음에 앉지도 못하고 한 시간이 넘게 발을 동동 구르며 서 있었다.

넘어진 토니는 고통스러워하면서도 억지로 눈을 떼어 관중석을 살폈다. 자신의 부상보다도 더 걱정되는 사람이 있기 때문이었다. 저 멀리 선 채로 안절부절못하는 형체가 흐릿하게 보였다. 분명 우리 엄마겠지? 토니는 다친 곳보다 마음이 더 쓰라리는 것 같았다. '경기에 져서 집에 들어가면 내 눈치 보느라 숨 한번 편히 못 쉬고, 땀에 찌든 유니폼을 커다란 솥에 넣어 매일같이 삶아주던 엄마. 그 정성이 무색하게 한 번도 경기에서 이긴 모습을 보여준 적이 없는 한심한 아들이었지, 나는.' 그는 얼마 남지 않은 힘을 쥐어짜 냈다.

"토니 선수 다행히 일어났습니다. 정신력이 대단하네요."

토니의 어머니는 손수건을 가슴에 대며 안도의 한숨을 쉬었고, 경기는 빠르게 재개되었다.

"오랜만에 옐로버즈의 코너킥 찬스입니다. 키커로는 미드필더 AJ가 나섰습니다. 추가 시간 5분 중 1분가량 지난 상태에서 AJ 선수, 공 올려줍니다. 낮게 올린 공, 상대팀 수비수를 맞고 반대로 흐릅니다. 다시 토니 그레이그, 몸 안으로 공 잡아났다가 그대로 슛— 골! 골입니다!"

우와아. 관중석에선 함성과 탄식이 동시에 섞여 나왔다. 카메라는 블루즈 시티 감독의 당황한 표정을 놓치지 않고 담아

125

냈다. 블루즈 시티 선수들은 자리에 서서 고개를 푹 숙였지만 옐로버즈 선수들은 골을 넣은 토니에게 달려들며 기뻐했다. 긴장해서 굳어 있던 옐로버즈의 관중석은 멈췄다가 재생되는 영상처럼 다시 활기를 띠었다.

"제가 뭐라고 했습니까? 축구는 정말 결과를 알 수 없는 스포츠라고 하지 않았습니까!"

해설위원 필립이 으스대며 말했다.

"자, 그래도 아직 경기가 3분 이상 남았습니다. 블루즈 시티가 충분히 역습할 수 있는 시간입니다."

"블루즈 시티는 골키퍼까지 모두 최전방으로 올라와서 공격합니다. 3분 안에 무조건 한 골을 만회하겠다는 뜻이겠죠!"

"블루즈 시티 골키퍼가 페널티 에어리어까지 공을 끌고 가보지만, 옐로버즈 수비수인 잭 콜먼에게 뺏깁니다. 이제 블루즈 시티 골문은 완전히 비었습니다. 잭 콜먼, 그대로 길게 골문 근처에 있는 헨리 제임스에게 패스합니다."

헨리는 빠른 속도로 골문으로 빨려 들어가는 공을 향해 달렸다. 하지만 두려웠다. 넣을 수 있을까? 매번 실패했잖아. 과거란 놈은 오늘도 그의 발목을 잡으려 했다. 끈질긴 지난날의 기억은 쉽사리 자신을 놔주지 않았다. 헨리는 속도를 줄여 공을 포기하고 싶었다. 달려가다 실패하면 모든 비난은 자신에게 돌아오기 때문이었다. 그때 자신의 이름을 부르는 동료들의 목소리가 들렸다.

"헨리!"

동료들과 함께 웃고, 싸우고, 고마워하고, 미안해했던 나날들의 감정이 바닷물처럼 밀려와 온몸을 땀과 함께 적셨다. 오래된 스티커처럼 덕지덕지 붙어 있던 두려움이 물에 씻겨 바닥에 떨어지는 기분이 들었다. 정신을 차려보니 공은 방향을 잃고 경기장 밖을 향해 굴러가고 있었다. 헨리는 죽을힘을 다해 뛰기 시작했다. '잡아야 돼, 반드시.' 공은 거의 선 밖으로 나가기 직전이었다. 턱! 헨리의 발이 공 끝에 닿았고, 조금의 망설임도 없이 대각선 반대 방향으로 힘차게 밀어 넣었다.

"골! 다시 골입니다! 어떻게 이런 이변이! 이건 기적입니다! 기적이에요."

"최종 스코어 2 대 0으로 옐로버즈가 첫 승을 거둡니다."

삑, 삑, 삑―. 경기 종료를 알리는 심판의 휘슬 소리가 들리자 옐로버즈 선수들은 그대로 주저앉아 목구멍 끝까지 가쁜 숨을 골랐다. 차오른 숨은 조금씩 잠잠해졌지만, 가슴 깊은 곳에서부터 올라오는 덩어리진 울컥함은 참기가 어려웠다. 눈앞이 흐릿해지며 눈꺼풀이 뜨거워졌다. 선수들의 눈에선 굵은 눈물방울이 쉴 새 없이 쏟아지기 시작했다.

조시는 무릎을 꿇고 앉은 자리에서 기도를 하며 울었고, 헨리는 끝까지 눈물을 참으려다 관중석에서 오열하고 있는 아내와 세 아이들을 보고는 결국 무너졌다. 토니의 어머니는 이 번에도 손수건으로 입을 틀어막은 채 오열하고 있었다. 아들의 부상이 괜찮은지, 자나 깨나 자식 걱정뿐인 그녀의 눈가 주름이 눈물방울에 가려졌다. 토니는 어머니가 있는 쪽으로 한달음에 달려가 활짝 웃으며 손을 흔들었다. 노아 스미스는 관중석 쪽으로 뛰어갔다. FC 옐로버즈의 유일한 남자 팬이 북채를 든 팔로 양쪽 눈을 감싸고서 소리 내어 엉엉 울고 있었다. 노아는 팬에게 90도로 몸을 숙여 인사했다. 고개를 숙이자 그의 눈에 고여 있던 눈물이 뚝뚝 떨어졌다. 10년 동안 만년 꼴찌팀을 포기하지 않고 응원해 준 팬에게 진 마음의 빚을 더는 듯했다. 팬도 고개 숙여 맞절을 했다. 두 남자는 마주 보며 서로의 자리에서 오열했다.

엠마와 마크는 누가 눈물관리청 직원들 아니랄까 봐 가장 큰 소리로 목 놓아 울었다.

마크는 엠마가, 엠마는 마크가 자신보다 더한 울보라고 생각했다. 헨리의 셋째 아들이 병아리 모양 쪽쪽이를 입에 물고서 이 둘을 내려다보고 있었다. 아이의 눈에 마크와 엠마는 둘 다 한심한 울보임이 분명했다.

그 시각, 눈물청사 꼭대기 층에선 이든과 레이먼이 열띤 토론을 이어가고 있었다.

"그래서 엠마는 결국 그 경기장에 갔습니까? 정말 오지랖 이 말도 안 되게 넓군요."

이든이 산더미처럼 쌓여 있는 서류와 눈물을 번갈아 보며 말했다.

"함께 고생했던 선수들의 경기잖아. 내가 가도 좋다고 했 어. 만약 엠마가 여기 있었다면 선수들 눈물에 최소 1억 오슬 러씩 줘야 한다고 했을 거야. 그럼 네가 피곤해졌을 테니, 차 라리 다행으로 여기는 게 낫다고."

레이먼이 부드럽게 이든을 다독였다.

"그건 그렇네요."

말은 그렇게 했지만, 이든은 선수들과 관중들의 니블이 찍 어 온 영상을 반복 재생했다. 특히 역전골을 넣은 헨리 제임 스의 머리 꼭대기에서 녹화된 장면이 얼마나 실감 나던지, 이 든의 입꼬리가 씰룩씰룩 움직였다.

"자, 그럼 기쁨의 눈물 축제를 시작해 볼까?"

레이먼이 쨍한 햇살 같은 붉은 버튼을 꾹꾹꾹 눌렀다.

아드레날린 폭발, 짜릿한 감동과 기쁨의 눈물
19-1663 크리스마스 레드

징— 징— 징—. 선수들의 개인 사물함에서 연이은 진동

소리가 들려왔다. 경기를 마치고 가장 먼저 탈의실에 들어온 조시가 장갑을 벗고 메시지를 확인했다.

[눈물관리청] 눈물 처리 결과 안내

친애하는 조시 건더 님, 당신의 눈물은 '짜릿한 감동과 기쁨의 눈물'로 측정되어 다음과 같이 지급되었음을 알려드립니다. 당신의 순수한 눈물은 저희에게도 따뜻한 위로가 되었습니다. 진심으로 고맙습니다.

■ 접수번호: 4107546789

■ 지급액: 30,000오슬러

감정이입 영화관

10월 10일. 오래된 담배꽁초 찌꺼기가 바닥을 가득 메운 리버풀 스트리트 뒷골목은 정체를 알 수 없는 상점들로 가득했다. 그때 하이힐을 신은 여자가 담배꽁초를 최대한 피하려고 애쓰며 골목으로 들어왔다. 여자는 이곳이 익숙한 듯, 단번에 입구에서 세 번째에 위치한 상점으로 들어갔다. 상점 안엔 머리를 깔끔하게 빗어 올린 남자가 곧 부서질 것 같은 나무 의자에 앉아 있었다. 여자는 남자를 보며 쏘아붙이듯 말했다.

"5000오슬러, 시간 없으니까 아무거나 꺼내서 가지고 가요."

"5000이나? 어디다 쓰려고?"

젊은 남자가 목소리를 낮게 깔며 물었다.

"뭐, 그런 것까지 알 건 없잖아요?"

"처음에는 나랑 눈도 못 마주치고 무서워하더니. 그게 그렇게 좋은가 보지?"

남자는 반짝반짝한 스팽글이 박힌 여자의 미니 백을 눈으로 가리키며 말했다.

여자는 얼굴이 빨개져 황급히 가방을 팔로 감싸 안았다.

"쓸데없는 소리 말고 빨리 시작해요. 시간 없다고요."

"너 웬만한 기억은 거의 저당 잡혔잖아? 더 이상은 없을 텐데…."

"있는지 없는지 보자고요, 그러니까."

어쩔 수 없다는 듯 남자는 테이블 위 무언가를 덮고 있는 검은 천을 들어 올렸다. 천 안에는 담수가 가득한 어항이 있었고, 그 안에는 거머리처럼 보이는 길고 통통한 벌레들이 서로 뒤엉켜 있었다. 남자는 꿈틀거리고 있는 벌레 한 마리를 꺼내 여자의 머리 위에 올렸다. 거머리처럼 생긴 벌레가 스프링 같은 몸통을 접었다 폈다 하며 여자의 뒤통수로 기어갔다. 그리고 가늘고 기다란 촉수를 몇 번 날름거린 뒤 여자의 뒤통수를 찔렀다. 여자는 '윽' 소리를 냈다. 소름 끼치게 서늘하고 섬뜩한 기분이 들었기 때문이다. 여자는 매번 '내가 여길 또 오면 인간이 아니다'라는 말을 했지만, 이곳만큼 쉽게 돈을 얻을 수 있는 곳이 없기에 이미 심하게 중독된 듯 보였다.

"측정 금액이 한참 못 미쳐."

남자가 휴대폰을 보며 말했다.

"아, 씨. 다시 해봐요. 그 정도 기억도 없다는 게 말이 돼요?"

"네가 그동안 저당 잡힌 기억만 자그마치 20만 오슬러가 넘어. 남은 게 있겠어? 이거나 빨리 갚아…."

"그럼 어떡해요? 내일 샤넬에서 신상 나오는데. 오늘 밤부터 오픈런 뛰어야 겨우 살까 말까라고요. 하아—."

"방법이 한 가지 있긴 한데…"

"뭔데요?"

여자의 눈이 초롱초롱 빛났다.

"네 신분의 일부를 파는 거야. 네 신분을 내게 팔면 너는 호적에서 삭제되고, 네 가족들은 널 찾을 수 없어. 너는 가족에 대한 모든 기억을 잃게 될 거고. 그래도 괜찮겠어?"

"나에 대해서는요?"

"뭐?"

"내 이름, 나이, SNS 계정 같은 건 기억할 수 있냐고요. 그것만 말해요."

"그건 확실히 보장하지. 아무튼 마지막으로 한 번만 더 물을 테니까 나중에 딴소리하지 마! 가족들—"

"좋아요. 상관없어요, 난."

여자는 1초의 망설임도 없이 대답했다.

"좋다고? 가족의 이름도 얼굴도 심지어 이 세상에 내 가족이 있다는 것도 모두 잊어버릴 텐데도?"

"상관없어요. 가족? 그딴 거 필요 없어요."

여자는 가방을 더 세게 꼭 끌어안으며 말했다.

"그으래?"

남자의 입꼬리가 한쪽만 비정상적으로 올라갔다. 그는 벌레를 그녀의 뒤통수에 깊이 눌러 꽂았다.

악! 그녀의 비명이 울려 퍼졌다.

같은 시각, 한 중년 남자가 경직된 얼굴로 두리번거리며 골목 어귀에 들어섰다. 험상궂게 생긴 남자들이 저마다 호객 행위를 하기 시작했다.

"가격 잘 쳐드릴게. 알아만 보고 가셔."

첫 번째 상점의 남자가 말했다.

"얼마까지 보고 오셨나? 70퍼센트까지 해드릴게!"

두 번째 상점의 남자는 그래픽 테이블로 그려진 가격표까지 보여주며 흥정을 하려 들었다. 남자는 세 번째 상점 앞에 멈춰 섰다. 잠시 고민하는 듯싶더니 몸을 바깥쪽으로 홱 돌렸다가, 다시 상점 쪽으로 몸을 틀었다.

"으악!"

134

남자는 상점에서 걸어 나오는 젊은 여자와 부딪쳤다.

"미안합니다."

남자가 고개를 들어 사과했을 때 여자는 이미 저만치 멀어진 뒤였다. 여자는 두 팔을 추욱 늘어뜨린 채 느린 걸음으로 골목을 빠져나갔다. 뒷모습일 뿐이지만 몸에서 영혼이 빠져나간 사람 같아 보였다.

"뒷모습이 묘하게 익숙하군."

멀어져 가는 젊은 여자를 보던 중년 남자는 갑자기 두려운 마음이 밀려왔다. 이곳에 들어가면 저 여자처럼 될까 봐 겁이 났다.

'아무리 생각해도 이건 아니야. 내가 허튼 생각을 했군.'

그가 발길을 돌리려는 찰나 젊은 남자가 나무 판자를 걷어내며 상점에서 걸어 나왔다.

"선생님, 저를 찾아오신 게 아닙니까? 들어오시죠."

중년 남자의 두 손이 땀으로 축축하게 젖기 시작했다. 남자는 조심스럽게 그를 따라 들어갔다. 상점 안은 더러웠다. 도대체 이곳에서 청소라는 걸 한 번이라도 했을까 싶을 정도로 묵은 먼지가 켜켜이 쌓여 있었다. 곳곳에 펼쳐진 거미줄과 일렬로 줄을 맞춰 기어다니는 바퀴벌레들 때문에 남자의 표정이 일그러졌다. 상점 안에 있는 가구라곤 테이블 하나와 의자 몇 개가 전부였다.

"앉으시죠."

젊은 남자가 권하자 그의 부하가 의자를 빼 중년 남자 쪽으로 밀었다. 중년의 남자는 테이블 위에 놓인 검은 천을 경계하며 조심스럽게 의자에 앉았다.

"번듯해 보이시는 선생님께서 이런 곳까진 어쩐 일이십니까?"

"여… 여기서 돈을 빌릴 수 있다고 해서… 제 집사람이 많이 아픕니다."

"선생님은 눈물이 없으신가 봅니다. 보통 가족이 아프면 눈물은 자연스레 따라오고, 그럼 병원비 걱정은 없을 텐데요. 특히 슬픈 눈물은 책정 금액이 더욱 높다죠?"

"그게… 감정과 눈물은 비례하질 않더군요. 도통 눈물이 나질 않습니다. 내가 살던 곳에서 남자들은 '남자는 인생에서 세 번만 눈물을 흘려야 한다. 태어날 때 한 번, 부모가 돌아가셨을 때 한 번, 마지막으로 나라가 망했을 때 한 번'이라는 말을 들으며 자랍니다. 영화를 보면서 울거나, 억울한 일을 당해서 울거나, 심지어 감동을 받아서 눈물이 날 때도 사내 자식이 무슨 눈물이냐며 질책을 받곤 합니다. 그러면 황급히 울음을 뚝 그치고 뒤돌아서 얼굴에 마른세수를 하며 꾹 참아야 합니다. 나도 그렇게 살아왔습니다. 그렇게 살다 보니 가족이 아픈데도 눈물이 나질 않더군요. 아마도 우는 법을 잊어버린 모양입니다."

잠잠히 듣고 있던 젊은 남자가 한쪽으로 치우친 시계를 원래 자리로 되돌리며 말했다.

"얼마면 되시겠습니까?"

"10만 오슬러 정도가 필요합니다… 만… 가능할까요?"

"우선 선생님의 기억을 측정해 봐도 되겠습니까? 사람마다 가지고 있는 기억의 양과 농도가 달라서 말이죠. 아, 물론 괜찮으시다면."

"그… 그러시죠. 근데 어떻게… 측정을 한다는 겁니까?"

남자가 두리번거리며 말했다.

젊은 남자가 담수에서 꿈틀대는 벌레 한 마리를 집어 올렸다.

"놀라지 마십시오. 진짜 거머리는 아니고 니블 같은 로봇입니다. '고블'이라고 하는데, 저당 잡을 기억에 값을 매겨주는 놈이죠."

젊은 남자가 눈짓하자 부하 중 한 명이 미끌미끌한 고블을 중년 남자의 정수리에 올렸다. 중년 남자는 소름 끼치는 촉감에 양팔을 감싸고 어깨를 한껏 움츠리며 괴로워했다.

"아윽… 으으… 정말이지 이건 최악이군요."

"자, 이제 측정을 시작할 겁니다. 진행되는 동안 잠시 말은 하지 마시고, 인생에서 가장 행복하고 기뻤던 기억을 떠올리

137

십시오."

중년 남자는 자신의 정수리 근처를 기어다니는 고블 때문에 머리가 쭈뼛쭈뼛 섰지만, 눈을 감고 최대한 행복한 기억을 떠올리려 애썼다. 이번에도 고블은 촉수를 날름거리다 남자의 뒤통수를 정확히 찔렀다.

"행복한 기억이 많으신가 봅니다. 측정 금액이 높군요. 하지만 10만 오슬러를 맞추려면 선생님의 신분까지 전부 팔아야 합니다. 이름, 나이, 가족 관계 등 이 세상에 존재하지 않는 사람이 되는 거죠."

"내 기억과 신분을… 가져가서 어디에다 쓰려는 겁니까?"

"행복한 기억은 가짜 니블에 연결해 눈물로 수익을 내고, 신분은 경매에 부칩니다. 다른 사람이 선생님으로 대신 살아가는 거죠."

"마… 말도 안 돼요. 그런 법이 어딨답니까? 없던 일로 합시다. 행복했던 기억과 신분을 잃고 살 순 없소. 그런 것이 없다면 돈은 의미가 없을 테니…"

중년 남자가 자리에서 벌떡 일어나며 말했다.

"이 돈이면 병원비를 대고도 남습니다. 다시 생각해 보시죠."

"어허. 글쎄, 필요 없다니까."

중년 남자는 뒤돌아 문 쪽으로 걸어갔다.

젊은 남자는 한숨을 깊게 쉬었다. 그러곤 이내 부하들에게 눈짓을 보내어 그의 앞을 가로막았다.

"이… 이게 뭐 하는 짓이야?"

중년 남자가 너무 놀랐는지 흰자위가 선명하게 보일 정도로 눈을 크게 떴다.

"내가 시간이 남아 돌아서 당신 이야기를 들어준 줄 아십니까? 손해 보는 장사를 하고 쉬이 보내드릴 순 없지요."

잠시 정적이 흘렀다. 중년 남자는 침을 꿀꺽 삼켰다. 젊은 남자가 완벽하게 빗은 머리를 쓸어 올리며 말했다.

"잡아."

가장 몸집이 커다란 부하가 중년 남자의 팔을 잡자, 남자는 벗어나려고 발버둥쳤다. 다른 부하들도 남자에게 모두 붙어 그를 다시 의자에 앉히려고 했다. 중년 남자는 고개를 젖히고 온몸을 흔들며 더욱 격하게 몸부림쳤다.

"가만 있어, 좀!"

남자의 목 부근을 잡고 있던 부하가 고함을 질렀다.

"악!"

중년 남자는 좀처럼 잠잠해지지 않았다. 부하는 점점 화가 치밀어 올랐다.

"이 늙은이 힘 더럽게 세네. 제발 고개 좀 쳐들라고!"

부하는 남자의 고개를 똑바로 올리려 뒤통수를 잡고 세게 밀었다. 쑤욱— 남자의 머리에 붙어 있는 고블이 정수리를 통해 뇌 한가운데를 깊이 관통했다.

"악! 으악!"

남자는 고통스러운 비명을 지르다 곧 기절했다.

고블이 남자의 기억과 신분을 모두 빨아들이는 데 걸린 시간은 채 1분이 되지 않았다.

젊은 남자는 부하에게 소리를 질렀다.

"야 이 자식아! 거길 찌르면 어떡해!"

"죄송합니다. 저 늙은이가 발버둥을 치는 바람에 그만… 어떡할까요?"

"어떡하긴 뭘 어떡해! 당장 내다 버려! 관리청 놈들한테 걸리면 끝장이야. 처리 똑바로 해. 알겠어?"

부하들은 남자의 시선을 피해 눈을 내리깐 채 쓰러진 남자를 질질 끌고 나갔다.

띠익— 소리를 내며 스크린 화면이 꺼졌다.

"한 달 전, 리버풀 눈물 암시장에서 벌어진 일이에요."

리모컨 전원 버튼을 누르며 레이먼이 말했다.

"청장님, 저 남자는 어떻게 됐어요?"

엠마가 미간을 찌푸리며 심각한 얼굴로 물었다.

"다행히 경찰이 발견해서 목숨은 건졌다더군요."

"나쁜 놈들….'

엠마는 손에 쥔 펜을 두 동강 내는 시늉을 했다.

"그런데 영상 상단부가 왜 잘렸죠? 가해자와 피해자 얼굴이 안 보여요."

이든이 영상을 이리저리 살폈다.

"하필이면 고블이 찌른 자리에 니블이 겹쳐 있었나 봐. 이것도 겨우 복원한 거야. 자, 이 영상을 감정이입 영화관 교육자료로 보낼까 하는데, 어떻게 생각해요, 두 사람?"

"교육자료로요?"

"참, 엠마는 아직 가보지 못했던가요? 3번 수증기터널에 있는 감정이입 영화관은 교육자료를 보면서 주인공의 사연에 집중하고, 감정에 공감하는 능력을 훈련하는 곳이에요. 현대인들은 남의 고통을 내 알 바가 아니라고 생각하는 경우가 많아서 안타깝거나 가슴 아픈 사연을 들으려고도 하지 않죠. 흐르는 세상에선 진심을 담은 공감과 눈물만이 가장 귀한 자산이기에 트레이닝을 통해서 사람들의 감정과 그로 인한 공감을 이끌어내고 있어요."

"좋은 훈련이네요. 하지만 이 영상을 교육자료로 쓰는 건 반대예요."

엠마가 단호하게 말했다.

"의외군요. 저 나쁜 놈들을 만천하에 공개해야 한다고 할 줄 알았는데."

매실커피를 마시려던 이든이 잔을 든 채 비아냥거렸다.

엠마는 '그쪽은 왜 나만 보면 못 잡아먹어서 안달이에요?' 라고 받아치려다 레이먼의 얼굴을 보고 꾹 참았다.

"물론 이런 일은 최대한 많은 사람들에게 알려서 정의는 살아 있다는 걸 보여줘야 해요. 하지만 암시장이 존재하는지도 몰랐던 대중에게 굳이 알 필요가 없는 일을 보여주는 거잖아요. 또 저런 방법으로 남의 신분과 기억을 저당 잡을 수 있다는 사실을 일반 사람들이 아는 것도 걱정되고요."

레이먼은 고개를 끄덕이며 말했다.

"일리 있는 지적이네요."

엠마는 얼굴이 빨개졌다. 레이먼이 엠마의 눈을 보며 부드럽게 미소 지었기 때문이다.

이든은 연신 마른기침을 하며 분산된 시선을 자신에게로 돌렸다.

"음음. 웬일로 당신이 감성에 푹 절인 피클 같은 말을 안 하는군요. 하지만 유감스럽게도 제 생각은 당신과 정반대입니다."

"이유는?"

레이먼이 흥미롭다는 표정을 지었다.

"레이먼, 대중에겐 알 권리가 있어요. 눈물 암시장에서 기억을 저당 잡고 신분을 사고파는 범죄가 있다는 사실을 최대한 많은 이들에게 알려야 합니다. 그래야 2차 피해자나 범행을 막을 수 있죠. 순진하게 아무것도 모르고 살아가다간 아주 뻔한 수법에도 당할 수 있어요."

레이먼은 또 한 번 고개를 끄덕였다. 엠마는 눈동자를 굴리며 레이먼이 어떤 결정을 할지 그의 눈치를 살폈고, 이든은 그의 결정에 크게 관심 없다는 듯 다른 업무를 보는 척했다. 레이먼은 검지로 자신의 턱선을 연신 쓸어내렸다. 무척 고민하는 듯 보였다.

"자, 그럼 이렇게 하죠."

레이먼이 힘겹게 운을 뗐다.

"눈물 암시장에서 처음으로 일어난 신분 강도 사건이기 때문에 대중도 이를 알 권리가 있다고 생각합니다. 물론 엠마가 말한 것처럼 대중에겐 알 필요 없는 과도한 정보가 될 수도 있겠지만, 이번만은 예비하는 것이 좋겠다는 생각이 드는군요. 이든, 촉촉한 상상 제작소에 영상 의뢰서 보내줘. 그리고 엠마, 이 영상을 3번 수증기터널에 갖다주겠어요? 리즈 팀장에겐 내가 미리 말해두죠."

엠마는 조용히 고개를 두 번 끄덕였다. 레이먼의 결정이 썩 맘에 들진 않았지만 이번만큼은 그의 결정을 믿어보기로 했다. 이든은 자기가 이겼다는 우월한 표정으로 잠시 엠마를 깔

본 뒤, 안경을 잠시 벗었다. 얄미운 이든을 째려보려던 엠마는 그의 얼굴을 보고 깜짝 놀랐다. 안경을 벗은 이든의 얼굴이 꽤 근사했기 때문이었다. 엠마는 그의 얼굴에 시선을 고정한 채 물방울 엘리베이터에 올라탔다.

잠시 후 엠마는 '3번 수중기터널'이라고 쓰여 있는 문 앞에 섰다. 문패에는 조각칼로 삐뚤빼뚤 새겨놓은 것 같은 글씨체로 이렇게 써 있었다.

"이곳은 감정이입 영화관입니다. 내부가 어두우니 다른 사람의 발을 밟지 않도록 조심하세요."

엠마가 두꺼운 문 손잡이를 있는 힘껏 잡아당기자 암막 커튼 사이로 빛과 소리가 새어 나왔다. 안으로 들어간 그녀는 문을 닫아 외부의 빛이 들어오지 못하게 한 뒤, 조심스럽게 암막 커튼을 젖혔다. 영화관 내부는 말 그대로 멀티플렉스 극장의 상영관 같았다. 한쪽 벽면을 가득 채운 초대형 스크린이 번쩍거리며 빛났고, 바닥엔 영화관 의자와 빈백 소파가 여기저기 불규칙하게 놓여 있었다. 사람들은 다양한 자세로 교육 자료를 시청하는 중이었다. 어떤 사람은 한쪽 손으로 뒷목을 받친 채 옆으로 누워서, 어떤 사람은 엎드린 채로 양손을 깍지 끼워 얼굴을 받치고, 또 어떤 사람은 허리를 꼿꼿이 펴고 바르게 앉아 영상을 보고 있었다. 대형 스크린에선 사람을 구하려다 목숨을 잃은 소방관의 이야기가 흘러나오고 있었다. 엠마는 스치듯 잠깐 영상을 봤음에도 소방관과 그의 가족들의 감정에 깊게 공감하여 울컥하고 말았다. 떨어지는 눈물방울이 민망해 재빨리 눈물을 훔치며 주위를 살폈지만 그녀를 보는 사람은 아무도 없었다. 오히려 그들을 보고 엠마가 더 놀랐다. 아무도 우는 사람이 없는 데다, 심지어 몇몇은 하품을 하거나 졸고 있었기 때문이다.

"청장님 말대로 요즘 사람들은 자기 살기도 바빠서 남의 구구절절한 사연엔 관심이 없구나…."

엠마는 레이먼이 알려준 대로 스크린 쪽으로 향하는 계단을 내려갔다. 가장 아래층에 놓인 스피커의 볼륨이 얼마나 큰지 귀가 찢어질 듯 아팠다. 엠마는 재빨리 구석에 있는 작은 문을 두드렸다.

똑똑.

"들어와요."

희미한 목소리가 들렸다. 엠마는 문을 열고 안으로 들어갔다. 상담실 안은 매우 조용하고 포근했다. 밖에서 나는 영상 소리가 전혀 들리지 않을 만큼 방음이 훌륭하게 되어 있었다. 브라운 푸들의 털처럼 뽀글뽀글한 재질의 러그가 따뜻한 느낌을 주었고, 은은한 상아색 소파 위에는 손수 털실로 짠 듯한 쿠션이 올려져 있었다. 리즈는 윤기 넘치는 금발 머리를 귀 뒤로 넘긴 채 교육자료를 정리하는 중이었다.

"이건 이번 주 교육자료로 쓰고, 이건 다음 주에 견학 오는 고등학생들에게 보여주면 좋을 것 같고… 또…"

"리즈 팀장님?"

엠마가 부르자 리즈가 고개를 들었다. 마치 바비 인형을 연상시키는 그녀의 얼굴에 엠마는 입이 떡 벌어졌다. 엠마의 시선을 느낀 리즈는 사슴같이 예쁜 눈으로 웃어 보였다.

"그냥 리즈라고 불러요. 엠마죠? 얘기 들었어요. 이쪽으로 앉아요."

"네, 감사합니다. 여기 교육자료를 가지고 왔어요. 이든이 촉촉한 상상 제작소에 벌써 재연을 의뢰했을 거예요. 이건 청장님이 확인차 미리 보시랬어요."

엠마가 교육자료가 담긴 상자를 건네며 말했다.

"고마워요. 꼭대기 층 근무는 어때요? 일한 지 벌써 꽤 됐죠?"

"좋아요, 아직 부족하지만…."

엠마에게서 건네받은 영상을 전산에 등록하기 위해 리즈가 마우스를 또르르 굴렸다. 그 모습을 보자 엠마는 문득 관리청에서 채용 문자를 받았던 날이 떠올랐다.

"리즈! 궁금한 게 있어요."

"뭔데요?"

"이력서를 낸 적도 없는 제가 관리청에서 일하게 된 것 말이에요. 혹시 은청색 티켓 때문인가요?"

엠마의 눈은 먹기 좋게 빚어놓은 아란치니처럼 똥그래졌다. 격앙된 엠마의 목소리와는 다르게 리즈의 목소리는 매우 차분하며 다정했다.

"전 세계에 눈물화폐가 도입되기 6개월 전, 관리청에서는 교수, 의사, 변호사, 형사, 연구원처럼 사회적으로 덕망 높은 전문직 종사자들에게 은청색 티켓을 보냈어요. 티켓에 새겨져 있던 'Together'라는 말을 기억하나요?"

"네, 기억나요."

"선천적인 장애 혹은 후천적인 약물 복용으로 울고 싶어도 눈물이 나오지 않는 사람들, 또는 사회적·직업적·환경적 위치 때문에 습관적으로 눈물을 삼키며 살았던 모든 이들을 도우며 함께 걸어가겠다는 뜻이 담겨 있어요. 그런데 티켓을 받은 모든 사람이 제안을 받아들일 순 없었죠. 각자에겐 저마다의 사정이란 것이 있으니까요. 그들은 티켓을 다른 사람에게 양도할 수 있었어요. 가족이나 지인 중 'Together'라는 메시지에 가장 적합한 사람을 추천했죠. 내 기억이 틀리지 않는다면, 엠마 당신을 추천한 사람은 캐런 교수님이었던 것 같은데."

"교수님이 저한테 양도하신 거라고요?"

"맞아요. 하지만 티켓을 양도받았다고 해서 모두 직원으로 채용이 되는 건 아니었어요. 무슨 이유인지 모르겠지만 여러 명의 후보자 중 단번에 당신을 고른 건 레이먼이었어요. 청장님 말이에요."

"그랬군요…."

엠마는 자신의 채용에 관여한 사람이 레이먼이라는 말이 귀에 들어오지 않았다. 온통 캐런 교수님 생각으로 가득 찼기 때문이었다. 캐런은 그 이후로 다시 학교로 돌아오지 않았다. 엠마가 수도 없이 전화를 하고 찾아가 봤지만, 그녀의 흔적은 어디에도 없었다.

'교수님을 만나면 묻고 싶은 게 정말 많은데… 그동안 도대체 어디 가셨던 건지… 왜 하필이면 나한테 티켓을 주셨는지…'

엠마는 꼬리를 물고 늘어지는 생각에 사로잡혀 있었다.

리즈는 멍하게 앉아 있는 엠마와 시계를 번갈아 보면서 손톱을 깨물었다.

"엠마, 생각하는 데 방해하고 싶지 않지만 지금 상영되고 있는 교육 영상의 재생이 거의 끝나가요. 아무래도 나가봐야 할 것 같은데…."

엠마는 황급히 자리에서 일어나며 말했다.

"아, 죄송해요. 제가 너무 오래 있었죠? 이만 가볼게요."

리즈는 한쪽 벽면에 꽂혀 있는 수많은 교육자료 중 하나를 뽑아 들고 엠마를 뒤따라 나왔다. 엠마는 리즈에게 인사를 건네고 출입문으로 향하는 계단을 올랐다. 엠마가 계단을 반 정도 올라갔을 때 스크린에선 새로운 영상이 재생되고 있었다. 리즈가 그새 교육자료를 바꾼 것이 분명했다. 엠마는 잠시 뒤를 돌아 스크린을 응시했다.

영상엔 40대 후반쯤 되어 보이는 여자가 병색이 짙은 얼굴로 병실에 누워 있었다. 여자의 머리에는 두개골을 반절 이상 가로지르는 물음표 모양의 수술 자국이 선명했다. 간호사는 여자를 반대편으로 뒤집어 눕히고 넘어지지 않도록 팔과 다리 사이마다 베개를 겹겹이 넣어 고정시켰다. 환자가 한 자세로만 장시간 누워 있으면 피부가 썩는 욕창이 생기기 때문이었다. 간호사는 여자의 자세를 바꿔준 뒤, 여자가 편하게 쉴 수 있게 가림막 커튼을 치고 나갔다. 여자는 커튼을 가리키며 어눌하게 말했다.

"꺾어! 꺾어!"

이어지는 영상에선 간호사의 인터뷰 장면이 흘러나왔다.

"뇌종양 수술을 받은 환자인데 수술 중 뇌경색이 왔어요. 오른쪽 얼굴, 식도, 팔, 다리 모두 마비 상태입니다. 우측 편마비라고 부르죠."

“가족들은 안 계신가요?”

제작진 중 한 사람이 물었다.

“그게 참 이상해요. 분명 처음엔 있었거든요. 병원에도 왔었고. 근데 어느 날부터 연락 두절이래요. 관리청의 도움을 받아서 가족의 신원을 조회해 봤는데 흔적도 없이 사라졌대요. 정말 이상한 일이죠.”

“환자분이 계속 꺾으라고 하시던데… 무슨 뜻인가요?”

“마비는 언어에도 영향을 끼치기 때문에 알 수 없는 말을 하는 경우가 많아요. 저도 처음엔 무슨 뜻인지 몰랐는데, 여러 번 듣다 보니까 알게 되었어요. ‘커튼을 치다’라는 말을 잊어버리신 것 같아요.”

간호사는 재빨리 가림막 커튼을 활짝 열었다. 시야에 병실이 훤하게 드러나자 여자는 조용해졌다. 그녀는 말없이 창밖을 바라봤다. 화면에 여자의 얼굴이 크게 줌인 되어 선명하게 잡혔다.

엠마는 계단에 선 채 엄지와 검지 사이로 입술을 쥐어뜯으며 울고 있었다. 얼굴이 눈물로 완전히 젖은 엠마가 가늘게 떨리는 목소리로 중얼거렸다.

“캐… 런… 교수님?”

엠마는 차 한 대가 겨우 지나다닐 수 있는 골목길을 따라 언덕을 올라갔다. 언덕 위는 도심 한복판이라고는 믿기 힘들 정도로 나무가 빽빽했다. 그 속에 건물 한 채가 숨어 있었다. '레이크힐 병원'이라고 적혀 있는 낡은 나무 간판이 바람에 흔들려 덜컹덜컹 소리를 냈다. 엠마는 경차를 열 대 남짓 주차할 수 있는 좁은 주차장을 지나, 베이지색 페인트가 군데군데 벗겨진 병원으로 들어갔다.

"306호입니다. 안정을 취해야 하니 면회는 짧게 끝내주세요."

간호사의 안내가 쌀쌀맞았지만 엠마는 전혀 개의치 않았다. 마른 입술에 반복적으로 침을 묻히며 서둘러 발걸음을 옮겼다. 214호라는 팻말이 붙은 병실을 지날 때쯤이었다. 살짝 열린 틈으로 병실 안의 모습이 보였다. 많은 사람들이 침대를 둘러싸고 있었다. 대수롭지 않게 여기고 발걸음을 옮기려는 찰나, 어떤 여자의 목소리가 선명하게 들려왔다.

"2040년 11월 24일 오전 11시 36분 에비게일 밀러 사망하였습니다."

하얀 가운을 입은 여의사가 오른쪽 손목시계를 흘끗 보며 말했다. 의사의 말이 끝나자 가족으로 보이는 사람들이 소리

151

내어 울기 시작했다. 환자는 얼핏 봐도 어린아이 같았다. 가족들이 벽이나 바닥을 주먹으로 치며 울부짖는 사이, 여의사는 그저 아무렇지 않다는 듯 차가운 표정으로 서 있었다. 엠마는 생각했다. '매일같이 보는 흔한 풍경이라 의사들에게 이제 죽음 같은 건 아무렇지 않은 일이 되어버렸나? 하긴 매번 환자가 죽었다고 같이 울면 어떻게 이 일을 계속하겠어. 그렇지만… 마음 한구석이 섭섭한 건 왜일까?'

의사는 콧잔등 밑으로 자꾸 흘러내리는 안경테를 검지로 치켜올리다 병실 밖에 서 있는 엠마와 눈이 마주쳤다. 엠마는 도둑질하다 들킨 사람처럼 어깨를 한 번 크게 들썩거린 뒤 도망치듯 자리를 떠났다.

엠마는 306호 병실의 미닫이문을 조심스레 열고 안으로 들어갔다. 침대 여섯 개가 한눈에 들어왔다. 환자들은 엠마를 뚫어져라 보다가 위아래로 훑어보았다. 그들의 노골적인 시선을 애써 무시한 엠마는 침착하게 침대 하나하나를 살폈다. 그녀의 몸이 긴장으로 덜덜덜 떨리기 시작했다. 침대 다섯 개를 모두 확인한 엠마는 창문 앞에 놓인 마지막 침대 쪽으로 걸어갔다. 한 여자가 창틀에 놓인 화분을 멍하게 바라보고 있었다. 화분엔 종을 뒤집어 놓은 것 같은 핑크색 꽃이 피어 있었다. 엠마의 눈두덩이가 뜨겁게 달아올랐다. 그녀는 한달음에 달려가 환자복을 입은 여자를 끌어안았다.

"교수님…."

통통했던 볼살은 온데간데없고, 캐런의 낯빛은 병색으로 짙어졌다. 수술 때문에 반삭발을 한 듯한 왼쪽 머리에는 새로 자란 머리카락들이 잔디처럼 나 있었다. 그녀는 이제 막 태어난 아기 새 같아 보였다. 그녀는 꽃에 시선을 고정한 채 중얼거렸다.

"내 딸은 예. 뻐."

엠마가 캐런의 몸을 돌려 자신의 얼굴을 보여주었다.

"교수님, 저 누군지 아시겠어요?"

엠마는 한여름 장대비처럼 쏟아지는 눈물을 훔쳐내며 캐런에게 물었다.

"내 딸은 예. 뻐."

캐런은 엠마를 알아보지 못하는 것 같았다.

그때였다. 새하얀 유니폼을 입은 간병인이 병실에 들어왔다. 여자는 캐런 교수와 비슷한 나이로 보였다. 단정한 올림머리 사이로 보이는 흰머리가 햇빛을 가득 받아 반짝거렸다. 캐런은 간병인이 받아 온 세숫물을 보고 고개를 도리도리 저으며 떼를 썼다.

"싫어! 싫어! 물! 물―!"

"세수를 시켜드리려고 하면 매번 저러시네요. 저는 간병인 레이나라고 해요. 이 병실에 계신 분들을 도와드리고 있죠."

"엠마라고 합니다. 교수님 제자예요."

"반가워요, 엠마. 캐런이 교수였군요? 몰랐네요. 공부도 많이 한 사람이 어쩌다 이렇게⋯."

레이나가 말을 흐렸다.

캐런은 계속해서 꽃을 보며 똑같은 말을 반복했다.

"내 딸은 예. 뻐. 내 딸은 예. 뻐."

엠마가 궁금한 얼굴로 레이나를 보자 그녀가 답했다.

"뭐라더라? 캄파늄라인가 뭔가 하는 꽃이래요. 말하는 연습을 자주 해야 빨리 나을 수 있다고 했더니 매일 저 꽃을 보면서 딸이 예쁘다고 하시네요."

캐런은 계속 침이 흘러내리는데도 말을 멈추지 않았다.

"가족들이 연락 두절이라던데⋯. 병원비는 어떻게 내고 있죠?"

엠마가 캐런의 입가를 닦아주며 물었다.

"다행히 관리청 사회복지부에서 도움을 주고 있어요. 전액은 아니고 일부 지원이라 연체된 병원비가 좀 있긴 하지만⋯ 그래도 그 지원금마저 없었으면 계속 병원에 있지는 못했을 거예요."

레이나는 캐런의 머리를 단정하게 묶어준 뒤 붉은 야생화가 그려진 턱받이를 그녀의 목에 걸었다. 캐런은 답답한지 몇 번이나 턱받이를 빼려고 했지만, 레이나가 세게 묶어놓은 덕분에 꿈쩍도 하지 않았다.

"혹시… 캐런 가족들 본 적 없어요?"

레이나가 침대 끝에서 환자용 식탁을 꺼내며 물었다.

"아니요. 저도 교수님 가족을 만나본 적은 없는—"

그때 엠마의 머릿속에 사진 한 장이 떠올랐다.

"가족사진. 그래. 그날 분명히 사진을 봤어."

그녀가 캐런의 사무실에 갔던 날 가장 눈에 띄었던 건 책상 위에 올려져 있던 가족사진이었다. 엠마는 가족들의 얼굴이 조금이라도 기억나길 소망하며 온 신경을 뇌세포에 집중했다. 하지만 전혀 생각이 나지 않았다. 답답했다. 엠마는 갑자기 캐런을 붙잡고 물었다.

"교수님! 딸 이름이 뭐예요? 남편분은요? 제발… 한 글자만이라도요. 네?"

엠마는 캐런의 코발트블루 색 눈동자를 똑바로 응시했다.

"줘! 줘!"

캐런은 붉은 턱받이를 만지작거리며 말했다.

"네?"

캐런의 시선을 따라가 보니 그곳엔 레이나가 김이 모락모락 나는 식판을 들고 서 있었다.

"점심시간이라서요."

"아… 이리 주세요. 제가 할게요."

엠마는 식판을 받아 식탁에 올렸다.

시큼달콤한 플럼 소스가 뿌려진 살짝 구운 닭고기에 따뜻한 빵 한 조각과 가지런히 썰어낸 사과 세 조각이 곁들여져 있었다. 엠마는 음식들을 한 입 크기로 잘라 캐런의 입에 넣어줬지만 캐런은 삼키지 못하고 캑캑거렸다.

"식도에도 아직 마비 증상이 있기 때문에 더 잘게 잘라줘야 해요."

레이나가 다른 환자의 식사를 도우며 엠마에게 말했다. 엠마는 닭고기와 빵을 저미듯이 얇게 잘라 다시 캐런의 입에 넣어주었다. 캐런은 한층 더 수월하게 음식을 삼켰다. 밥을 먹으면서도 말 연습을 하던 캐런은 식사를 마치자 식곤증이 몰려왔는지 잠이 들었다.

엠마는 잠든 캐런의 얼굴에 붙은 머리카락을 정리해 주며 속삭였다.

"교수님. 힘내세요. 꼭 나으실 거니까 절대 포기하시면 안 돼요. 제가 가족들 꼭 찾아드릴게요. 약속해요. 그러니까 그때까지 조금만… 아주 조금만 기다려주세요…."

엠마는 또 눈물이 날 것 같았지만 참았다. 이번만큼은 감정을 조금 줄이고 이성의 끈을 바짝 잡아야 한다고 생각했다.

악어의 눈물

"파견 근무요…?"

"엠마가 여기서 일한 지 벌써 1년이 다 되어가죠? 내 생각엔 더 늦기 전에 B동에서 하는 업무를 배우는 게 좋을 것 같아요. 쉽게 말하면 다른 부서에 견학을 가는 셈이죠. 눈물관리청은 로비 중앙 분수대를 기준으로 A동 눈물 트레이닝 센터와 B동 특수 눈물 처리국으로 나뉘어 있다는 것 정도는 당신도 이미 잘 알고 있을 거예요. A동의 신규 트레이닝 센터, 상황극 세트장, 감정이입 영화관은 이미 모두 방문해 봤으니 잘 알 테고…. 앞으로 일 년 동안은 특수 눈물 처리국의 일을 배워보는 것이 좋겠어요. 일 년 뒤 다시 꼭대기 층으로 돌아왔을 때 큰 도움이 될 겁니다."

"아… 저는 아직 마음의 준비가 안 됐는데…."

엠마가 기어들어 가는 목소리로 불만을 토로했다.

레이먼은 못 들은 건지 아니면 못 들은 척하는 건지 층별 안내도를 보며 "흠… 어디가 좋을까?" 하고 중얼거렸다. 잠시 후 그는 "매도 먼저 맞는 게 낫다 했으니…"라고 말하면서 지도 하단부를 톡톡 쳤다.

"폐수처리장부터 가는 것이 좋겠어요."

"폐수처리장이요? 청사에 그런 곳이 있었나요?"

"잘 보이진 않죠. 지하 깊숙한 곳에 숨어 있거든요."

레이먼은 이 말을 하면서 검지손가락을 뒤집어 보였다.

"물방울 엘리베이터를 타고 곧장 땅굴 층으로 내려가요."

"네…."

엠마는 어깨를 축 늘어뜨리고, 자신의 물건을 챙기러 책상으로 향했다.

"엠마?"

레이먼이 다시 그녀를 불렀다.

"네?"

엠마가 뒤돌아봤다.

"요즘 무슨 고민 있어요?"

집 책상 구석에 쑤셔 넣은 양장 노트와 연필이 떠오른 엠마는 당장이라도 레이먼에게 묻고 싶었다. '청장님은 스스로를 위해 운 적이 있나요? 마지막으로 운 건 언제인가요?'라고 말이다. 하지만 입이 쉽사리 떨어지지 않았다.

"별것 아니에요."

엠마는 푸른 행성 같은 레이먼의 눈동자를 피하며 말했다.

"지난번 내가 했던 질문 때문에 그래요?"

"네?"

"엠마 스스로를 위해서 마지막으로 울었던 날이 언제냐고 물었던 거요. 그땐 대답을 못 했던 것 같은데… 지금은 어때요?"

"아… 그게 그러니까, 아직 잘 모르겠어요. 혹시 영화나 드라마를 보면서 우는 것도 포함되나요? 주인공의 모습에서 나를 발견하고 이입이 돼서 눈물이 났어요. 다 울고 나니 스트레스가 풀려서인지 기분도 좋아졌고요. 그렇다면 저 스스로를 위한 눈물이라고 볼 수 있을 것 같은데… 아닌가요?"

"물론 그런 것도 어느 정도는 자기 자신을 위한 눈물이라고 볼 수 있지만, 100퍼센트는 아니에요. 조금 더 명확하게 구분하기 위해서 눈물 일기를 써보는 것이 어떨까요?"

"눈물 일기요?"

"일단 맘에 드는 노트 한 권과 연필이 필요해요. 지나가다 보니 스머글 상점에 좋은 물건이 있던데…."

159

엠마는 이미 스머글 상점에 들러 노트와 연필을 샀다는 얘기는 차마 하지 못했다.

"우선 노트 한 페이지를 반으로 접은 다음, 왼쪽엔 그날 흘린 눈물에 대해서 적어보는 거예요. 이때 반드시 나를 위한 눈물과 타인을 위한 눈물을 분리해서 적어야 한다는 걸 기억하세요."

"오른쪽에는요?"

"거긴 자신의 감정을 솔직하게 적는 거죠. 오늘 하루 기뻤는지 슬펐는지 우울했는지 좌절했는지 아니면 행복했는지…. 오롯이 나 자신에게만 집중하는 시간이죠. 자신의 감정에 집중하다 보면 점점 나를 위한 눈물과 타인을 위한 눈물의 차이를 구분할 수 있게 돼요. 또한 기록을 함으로써 언제 얼마나 나를 위한 시간을 갖고 위로하며 울어줬는지도 알 수 있죠."

"하지만 저의 감정을 마주하는 것이 너무 낯설고 두려워요. 기록으로 남기는 건 더 부담스러워서 엄두가 안 나고요."

"맞아요. 그건 정말 괴로운 일이죠. 혹시 텐트에서 자본 적 있어요? 내가 어렸을 때 읽었던 책에선 사람을 텐트에 비유했어요. 어느 정도 구색을 갖춘 1인용 텐트에 사는 사람들은 익숙함에 중독되어 같은 자리에 계속 머물길 원한대요. 텐트 밖은 너무 춥고 비바람과 눈보라가 몰아친다는 것을 너무 잘 알기 때문이라나요? 하지만 우리가 3~4인용 텐트 혹은 30인 이상을 수용하는 초대형 텐트 같은 사람이 되기 위해선, 밖에 닥칠 위험들을 알면서도 기꺼이 자신의 텐트를 박차고 나와야 하는 거래요. 그걸 바로 '용기'라고 부른대요. 엠마, 난 당신이 그런 커다란 텐트가 될 만한 사람이라고 생각해요. 그러니 부디 용기를 내요. 당신의 텐트를 박차고 밖으로 나가요. 추위를 기쁘게 마주하고 고통을 이겨내며 걸어가 봐요. 눈물 일기가 당신 여정의 출발선이 될 거예요."

엠마는 입술을 앙다물고 굳게 다짐한 표정을 지으며 레이먼을 올려다봤다. 그는 서너 명 혹은 서른 명이 아니라 몇천 명도 수용할 수 있는 광활한 텐트처럼 보였다.

엠마는 수심이 가득한 얼굴로 엘리베이터 구석에 서 있었다. '갑자기 파견 근무라니. 꼭대기 층 업무도 적응한 지 얼마 안 됐는데. 인생은 끝도 없는 적응의 연속이구나. 세상에 태어나서 적응해야 하고, 학교에 적응해야 하고, 졸업 후엔 사회에 적응하는 것도 모자라 이젠 B동까지 가서 적응해야 하다니!'

그녀는 주먹으로 엘리베이터 벽을 쿵! 하고 쳤다. 덜컹! 엘리베이터가 멈추고 문이 열렸다. 그녀는 입 안에 고인 침을 꼴깍 삼키는 것도 잊었다. 천천히 문이 열리기 시작했다. 엠마는 어깨를 한껏 움츠리고 문을 응시했다.

조금 열린 문틈 사이로 들어찬 커다란 그림자가 소리쳤다.

"워!"

"으아아아아아아아아아악!"

다리에 힘이 풀린 엠마는 뒤로 나가떨어질 뻔했다.

"어이쿠! 엠마. 나야, 브루스. 장난치려다 내가 더 놀랐네."

경비원 브루스가 실실 웃으며 서 있었다. 활짝 열린 문 뒤로 프런트 데스크의 밝은 빛이 눈에 들어왔다.

"뭐… 뭐지? 난 분명 땅굴 층을 눌렀는데…."

엠마는 엘리베이터 버튼을 다시 확인해 보고 깨달았다. 자신이 주먹으로 친 것은 벽이 아니라 1층 버튼이었다는 사실을.

엘리베이터 문이 닫히지 못하게 잡고 선 브루스가 호기심이 가득한 얼굴로 물었다.

"땅굴 층? 아하. 알겠다. 폐수처리장에 가는 길이구나. 그렇지?"

브루스가 볼록하게 나온 배를 잡고 껄껄껄 웃으며 말했다.

"네…. 벌써부터 걱정이에요."

엠마의 얼굴은 시무룩했다.

"폐수처리장을 포함해서 B동에 있는 부서들은 무시무시한 곳들이지. 각오 단단히 하는 게 좋을 거야."

브루스가 오른쪽 눈썹을 산 모양으로 만들며 음흉하게 말했다.

"겁주지 마세요, 전 진짜 심각하다고요!"

"하하하. 농담이야. 너무 걱정 마, '조'라고 불리는 내 친구가 일하는 곳이니까. 배울 게 많을 거야. 냄새는 좀 나겠지만. 참! 입구에 있는 장화와 방독마스크를 반드시 쓰도록 해. 안 그럼 하루 종일 이렇게 될 테니까…."

브루스가 토하는 시늉을 두 번 반복하곤 잡고 있던 엘리베이터에서 손을 뗐다.

"행운을 빈다네, 친구!"

엘리베이터의 문이 스르륵 닫혔다.

"휴―"

엠마는 한숨을 크게 쉬고 다시 엘리베이터 벽에 몸을 기댔다.

땅! 땅굴 층에 도착한 엘리베이터의 문이 활짝 열리자마자 마치 우주선의 내부라고 해도 믿을 것 같은 공간이 넓게 펼쳐졌다. 입구에는 브루스의 말대로 장화와 방독마스크가 흐트러짐 없이 줄 맞춰 걸려 있었다. 엠마는 조금의 망설임도 없이 장화 한 켤레를 뽑아 신었다. 남녀 공용인지, 발이 작은 그녀에겐 장화가 커서 덜렁거렸다. 미래에서 온 외계인처럼 보이는 방독마스크도 하나 골라 쓴 엠마는 문 옆에 붙어 있는 담청색 버튼을 눌렀다. 원통 문이 빨려 들 것 같은 기하학적인 모양으로 틈새를 만들며 활짝 열렸다.

"헙!"

뭐라 표현할 수 없을 정도로 고약한 악취가 두꺼운 방독마스크를 뚫고 들어왔다. '말도 안 돼. 이건 고등학교 화학 수업 때 맡은 암모니아 냄새보다 더 지독하잖아? 콜록콜록.' 엠마는 필사적으로 구토를 참으려고 이를 악물었다.

그때 어디선가 걸걸한 남자 목소리가 들렸다.

"잠시만 기다리게. 정화조에 뭐가 걸려서 말이지."

남자는 방독마스크도 쓰지 않은 채 장대 같은 긴 막대기로 수조를 휘휘 젓고 있었다. 엠마는 그가 브루스와 나이가 비슷할 것이라고 어림짐작했다.

수조를 한참이나 뒤적거리던 남자는 해결이 됐는지 만족스러운 표정을 지으며 계단을 내려왔다. 콧수염을 휘날리는 그의 모습이 엠마는 왠지 모르게 낯이 익다고 생각했다.

"엠마? 청장님께 얘기 들었네. 내 이름은 조, 다들 나를 조 아저씨라고 부르지."

"안녕하세요. 조 아저씨."

"반갑네. 방독마스크를 써도 냄새가 고약할 텐데, 처음치고는 꽤 잘 버티는군!"

"거의 숨을 안 쉬고 이꺼등요."

엠마는 입을 크게 벌린 채 코맹맹이 소리로 얘기했다.

"하하하하."

조 아저씨는 크게 웃음을 터트렸다.

그때 긴 배수관으로 시커먼 상자들이 쏟아져 내려왔다. 한눈에도 썩은 지 오래돼 보였다. 상자들은 그대로 정화조 안으로 빨려 들어갔다.

"저게 다 뭐죠?"

엠마가 눈을 크게 뜨며 말했다.

답하기가 곤란한 듯이 얼굴을 찡그리던 조 아저씨는 장화 신은 오른발로 바닥을 몇 번 비빈 후에 조심스럽게 말을 꺼냈다.

"악어의 눈물이라네…."

"악어의 눈물이요? 악어의 눈물이라면, 악어가 큰 먹이를 쉽게 삼키기 위해서 흘리는 가짜 눈물 아닌가요?"

"정확하네. 먹이가 너무 불쌍해서 악어가 운다고 착각하는 사람들이 꽤 많지만 그럴 리가 있겠나? 처음에 사람들은 흐르는 세상을 매우 반가워했지. 하지만 생각보다 측정 금액이 높은 눈물을 흘려 생계를 유지하는 건 결코 쉽지 않았다네. 그렇게 시작된 거야, 이 끔찍한 악몽이. 인간들은 다른 사람을 때리고, 가두고, 협박해서 눈물을 빼앗고 있어. 아까 배수관을 타고 내려온 썩은 상자들 봤지?"

엠마는 놀라서 입을 틀어막았다.

"그럼 그게 전부…"

"우리는 그것을 악어의 눈물이라고 부른다네. 특히 살인처럼 입에 담기도 힘든 악행을 저질러 뺏은 눈물은 그 냄새가

165

도저히 참을 수 없을 만큼 고약하다네. 며칠 내내 환풍기를 작동시켜도 사라지지 않는 역겨운 냄새지."

엠마는 충격을 심하게 받았는지 손으로 이마를 세게 눌렀다.

"아저씨… 죄송하지만 속이 메스꺼워서 악어의 눈물은 더 이상 못 보겠어요…. 혹시 다른 눈물을 좀 보여주실 수 있나요?"

조 아저씨는 폐수처리장 안쪽으로 엠마를 안내했다.

"꼭대기 층에서 색이 결정된 눈물들은 이곳으로 내려와 정화조에 담기지. 저길 보게."

아저씨가 손가락으로 가리키는 곳에는 천 가지가 넘는 눈물들이 색깔별로 모여 정화되고 있었다. 그중 엠마는 크림로즈 색의 눈물이 가득 모인 정화조에 시선이 갔다. 모락모락 은은한 연기를 내뿜고 있는 크림로즈 색은 호주 퍼스의 힐리어 호수 같았다.

"정상적인 눈물은 이곳에서 섭씨 100도 정도의 온도로 끓인다네. 그럼 엄청나게 많은 수증기가 생겨나지. 그 수증기가 다 어디로 가는지 알겠나?"

"수증기터널이군요?"

"맞다네."

엠마는 풀리지 않던 퍼즐 조각들이 하나씩 맞춰지는 기분이 들었다. 관리청의 완벽한 시스템을 마주할 때마다 놀라웠고, 알면 알수록 더 궁금해졌다.

"다 정화된 눈물은 어떻게 되나요?"

"깨끗하게 정화된 눈물은 금괴 모양으로 고체화해서 국세청으로 보낸다네. 연초가 되면 예산안에 맞게 각 부서로 배분하지."

"그럼… 저 악어의 눈물은요?"

엠마가 칠흑같이 어두운 정화조를 가리키며 말했다.

"정화된 악어의 눈물은 모두 5번 수증기터널로 보낸다네."

"5번 수증기터널이면… 사회복지부 아닌가요?"

"맞네. 타인에게 고통을 주며 뺏은 눈물들을 정화해 선천적혹은 후천적으로 눈물을 흘리지 못하는 사람들을 돕는 일에쓰고 있지. 정말 눈부시도록 멋지지 않은가? 악을 선으로 정화해 내는 이 시스템이 말이야."

"정말 멋져요. 그런데 아저씨는 어떻게 이 일을 시작하게되셨나요?"

시종일관 미소를 띠고 있던 조 아저씨의 낯빛에 금방이라도 천둥 번개가 칠 것 같은 먹구름이 졌다.

"사실 내가 원해서 시작한 일은 아니었어. 6개월 전 암시장에 갔다가 브로커 놈들에게 당했거든. 사실 조라는 이름도 내가 지은 거야. 원래 이름이 기억나지 않아서. 경찰이 나를 발견해 병원에 데려가 주고, 회복된 후에는 이곳 폐수처리장 일을 권유했어.”

“암시장이라면… 그 영상… 그러면 아저씨가 바로…?”

“그래, 바로 나일세.”

“어떻게… 이런 일이… 정말 유감이에요. 아저씨.”

“괜찮네. 이름도, 나이도, 가족도, 생각나는 것이 아무것도 없지만 다행히 목숨은 건졌잖나. 살아 있다는 것에 감사해.”

“그 나쁜 놈들이 원망스럽지 않으세요?”

“물론 원망스럽지. 아니, 어쩌면 증오스럽다는 표현이 맞을 수도 있겠군. 왜 하필이면 나일까? 왜 나에게 이런 시련이 생겼을까? 그날 거기에 가는 게 아니었는데…. 아무리 긍정적으로 생각하려고 해도 이런 생각들이 하루에도 몇 번씩 불쑥불쑥 떠오르네. 그런데 어쩌겠는가? 슬프게도 난 ‘과거’라는 친구를 모두 잊어버렸으니, 남아 있는 ‘현재’와 ‘미래’라도 잘 지키는 수밖에….”

아저씨의 눈가가 촉촉해졌다.

조 아저씨에게 인사를 건네고 다시 엘리베이터에 올라탄 엠마는 묘한 기분에 휩싸였다.

‘레이먼이 아침에 영상을 보여주고 몇 시간도 채 되지 않아서 조 아저씨를 만난 게 과연 우연일까…?’

그녀는 입으로 쓰— 하는 바람 소리를 내며 1층 버튼을 눌렀다.

"8번 수증기터널."

엠마는 가장 가까이 있는 물 풍선을 터트려 물방울 카트에 올라탔다. 날아오는 퓨리를 피하려다 캥거루 모양 카트를 타는 바람에 주머니 안에 든 새끼 캥거루처럼 보였다. 몇몇 사람들이 그녀를 보며 키득키득 웃었다. 엠마는 창피함에 고개를 푹 숙이고 '제발… 빨리 좀 가라… 빨리…' 하고 중얼거리며 카트를 재촉했다. 물방울 카트는 그녀를 [눈물 범죄 수사과]라고 쓰여진 문패 앞에 살포시 내려놓은 뒤 증발했다.

엠마는 눈앞에 펼쳐진 광경을 보고 입을 다물지 못했다. 정신없이 움직이는 사람들, 귀가 찢어질 정도로 시끄러운 전화벨 소리, 여기저기 사방팔방 산더미처럼 쌓인 서류들, 전국 각지에서 날아들어 온 수많은 눈물 택배들까지… 말 그대로 아수라장이었다. 특히나 산더미처럼 쌓인 택배들 위에는 파리들이 윙윙 소리를 내며 날아다니고 있었다. 코를 찌르는 악취에 엠마의 미간이 절로 찌푸려졌다. 한쪽에선 체크무늬 셔츠를 입은 남자가 택배 상자들을 전자레인지 크기만 한 구멍에 마구잡이로 밀어 넣고 있었다. 엠마는 그 구멍이 폐수처리장과 연결되어 있을 거라 확신했다.

"일 년이나 여기서 일을 해야 한다니… 오 마이 갓…"

엠마의 어깨가 축 처졌다.

"야! 블랙타운 쪽에 또 암시장 생겼잖아! 단속 이따위로 할 거야?"

어깨에 보호 장비를 찬 아이스하키 선수만큼 덩치 큰 남자
가 고래고래 소리를 지르고 있었다. 그의 목소리가 얼마나 큰
지, 수사과가 통째로 흔들릴 지경이었다.

그때 검은색 워커에 딱 달라붙는 가죽 바지, 헐렁한 회색
티셔츠를 입은 여자가 엠마를 향해 걸어왔다. 어깨선에 닿은
그녀의 회갈색 머리는 바깥쪽으로 뾰족뾰족하게 뻗쳐 있었다.

"제시라고 해요."

그녀가 엠마에게 악수를 청했다. 그녀의 손을 잡고 흔들며
엠마도 자신을 소개했다. 제시가 목소리 큰 남자를 보며 말
했다.

"마커스 팀장님이 원래 강력계 형사 출신이라 성격이 좀 불
같아요. 너무 겁먹지 마요."

그녀가 엠마의 어깨를 툭툭 쳤다.

"인사해요. 여긴 제임스. 과학 수사대 출신이죠."

제시의 뒤로 한 남자가 쭈뼛쭈뼛 걸어 나왔다. 턱없이 짧
은 소매가 달린 하얀 가운을 입고서 구급상자처럼 보이는 상
자를 들고 있었다. 그가 끼고 있는 안경알이 얼마나 두꺼운지
그의 눈은 거의 콩알만 하게 보였다. 엠마가 밝게 웃으며 악
수를 건네자, 제임스의 귀는 빨갛게 달아올랐다.

"이 친구가 숫기도 없고 말도 느리긴 하지만 실력만큼은 최

고라고."

검정색 라이더재킷을 입은 마커스가 어느새 다가와 제임스의 등을 치며 웃었다. 그의 엄청난 파워에 하마터면 제임스의 안경이 코끝까지 내려와 바닥으로 떨어질 뻔했다.

"어이! 뭘 멀뚱히 서 있어. 얼른 가자고!"

마커스가 엠마를 보며 말했다.

"네? 저도요? 어딜요?"

엠마가 자신보다 훨씬 키가 큰 마커스를 올려다보며 물었다. 마커스는 한쪽 입꼬리를 씨익 올리며 걸걸하게 말했다.

"악어 잡으러…."

🖤

인적이 드문 늦은 시간, 비가 내려 쌀쌀한 거리에는 거대한 화물 차량 몇 대만이 빠른 속도로 지나가고 있었다. 어두운 지하창고에서 남자 몇 명이 화물차가 멀어지는 소리를 확인했다.

목과 가슴에 금장 버튼이 달린 명품 슈트를 입은 젊은 남자가 말했다.

"물건은 어딨지?"

때가 거뭇거뭇하게 잔뜩 낀 옷을 입은 남자 두 명이 커다란 상자 하나를 낑낑대며 끌고 와 말끔하게 차려입은 남자 앞에

쿵! 하고 내려놓았다.

슈트를 입은 남자의 오른쪽에는 그의 부하로 보이는 건장한 체격의 두 남자가 서 있었다. 그가 눈짓으로 지시하자, 오른편에 서 있던 부하 한 명이 상자로 다가가 뚜껑을 열었다.

"아씨, 냄새. 캬악— 퉤!"

뚜껑을 연 순간 양복 입은 남자가 코를 두 손으로 막고서 버럭 화를 냈다.

"100명 넘게 때려서 받아내고, 장례식장에 가서 우는 유족들 협박해서 받아냈습니다. 니블이 얼마나 예민한지 몇 개만 빼고는 거의 다 썩었습니다. 그래도 자세히 보시면 아직 안 썩은 눈물도 꽤 있습니다. 그러니 이번 달은 이걸로 좀만 봐주십시오. 부탁드립니다."

두 사람은 바들바들 떨면서 바닥에 납작 엎드렸다. 부하들은 뾰족한 구둣발로 두 남자의 머리를 차례로 걷어찼다.

"악… 악… 사장님 살려주세요."

"한 번만 봐주십시오."

남자들은 고통스러운지 머리를 잡고 더러운 바닥을 데굴데굴 굴렀다.

"헛소리 집어치워. 그 말은 지난달에도 지지난달에도 했어. 이제 더 이상 못 참아. 오늘은 저딴 썩은 눈물 대신에 네놈들 눈물이라도 뽑아 가겠어. 뭣들 하고 있어? 시작해!"

"예? 그게 무슨 말씀이신지…."

두 남자가 뒷걸음치며 말했다.

"형님, 이렇게까지 해야 합니까? 그때 늙은이한테 뽑아낸 돈도 있으니 적당히 하시죠."

키가 작은 부하가 말했다.

"그게 벌써 언제 적 일인데. 그 일 때문에 관리청 수사과 짭새들 피하느라 숨어 산 지가 벌써 일 년이 다 돼가. 그 돈이 지금까지 남아 있는 줄 알아?"

젊은 남자는 무서운 얼굴로 불호령을 내렸다.

"이 자식들, 돈 되는 눈물 나올 때까지 절대 보내주지 마!"

"알겠습니다."

부하들은 바닥에 엎드려 덜덜 떨고 있는 남자들을 무자비하게 때리기 시작했다. 양복 입은 남자는 손목에 차고 있는 비싼 시계를 연신 어루만지며 빛이 없는 어둠으로 걸어 들어갔다.

"저긴 됐고 다음은 여긴데…."

남자가 몇 발자국 움직였을 때, 전선이 덜렁거리는 센서 등이 불을 밝혔다. 전등 아래로는 손발이 묶이고 입에 테이프가 붙여진 여자가 누워 있었다. 한쪽으로 쓰러져 있는 그녀의 오른쪽 관자놀이에는 아주 작은 유리병이 달려 있었는데, 새빨갛게 충혈된 눈에서 흘러나오는 눈물들은 모두 그 안으로 흘러들어 가고 있었다.

"기억이란 기억은 다 저당 잡히고, 신분까지 팔고도 또 돈을 빌려간 우리 아가씨는 어떻게 하면 좋을까? 지금 흘리는 눈물들이 썩지 않길 기도해야 될 거야. 안 그러면 우리 둘 다 더 곤란해질 테니까."

"읍읍… 읍…"

여자는 무언가 얘기하려고 온몸을 버둥대며 악을 썼지만 무슨 말을 하는지 전혀 알 수 없었다.

그 순간 어두컴컴한 지하 창고에 무장한 경찰들이 들이닥쳤다. 남자들을 때리던 부하들은 뒷문으로 도망치려고 했지만 독 안에 든 쥐였다. 경찰들이 사장과 부하들 손목에 수갑을 채우자마자 맞고 있던 남자들은 설움이 폭발했는지 대성통곡하기 시작했다. 묶여 있던 여자도 온몸을 격하게 흔들며 자신의 위치를 알렸다.

"피해자들 신속하게 병원으로 옮기고 이 자식들은 빨리빨리 차에 태워서 끌고 가."

마커스가 말했다. 그의 말이 끝나자마자 제시는 묶여 있는 여자에게 달려가서 그녀를 풀어준 다음 담요로 감싸 데리고 나갔다. 마커스는 출입구를 향해 크게 외쳤다.

"제임스!"

제임스는 허둥지둥 창고에 들어와 악취가 진동하는 눈물

174

상자를 열었다. 그리고 구급상자처럼 생긴 가방에서 장갑을 꺼내어 낀 다음, 스포이트로 썩은 눈물을 뽑아냈다. 뽑은 눈물을 측정기에 넣고 몇 번 흔든 제임스는 마커스에게 말했다.

"폭행, 납치, 저당 감정, 살인미수, 유괴, 미성년자 감금을 포함한 악어의 눈물입니다. 이건 뭐 죄명이 너무 많아서… 자세한 건 관리청으로 가지고 가서 조사를 해야 할 것 같습니다."

마커스는 몸부림치며 끝까지 저항하는 남자에게 미란다의 원칙을 고지하기 시작했다.

"당신을 폭행, 납치, 저당 감정을 포함한 스무 가지가 넘는 범죄로 현장 체포합니다. 변호사를 선임할 권리가 있으며 묵비권을 행사할 수—"

남자는 마커스의 말을 끊고 고래고래 소리를 지르기 시작했다.

"놔! 감히 내 몸에 손을 대? 너네 다 가만 안 둘 거야! 이거 놔! 놓으라고!"

마커스는 눈 하나 깜짝하지 않고 남자의 어깨를 비틀며 제시에게 말했다.

"카메라는 아직이야? 빨리 현장 사진 찍어!"

그때 카메라를 든 엠마가 들어왔다.

"마커스 팀장님! 여기 카메라 가지고 왔… 는… 데…"

엠마는 수갑을 차고 있는 남자의 얼굴을 보자마자 믿지 못

175

하겠다는 듯 고개를 저었다.

"데… 데이먼?"

●

"안 먹는다고 했잖아! 나가!"

데이먼은 먹음직스러운 토마토쿠키와 참외머핀이 가득 담긴 라탄 바구니를 주먹으로 밀쳐냈다. 그대로 바닥에 고꾸라진 음식들은 형태를 알 수 없게 된 채로 장렬히 전사했다. 봉변당한 직원은 겁에 질려 줄행랑을 쳤다. 이미 몇 차례 이런 일이 있었는지 바닥이 물로 흥건했다. 데이먼은 아직도 분이 풀리지 않았는지 어깨를 위아래로 들썩이며 씩씩댔다.

죽고 싶었다. 더 이상 살고 싶지 않았다. 이 죽일 놈의 흐르는 세상이 원망스러웠다. 글로벌 호텔 최고 경영자에서 구역질 나는 뒷골목 신세가 된 것도, 이딴 거지 같은 관공서에 끌려와 갇혀 있는 것도 치욕스러웠다. 왜 하필이면 여기인가? 어쩌면 그 자식하고 마주치게 될지도 모른다는 생각에 더욱 화가 치밀었다. 동생 놈하고 인연을 끊은 건 꽤 오래전 일이었다. 그놈은 재벌가 자제가 가져야 할 욕심과 독기가 없는 놈이었다. 차기 경영자 수업 따윈 늘 안중에도 없었다. 걸핏하면 지구 반대편 더운 나라로 날아가 봉사활동을 하거나 구제

176

운동을 펼쳤다.

"형! 그 나라 사람들은 전 국민이 하루에 1오슬러도 쓰지 못하는 최빈국이래! 청년들의 실업률은 95퍼센트가 넘고, 땅이 척박해서 농사도 어렵대. 바다엔 해적이 많아서 어업도 못 한대. 배고픈 아이들이 울면 엄마들이 할 수 있는 건 그저 진흙을 쿠키 모양으로 빚어 만들어 먹이는 거래. 음식도 아닌 흙을 먹이는 모성애라니… 상상이 가? 그들도 그게 음식이 아니란 건 알고 있을 거야. 다만 줄 수 있는 게 진흙뿐인 그 심정이 어떻겠어? 난 정말 마음이 아파. 우리 집안이 돈이 많은 건 세상 사람들이 우리에게 몰아준 거잖아. 절대 우리가 잘나서가 아니잖아. 그러니 도움이 필요한 이들에게 흘려 보내자. 처음부터 우리 것이 아니었어."

밑도 끝도 없이 이런 헛소리를 지껄이며 눈물까지 보이곤 했다.

자선 단체들은 너도나도 '기회는 이때다, 멍청한 호구 재벌 하나 잡아보자'라며 그놈에게 달라붙었다. 덕분에 시도 때도 없이 기부하라는 문자와 이메일이 폭탄처럼 쏟아져 한동안 호텔 전체 업무를 마비시키기도 했다. 아버지는 형이라는 놈이 동생 하나 똑바로 못 가르치냐며 골프채를 휘둘렀고, 내 이마에선 피가 뚝뚝 떨어졌다. 결국 그놈은 성인이 되자마자 집과 인연을 끊었다. 몇 년 뒤, 그놈이 눈물관리청에서 일한다는 사실을 알았다. 가족과 회사를 버리고 거지 쪽박 신세를 못 면해도 시원치 않을 놈이 분에 넘치게 멀쩡한 직장에 다니니 배알이 꼴렸다. 흐르는 세상 때문에 그놈과 내 삶이 송두리째 뒤바뀐 것이 분하고 또 분했다. 손에 쥐고 있던 루이보스젤리를 또다시 집어 던지려던 데이먼은 문을 열고 들어오는 사람을 보고서 멈칫했다.

"저예요, 엠마."

그녀가 부드럽게 미소를 지어 보였다.

데이먼의 손은 아래로 툭 떨어졌다. 젤리 알갱이가 바닥에 우수수 떨어졌다.

엠마는 물바다가 되어버린 바닥을 최대한 밟지 않으려고 애를 쓰며 의자에 앉았다.

데이먼은 고개를 홱 돌렸다. 누가 봐도 대화하고 싶은 의지가 전혀 없어 보였지만 엠마는 개의치 않고 말을 걸었다.

"벌써 삼 일째 물도 안 드신다고 들었어요."

"…"

"싫으시면 음식은 권하지 않을 테니 제발 물이라도 좀 드세요. 이러다 정말 큰일 나요."

엠마의 음성엔 진심에서 나오는 커다란 힘이 느껴졌지만, 데이먼은 차가웠다.

"그래도 구면이니 그 넓은 오지랖, 오늘 한 번만 받아주지.

더 험한 꼴 보기 전에 나가는 게 좋을 거야. 결국엔 너도 여기서 일하는 놈들하고 한통속인 것 같으니."

데이먼은 엠마의 사원증을 노려보며 말했다.

"전 관리청 직원으로 온 게 아니에요. 정확히 일 년 전 오늘, 이곳에서 신규 교육을 같이 받았던 제 친구를 만나러 온 거예요."

"누가 네 친구야?"

데이먼은 탐탁지 않은 표정을 지었지만 더 이상 쏘아붙이진 않았다.

"말해줘요. 도대체 그동안 무슨 일이 있었던 거예요?"

데이먼은 대답을 망설이며 애꿎은 바닥만 발로 쿵쿵 찧었다.

"다 이 빌어먹을 눈물 때문이지. 나도 신규 교육을 받고 돌아간 직후에는 어떻게든 눈물을 흘려보려고 노력해 봤어. 회사를 운영하기 위해선 막대한 자금이 필요했으니까. 노력해도 눈물은 나오질 않았어. 어쩌다 나온 눈물도 푼돈밖에 안 됐지. 얼마 못 가 호텔은 부도가 났고 결국 경매로 넘어갔어. 눈물로 졸부가 된 촌구석 여관 사장한테 헐값에 넘겨졌다고. 세계 최고인 우리 호텔을 그딴 촌놈이 인수할 줄 누가 상상이나 했겠어? 흐르는 세상 전엔 상상도 못 할 일이지. 난 하루아침에 빈손으로 쫓겨났어. 세상에 태어나서 처음 노숙이란 걸 했어. 얼마나 치욕스러웠는 줄 알아? 일주일이 넘도록 굶어도 사람

이 안 죽는다는 것도 알게 되었고 말야. 그렇게 여기저기 전
전긍긍하다 리버풀 뒷골목까지 흘러들어 간 거야. 거기서 버
는 돈이 꽤 짭짤했어. 예전만큼은 아니어도 더 이상 거지같이
살진 않았지. 그러다 재수 없게 노친네 하나를 잘못 건드리는
바람에 거의 일 년을 지하에 숨어 살았어."

　"잘못 건드렸다고요…?"

　"그런 눈으로 보지 마! 내가 안 했어. 그래, 그건 사고였어!
사고였다고! 내 밑에 있는 놈이 실수로 고블을 찔러 넣는 바
람에 그 노친네가 기억을 모두 잃었는데―"

　순간 엠마의 뇌리에 뭔가 번쩍하며 스쳤다.

　'그 사람… 폐수처리장의 조 아저씨다.'

　"하―"

　엠마가 탄식을 내뱉었다. 용암보다 더 뜨거운 분노가 끓어
오르는 것 같았다.

　"왜 그랬어요? 왜!"

　엠마가 얼음처럼 차갑게 말했다.

　"그런 눈으로 보지 마! 내가 그런 거 아니니까. 나 말고 다
른 놈이 있는데, 그러니까 그게 누구냐면… 아씨― 아무튼,
내 잘못이 아니라고! 난 잘못한 게 없어. 세상이 잘못한 거야!
처음부터 그랬어. 내 맘대로 되는 건 하나도 없었어. 다 이 거
지 같은 세상이 날 이렇게 만든 거라고!"

180

"세상 탓하지 말아요. 니블에 찍힌 영상 봤어요. 그래요, 당신이 직접 찌른 건 아니었죠. 그런데 당신은 피해자를 그냥… 내다 버렸잖아요. 미안하지도 않아요? 일말의 죄책감 뭐 그런 게 조금이라도 없냐고요!"

"그건 나도 알아…. 하지만 어쩔 수 없었다고."

"하아— 사람들은 작은 금액이라도 정직하고 옳은 방법으로 돈을 벌어요. 비겁하게 어쩔 수 없었다는 말 뒤에 숨지 않는다고요! 퓨리! 들어와!"

취조실 문이 활짝 열리며 퓨리가 들어왔다.

"어떤 이유로든 당신이 저지른 일은 정당화될 수 없어요. 죄를 지은 만큼 법의 심판을 받으세요. 먼저 피해자한테 진심으로 사과하셔야 할 거예요. 피해자가 지금 어떻게 살고 있는지 아세요? 자기 이름도 모르고, 가족도 모르고, 하루하루 고통 속에 피가 마르고 있어요. 당신이 이렇게 편하게 목말라 죽도록 내버려 두지 않을 거예요. 퓨리, 물! 있는 거 다!"

퓨리가 테이블 위로 워터 캡슐을 와르륵 쏟아냈다.

'왜 세상은 나에게만 이렇게 불공평할까? 도대체 어디서부터 잘못된 거지?'

얼굴이 새빨개진 데이먼은 잔뜩 쌓인 워터 캡슐을 바라보며 생각에 잠겼다.

181

◐

아름다운 도시의 야경이 여러 개로 나뉜 통유리창 너머로 선명하게 드러나 있었다. 천장에는 손으로 훑으면 천사들의 하모니가 들릴 것만 같은 길쭉한 샹들리에가 화려함을 뽐내며 달려 있었다. 그 아래, 매끄러운 감촉의 벨벳 소파 위에 완벽하게 빗어 넘긴 머리를 한 남자가 한 손에 골프채를 들고서 등골이 오싹할 정도로 서늘하게 말했다.

"2등? 이따위 숫자를 성적이라고 받아놓곤 동생이랑 시시덕거리고 다녀?"

고등학교 교복을 입은 남학생이 여기저기 맞아 멍 들고 피투성이가 된 온몸을 감싼 채 기하학적인 무늬가 가득한 러그 위에 쓰러져 흐느끼고 있었다. 대리석 기둥 뒤에선 소년보다 한참 어려 보이는 아이가 숨을 죽이고 서 있었다. 누워 있는 소년의 눈에서 눈물이 주룩주룩 흐르고 있었고, 아이는 그런 소년의 눈을 바라보고 있었다.

"당장 그치지 못해? 우리 호텔을 물어뜯으려고 하는 놈들이 사방 천지에 널려 있어. 눈물을 보였다간 크게 약점 잡히는 거야. '피도 눈물도 없는 놈'이라는 말이 사업가에겐 최고의 칭찬이야, 알겠어? 후계자가 되겠단 놈이 약해빠져 가지고. 쯧쯧."

"아버지. 저는 세계 최고의 호텔 후계자로 살고 싶지 않아요. 전 그냥 저로 살고 싶어요. 데이먼 펠튼, 그냥 저 자신 말이에요."

말을 마친 소년이 두려움에 떨며 침을 꿀꺽 삼켰다.

남자는 핏자국이 묻은 골프채를 바닥에 던지고 안경을 벗었다. 그리고 안경테 모서리를 냉담한 눈길로 내려다보며 말했다.

"하아—. 네가 뭔가 착각하나 본데, 여기에 너 자신이라는 건 없어. 펠튼가의 후계자만 있을 뿐이지."

데이먼의 반짝이는 검은 눈동자가 빛을 잃은 듯 흐릿해졌다.

리콜 티

월요일 아침, 엠마는 6번 수증기터널 문을 열고 들어갔다. 터널 안은 중세 시대 성에 있을 법한 응접실 같았다. 심신 안정에 좋다는 일랑일랑 향기가 날아와 엠마의 콧속을 간지럽혔고, 신비한 라벤더빛 조명이 그녀의 마음을 차분하게 가라앉혔다. 바닥에 깔린 이집트산 양탄자는 이국적이고 따뜻한 분위기를 자아냈고, 소파 위에 여러 개 놓인 퀼팅 쿠션이 포근함을 더했다. 마음을 편안하게 해주는 물건은 다 가져다 놓은 것처럼 보였다. 손님들은 곳곳에 앉아 '저당 잡힌 당신의 기억을 찾는 다섯 가지 방법' '신분 회복에 좋은 연상 기억법'이라고 써 있는 브로슈어를 신중하게 읽고 있었다. 엠마는 아주 조용히 프런트로 다가갔다. 전화를 받고 있던 직원이 싱긋 웃어 보이며 엠마에게 눈인사를 건넸다. 파릇파릇한 초록색 니트가 아주 잘 어울리는 직원은 전화를 마친 뒤 한껏 데시벨을 낮춘 목소리로 속삭였다.

"엠마, 나는 이곳 저당 기억 및 도난 신분 회복실의 팀장 에스핀이라고 해요."

"에스핀, 반가워요. 여긴… 그러니까 저당 기억 신… 뭐라고요?"

"이름이 좀 어렵죠? 이곳은 일종의 심리 상담실 같은 곳이에요. 상담을 통해 잃어버린 기억과 신분을 회복하는 데 도움을 주는 곳이죠."

"정말요? 어떤 기억이나 신분도 전부 회복되나요?"

엠마는 캐런을 떠올리며 흥분했다.

에스핀은 조용히 하라는 듯 검지를 입술에 대고 말했다.

"쉿! 엠마. 응접실은 손님들이 본격적으로 상담을 진행하기 전에 편안히 쉬셔야 하는 공간이에요. 절대 정숙이 필요하죠."

엠마는 손가락으로 입을 잠그는 시늉을 하며 고개를 끄덕였다.

에스핀이 안도의 미소를 짓자, 엠마가 목소리를 낮춰 다시 질문했다.

"진짜 여기서 상담만 하면 잃어버린 기억이 다 돌아오는 거예요?"

"물론 쉽진 않죠. 하지만 우리 뇌는 너무 신비해서 오감을 다양하게 이용해 자극을 주면 일부분, 혹은 모든 기억이 돌아오기도 한답니다."

엠마는 뛸 듯이 기뻤다. 캐런의 언어 능력이 조금만 더 좋아지면 무조건 이곳에 모셔오겠다고 다짐했다. 엠마는 응접실을 다시 둘러보며 손님들을 꼼꼼히 살폈다.

"저분들은 어쩌다가 여기에…?"

"대부분은 눈물 암시장에서 기억을 저당 잡힌 분들이에요. 신분까지 잃어버리신 분들도 꽤 많답니다."

"아…"

엠마의 목소리가 더욱 작아졌다.

그때 조 아저씨가 프런트 데스크로 걸어왔다. 자주 와본 듯 익숙한 발걸음이었다. 수염을 깨끗하게 정돈한 아저씨의 모습은 꽤 근사해 보였다.

"오늘은 여기서 근무 중인가 보군. 화이트 양."

"네…."

엠마는 괜히 죄지은 사람처럼 조의 눈을 피하며 말했다. 그녀의 마음 안에선 무수한 시뮬레이션들이 소용돌이처럼 그녀를 감싸고 돌았다.

'뭐라고 할 건데… 아저씨를 그렇게 만든 범인이 누군지 알았어요, 그게 누구냐면요, 그럴 거야?' 그녀의 마음은 커다란 돌덩이를 얹어놓은 듯 무거웠다.

"무슨 일이라도 있나? 안색이 창백하군."

조 아저씨가 엠마의 얼굴을 살폈다.

"아… 아니에요."

엠마는 황급히 얼굴을 매만지고 표정을 고치며 물었다.

"여기는 웬일이세요?"

"잃어버린 기억을 회복하기 위해 일주일에 한 번씩 상담을 받고 있다네. 청장님이 배려를 많이 해주셨지."

"레이먼이요? 다행이네요. 생각난 건 좀 있으세요?"

엠마는 자기 입에서 쓸데없는 소리가 나올지도 모른다는 것을 직감했는지 화제를 돌렸다.

"다른 건 아직도 기억이 잘 안 나지만… 다행히 딸의 얼굴은 거의 기억해 냈어."

아저씨의 얼굴에 화색이 돌았다.

엠마는 그의 말에 집중하기가 힘들었다. '아저씨를 그렇게 만든 데이먼이 지금 8번 수증기터널에 있다는 사실을 알면 어떤 기분일까?'라는 생각이 머릿속을 지배하고 있었기 때문이다. 그녀는 조심스레 운을 뗐다.

"저… 아저씨… 만약에 말이에요…. 그러니까 만약에요."

"만약에… 뭐?"

범인을 지금 당장 만날 수 있다면 어떻게 하겠냐는 말이 턱 끝까지 차올랐다. 하지만 내가 그런 말을 할 자격이 있는 사람인가? 오늘이 좋은 타이밍일까? 엠마의 머릿속은 여러 가지 경우의 수로 가득했다. 결국 그녀는 레이먼과 먼저 의논을 한 후에 얘기해도 늦지 않다는 결론을 내렸다.

"아니에요….""

조 아저씨는 사람 좋은 미소로 빙그레 웃으며 말했다.

"허허, 원 싱겁긴."

'아저씨. 죄송해요. 당장 말 못 해서…. 조금만 아주 조금만 시간을 주세요.'

엠마는 아저씨의 눈을 볼 용기가 나지 않아 고개를 숙이고 속으로 말했다. 조 아저씨는 엠마가 오늘따라 이상하다고 느낀 것 같지만 더 이상 캐묻지 않았다.

"에스핀, 오늘은 몇 번 방으로 가면 되지?"

"15번 상담실이에요. 지금 바로 들어가세요."

"고맙네. 그럼 나중에 또 보자고."

아저씨는 엠마에게 손을 흔들어 인사한 뒤, 숫자로 15가 표기된 상담실 안으로 사라졌다. 엠마는 조 아저씨가 사라진 자리를 계속 응시했다.

"소피! 잠시 프런트 좀 봐주겠어?"

에스핀이 프런트 뒤편에 대고 말하자, 앳돼 보이는 직원이
나와 업무를 이어받았다.

"엠마. 우리도 들어가죠!"

에스핀이 엠마의 팔을 잡아끌며 말했다.

엠마와 에스핀은 숫자로 14가 선명하게 새겨진 상담실로
들어갔다. 상담실 안은 마치 재주 많은 예술가의 작업실 같았
다. 한쪽 벽면을 가득 채우고 있는 수천 권의 책과 다양한 종
류의 악기, 미술 도구나 운동 기구도 보였다. 가장 특이한 점
은 한쪽 벽이 영화나 광고 촬영 때 쓰이는 크로마키 배경으로
이루어진 것이었다. 엠마는 크로마키의 크기가 감정이입 영화
관만큼 크다고 생각하며 감탄했다.

"와… 정말 놀랍네요."

"기억 회복을 돕는 데 쓰는 물건은 다양할수록 좋아요."

에스핀은 도구 몇 개를 꺼내 책상으로 가져오며 말했다.

"오늘 우리가 상담하게 될 손님은 26세 여자, 기억 대부분
을 저당 잡히고 신분도 일부 팔아 30만 오슬러와 바꾼 사람이
에요. 그러고도 부족했는지 데이먼이라는 브로커한테 추가로
돈을 더 빌렸는데, 약속한 날짜까지 못 갚아서 지하창고에 감
금되어 있었어요. 참, 엠마도 현장에 갔었다고 들었는데… 못
봤어요?"

"네. 저는 나중에 들어가서 못 봤어요."

엠마는 데이먼의 이름을 듣고 약간 움찔했다.

"그나저나 의뢰인이 올 시간이 거의 다 됐는데…."

에스핀은 벽시계를 흘끔거리며 말했다.

똑똑. 때마침 문밖에서 선명한 노크 소리가 들려왔다.

"손님이 오셨네요. 엠마! 따뜻한 차 한 잔 준비해 줘요. 왼쪽 두 번째 서랍이에요."

엠마는 에스핀이 손가락으로 가리킨 곳으로 가서 서랍을 열었다. 서랍 안에는 페일피치 컬러의 홍차 티백이 가지런히 정리되어 있었다. 그녀는 티백 하나를 들어 올려 거기에 쓰인 글씨를 읽었다.

〈리콜 티〉

탁해진 뇌를 맑게 해줍니다.

더불어 흐릿해진 기억 회복에 도움이 됩니다.

과다 복용 시 뇌가 과도하게 흥분하여 잠을 이룰 수 없으니,

하루에 두 팩 이상 음용하지 마십시오.

"들어오세요."

에스핀이 문 쪽을 바라보며 큰 소리로 말하자, 환자복을 입은 손님이 들어왔다. 여자의 긴 팔다리에 비해 턱없이 짧은 환자복 때문에 팔목과 발목에 묶여 있던 자국이 적나라하게 드러났다. 여자의 피부와 입술은 바싹 메말라 있었다.

"손님, 이쪽으로 앉으세요."

에스핀이 부드러운 목소리로 자리를 권했다.

여자는 아무런 표정이 없었다. 눈동자도 매우 탁했다. 유체이탈을 한 듯 의자에 축 늘어진 여자 앞에 엠마는 배꽃이 그려진 찻잔을 내려놓았다. 진하게 우러난 회보라 빛깔의 차가 찰랑거렸다.

차를 한 모금 마신 손님이 얼굴을 찌푸리며 인상을 썼다.

"퉤! 이딴 걸 사람 마시라고 주는 거예요?"

손님은 찻잔을 테이블 한쪽으로 밀어버리며 말했다. 짜증이 잔뜩 묻은 그녀의 목소리엔 날이 바짝 서 있었다.

여자의 핀잔에 당황한 엠마는 차를 치우려 손을 뻗었다.

그때, 썩은 동태의 것 같던 손님의 눈이 또렷하게 초점을 찾아 반짝거리기 시작했다. 손님은 엠마에게 아는 척을 했다.

"엠마?"

"네? 저를 아세요?"

"당연히 알지! 나 기억 안 나?"

"죄송하지만 누구신지… 저는 잘…."

"나야 나. 그레이스."

손님이 자신의 쇄골을 두드리며 말했다.

"그레이스?"

엠마의 고개가 천장으로 올라갔다.

"내 가방에 물 끼얹은 사람이 누구더라?"

가늘어졌던 엠마의 눈이 커졌다.

"그레이스! 너였구나?"

"아는 사이예요?"

졸지에 둘 사이에 어색하게 끼어버린 에스핀이 물었다.

"네. 작년에 신규 트레이닝을 같이 받았어요."

엠마는 그레이스에게 시선을 고정한 채 에스핀에게 대답했
다.

"근데… 너… 기억 저당 잡힌 거 아니었어? 어떻게 나를 기
억해?"

"짜증나거나 지워버리고 싶은 기억은 품질이 떨어져서 브
로커들이 안 받아주거든? 그래서 그런지 너는 정. 확. 하. 게
기억나네."

농담인지 진담인지 구분하기 어려운 그레이스의 말에 엠마
는 적절한 대답이 떠오르지 않아서 그저 '하하, 그렇구나'라고
어색하게 답했다. 그레이스는 에스핀과 엠마의 사원증을 번갈
아 보면서 물었다.

"여기서 일해? 관리청에서?"

"어…? 응… 그렇게 됐어."

"뭐… 말단이라도 안정적이긴 하겠다. 공무원이 세상 고루

192

한 일이긴 하지만."

비꼬는 말투가 거슬렸지만 엠마는 꾹 참고 화제를 돌렸다.

"그런데 도대체 어떻게 된 거야? 데이먼한테는 왜 잡혀 있었어?"

"왜긴 왜겠어. 돈 때문이지. 금방 갚겠다고 했는데도 묶어 놓고 때렸어. 값나가는 눈물로 대신 갚으라고…. 근데 흘리는 족족 다 썩는 거야. 니블 때문에. 개자식… 아는 놈이 더 무섭다더니…."

"돈은 왜 빌렸어? 이미 기억도 저당 잡히고 신분도 팔았다며? 그 돈은 다 어쩌고?"

"그깟 푼돈 얼마나 된다고. 진작 다 썼지!"

30만 오슬러를 푼돈이라고 하는 그레이스의 말에 엠마는 기가 찼다.

"이 거지 같은 세상이 되기 전에 우리 집은 꽤 잘살았어. 그깟 30만 오슬러는 돈도 아니었다고. 근데 흐르는 세상이 되자마자 아빠는 회사에서 잘리고 엄마는 아프고. 그래서 딱 한 번만 가보기로 하고 암시장에 간 거야. 갔더니 아는 얼굴이 있더라. 생판 남보다는 낫겠지 했는데… 데이먼 그 자식이 그렇게 악질일지 누가 알았냐고."

"일도 좀 하고 부족한 건 눈물로 충당하고… 뭐 그럴 순 없었던 거야?"

"내가 뭐가 부족해서 울어? 외모, 학력, 인기 다 가진 내가?"

"뭐 꼭 네가 부족해서 운다기보다는… 다른 사람 때문에 울 수도 있고, 그냥 드라마를 보다가 울 수도 있고."

그레이스는 얘가 뭘 몰라도 한참 모른다는 표정으로 손사래를 쳤다.

"남 일엔 관심 없거든. 울 일은 더더욱 없고. 내가 왜? 울면 눈만 퉁퉁 붓고 못생겨져. 예쁜 얼굴 망칠 일 있어? 그럴 일은 절대 없겠지만, 만약 내가 울게 된다면 나를 위해서 울 거야. 나를 위해서만. 다른 인간들한테는 내 귀한 눈물 낭비 안 해."

엠마는 그레이스의 대답에 놀랐다. 그녀의 넘치는 자기애 때문이 아니었다. 그녀의 말도 안 되는 이기심 때문도 아니었다. 오로지 자기를 위해서만 울겠다고 말하는 그녀가 약간은 부럽다는 생각이 들었기 때문이다.

"그래서… 돈은 다 어디다 썼어?"

그레이스는 이 순간만을 기다렸다는 듯 씩 웃으며 발을 동동 굴렀다. 그러고는 잽싸게 휴대폰을 열어 자신의 워터세일링 애플리케이션 화면을 엠마에게 보여줬다.

계정 아이디 밑으로 보이는 사진은 수천 장이 넘었다. 대부분 그녀가 명품으로 한껏 꾸미고 5성급 호텔이나 감성 넘치는 카페에서 찍은 사진들이었다. 화려한 사진들 사이에 소박

한 꽃 사진이 어색하게 자리하고 있었다.

"이 꽃은 뭐야?"

"몰라. 다른 사진들이랑 안 어울려서 몇 번 지우려고 했는데 차마 그럴 수가 없더라고. 찾아보니까 꽃 이름이 내 이름하고 똑같더라. 그레이스래. 그레이스 캄파뮬라."

"캄파뮬라? 어디서 들어봤는데…."

"아무튼 그게 중요한 게 아니고. 이것 봐. 내 계정을 팔로우하는 사람이 자그마치 200만 명이야. 이 사람들은 나를 사랑하고 동경해. 내가 입는 옷, 가방, 구두, 작은 액세서리까지 전부 따라 하고 싶어 한다고. 나는 스타야. 스타는 품위를 유지해야 할 의무가 있어. 그러려면 돈이 필요하지."

엠마는 기가 차서 말이 안 나왔다.

"그러니까 네 말은 이런 거 사려고 그 많은 돈을 빌렸다는 거야?"

"하아— 이런 거? 얘가 뭘 모르네."

그레이스는 엠마를 한심하게 바라보며 다시 휴대폰을 보여줬다.

@emily_cooper_10이라고 써 있는 계정이 보였다.

"이거 보여? 이런 애들은 맨날 새벽까지 '알바'라는 걸 하더라? 얘가 올린 사진 꼴 좀 봐. 감자튀김 어쩔 거야. 나 같으면 쪽팔려서 죽었다."

에밀리의 계정을 한눈에 알아본 엠마는 속이 부글부글 끓었다. 불법으로 번 돈으로 명품 사는 데 열중하는 그레이스가, 합법적으로 일하고 열심히 공부하는 에밀리를 업신여기는 상황이 믿기지 않았다. 그레이스는 몇몇 다른 사람의 계정을 보여주며 떠들었다.

"이것도 좀 봐. 맨날 지가 키우는 개 사진이나 올리는 인간들, 돈 아끼겠다고 무지출 챌린지? 뭐 이딴 거 하는 거지들, 공부한답시고 맨날 스터디 플래너 사진만 찍어서 올리는 돌머리들. 이런 루저가 안 되려면 명품이 필요해. 무슨 말인지 알겠어?"

"사람들마다 각자 중요하게 생각하는 게 달라. 어떤 사람한텐 감자튀김이 지친 하루 끝의 위로가 되기도 하고, 또 어떤 사람들에겐 반려동물이 가장 소중한 가족이 되기도 해. 또 돈을 아끼려는 노력은 창피한 게 아니야. 오히려 멋있는 거지. 스터디 플래너 사진만 찍어 올리는 사람이 돌머리라고? 그게 왜? 힘들게 공부하면서 유일한 낙으로 하는 건데. 너한테 중요하지 않다고 다른 사람이 하는 걸 전부 쓸모없는 취급 하는 건… 너무하지 않니?"

그레이스는 혐오하는 표정으로 엠마를 보며 말했다.

"하긴 뭐. 끼리끼리 논다고. 너는 저런 인간들이 이해가 되겠구나."

"뭐?"

엠마가 받아치려고 하자 에스핀이 황급히 끼어들었다.

"그 정도면 손님 이야기는 충분히 들은 것 같군요. 이제 상담을 시작해 보죠. 우리는 시각·청각·후각·촉각·미각 이렇게 인간이 가진 다섯 가지 감각을 이용해 당신의 기억 회복을 도울 겁니다. 우선 앞에 놓인 스크린을 봐주세요."

엠마와 에스핀의 눈이 마주쳤다. 에스핀은 참으라는 듯 고개를 저었다.

에스핀이 청귤색 버튼을 누르자 컴퓨터에 하얀 스케치북이 나타났다.

"40대 후반 중년 여성. 둥근 얼굴에 날카로운 눈매."

에스핀이 말하자 컴퓨터는 스케치북 위에 그림을 그리기 시작했다. 단숨에 둥근 얼굴과 날카로운 눈매를 가진 중년 여자의 모습이 완성됐다.

"눈매는 조금 부드럽게, 얼굴도 더 둥글게."

컴퓨터는 그림을 부분적으로 지워내고 에스핀의 명령대로 수정했다. 그레이스와 엠마는 눈을 크게 벌리고 모니터를 보았다. 둘의 표정은 태어나서 처음으로 컴퓨터를 보는 사람의 표정 같았다.

"자, 이렇게 그림을 그리면서 가족의 얼굴을 기억해 내는 거예요. 처음엔 어려울 거예요. 하지만 조금씩 수정하다 보면 가족의 얼굴과 매우 흡사하게 만들 수 있어요. 다른 것도 해볼까요?"

에스핀은 아주 빠른 속도로 타자를 쳤다.

42 클레버 스트리트, 더블유 에이

에스핀이 엔터 버튼을 누르자 크로마키 벽 위로 42 클레버 스트리트가 보였다. 스크린 화질이 매우 뛰어나서 실제로 그곳에 서 있는 듯한 기분이 들었다.

"여기서부터 꼼꼼하게 한 블록씩 당신이 살던 동네도 찾아볼 거예요. 조금이라도 생각나는 건물이나 가게가 있다면 알려주세요. 그리고 촉각을 이용해서도…. 아, 이게 어디 있더라… 엠마! 촉각 상자를 좀 가져다주겠어요?"

에스핀이 나무 상자 하나를 가리켰다.

나무 상자는 구불구불한 파이프가 달린 공업용 기계 위에 올려져 있었다. 엠마는 기계를 건드리지 않으려 노력했지만 발을 헛디며 기계 끄트머리에 있는 버튼을 누르고 말았다. 엠마가 당황해서 어쩔 줄 모르는 사이 애벌레 몸통같이 생긴 파이프가 꿀렁거렸다.

"이게 무슨 냄새야!"

그레이스가 코를 틀어막으며 신경질적으로 말했다. 에스핀이 재빨리 뛰어와 빨간색 버튼을 누르고, 엠마가 누른 버튼을 살펴봤다. 버튼엔 '장마철 실내에서 말린 꿉꿉한 빨래 냄새'라고 쓰여 있었다. 에스핀은 '환기'라고 적혀 있는 초록색 버튼을 눌렀다.

"엠마! 기계를 다룰 땐 조심할 필요가 있어요! 특히 처음 보는 기계라면 더더욱."

"죄송해요. 최대한 조심하려고 했는데…."

엠마는 고개를 푹 숙였다.

"상담실에 저딴 기계가 왜 필요한 거죠?"

그레이스는 손으로 코를 움켜쥐고 쏘아붙였다.

"냄새로 기억 회복을 돕는 기계예요. 올팩토리라고 부르죠. 방금처럼 불쾌한 냄새만 있는 건 아니에요. 꽃향기나 과일 향기처럼 좋은 것들도 있어요. 음음. 아무튼 그럼 이제 본격적으로 상담을 시작해 볼까요, 그레이스?"

"필요 없어요."

"그게 무슨 소리야? 가족들을 찾아야지!"

엠마가 그레이스에게 다가갔다.

"필요 없어. 가족이라는 단어는 생각만 해도 기분이 더러워. 이런 감정이 드는 걸 보니 분명 우리 부모는 없느니만 못한 사람들일 거야. 기억할 필요도 없고 기억해 내고 싶지도 않아."

그녀는 귀를 후비며 심드렁하게 말했다.

엠마는 아이를 달래듯 그레이스를 다독였다.

"그렇지 않아. 네가 행복하고 좋았던 기억을 모두 저당 잡혀서 그래. 너희 부모님, 난 만나본 적도 없지만 분명 좋으신 분들일 거야. 우리가 도와줄게, 응?"

"싫어. 생각만 해도 끔찍해. 구질구질하다고."

도대체 어쩌다 그레이스가 이 지경까지 됐는지…. 답답하고 속이 상한 엠마는 목이 탔다. 치우려다 만 찻잔이 눈에 들어온 엠마는 리콜 티를 벌컥벌컥 마셨다. 구역질이 날 것 같은 맛이었다. 씁쓸하고 비렸다. 몇 초나 지났을까? 머리가 개운하고 가벼워졌다. 눈도 맑고 또렷해졌다. 무슨 기억이든 떠올릴 수 있을 것만 같은 묘한 기분이 들었다.

그레이스는 재차 상담을 권유하는 에스핀을 무시하고, 자신의 워터세일링 계정을 보면서 '너무 예쁘다'라는 말을 반복하고 있었다. 자신과 사랑에 빠진 그녀의 눈동자는 황홀할 정도로 반짝거렸다.

엠마는 그녀의 나르시시즘에 백기를 들었다.

'정말 구제 불능이군.'

그럼에도 그녀의 눈동자는 더할 나위 없이 아름답다고 생각했다.

'정말 예쁘다. 핑크랑 그레이가 섞였네. 블루도 조금 보이

고. 여러 색이 섞인 저런 눈을 어디서 본 것 같은데… 어디서 봤더라… 음… 헉!'

엠마는 캐런의 사무실에서 봤던 사진 한 장이 떠올랐다.

'서… 설마…'

엠마의 머릿속은 조각난 기억의 파편으로 어질러졌다. 곧 이어 캐런이 꽃을 보고 '내 딸은 예뻐'라고 했던 모습이 떠올랐다. 무슨무슨 캄파뉼라라던 그 꽃…. 그레이스 캄파뉼라였다.

'교수님은 무의식중에 알고 계셨던 거야. 그래 그거였어.'

그녀의 손은 덜덜 떨리기 시작했다. 반대쪽 손으로 떨리는 손을 잡아봤지만 전혀 멈춰지질 않았다.

"엠마, 왜 그래요?"

에스핀이 걱정스러운 눈빛을 보냈다.

"아… 아니에요…."

엠마의 얼굴은 점점 더 검붉게 달아올랐다. 엠마는 깊게 호흡을 내뱉고 '왜 저래?' 하는 표정으로 자신을 보고 있는 그레이스에게 물었다.

"그러니까 마지막으로 한 번 더 물을게. 그러니까 너는 기억과 가족을 찾는 것보다도 명품 가방과 워터세일링 팔로어들의 관심이 더 중요하다는 거지?"

"그래 그렇다니까? 도대체 몇 번 말해. 아무튼 그래서 말인데 이제 데이먼 그 자식도 잡혀 들어갔겠다. 나는 이제 자유잖아? 나 개인파산 신청 좀 해줘. 그렇게 되면 사회복지부에서 지원금이 나오니까 루이뷔통 신상품 정도는 살 수 있겠다. 맘 같아선 에르메스를 사고 싶은데 어쩔 수 없지."

엠마는 더 이상 참기가 힘들었다. 마음 같아선 그녀의 등짝을 세게 후려치고 싶었다. 필터를 거치지 않은 욕도 한바탕 던져주고 싶은 심정이었다.

"도대체 왜 이렇게 된 거야. 뭐가 널 이렇게 만든 거야, 응?"

"뭔 헛소리야. 미쳤어?"

버럭 화를 내는 엠마를 보고 그레이스가 짜증이 솟구친 말투로 말했다.

"도대체 왜 그렇게 명품에 집착하는 거야? 왜 그렇게 사람들의 관심과 칭찬에 중독된 거냐고. 가족도 잊을 만큼, 그들을 버릴 만큼!"

엠마를 노려보던 그레이스의 뾰족한 눈매에 힘이 빠졌다. 엠마의 질문이 한순간에 그녀를 과거로 보내버렸다.

철제 사물함이 나란히 놓여 있는 고등학교 복도에서 여학생 세 명이 누군가를 보며 수군거리고 있었다.

"까놓고 말해서 지가 잘난 게 뭐 있어? 부모가 잘난 거지."

무리 중 한 명이 일부러 들으라는 식으로 언성을 높이며 말했다.

긴 생머리를 한 소녀의 얼굴이 점점 달아오르기 시작했다. 자신을 두고 하는 말이 분명했다.

"쟤네 아빠는 대기업 다니고 엄마는 그 유명한 맥퀸대 나왔다며? 근데 쟤는 공부도 못하고, 뚱뚱하고, 얼굴도 답이 없네? 하하하."

"재수 없어. 부모 잘 만난 게 인생 최대 업적인 주제에."

소녀의 몸이 조금씩 분노로 떨리기 시작했다. 투두두두둑. 떨어진 눈물방울에 소녀의 책 위에 써져 있던 글자가 번졌다.

2년 뒤, 소녀는 몰라보게 날씬하고 예뻐진 모습으로 최고 명문이라는 맥퀸대학교 입구에 들어섰다. 그녀의 손엔 부모님이 입학 선물로 사주신 명품 가방이 반짝였다. 새로 만난 친구들은 하나같이 소녀에게 관심을 가졌다. 소녀와 친해지고 싶어 했다. 가방 브랜드가 뭐냐, 얼마냐, 한 번만 메어보면 안 되냐며 부러워했다.

소녀는 기분이 이상했다. 뚱뚱하고 못생겼다고 왕따를 당하고 잘난 부모에 비해 가지고 태어난 것이 없다며 멸시당했던 지난날이 없던 일처럼 느껴졌다.

"사람들은 예쁜 나를 사랑해. 그리고 내가 가진 물건 하나하나를 부러워하고 동경해."

소녀가 태어나서 처음 느낀 가장 강력하고 황홀한 순간이었다.

🌢

과거에서 막 돌아온 그레이스가 뭔가에 취한 사람처럼 흐릿한 표정을 지었다.

"사람들은 예쁜 나를 사랑해… 그리고 내가 가진 물건 하나하나를 부러워하고 동경해."

"제발! 정신 좀 차려. 너 지금 '관심병'에 조종당하는 마리오네트 같아! 사람들이 다 너를 사랑하고 동경해? 천만에! 지금 네 꼴을 보고도 과연 그럴까? 아니! 그들은 명품을 걸친 너를 사랑하는 것뿐이야. 너를 너 자체로 사랑하는 사람들이 아니라고. 그런 사람들 말고 너를 진심으로 사랑하는 사람들이 있어! 그들을 기억해야만 해."

"닥쳐. 네가 뭘 안다고 지껄여? 내가 어떻게 살았는지 네가 알기나 해? 안다면 절대 그런 소리 못 할 거야."

그레이스는 분노에 차 소리를 고래고래 질렀다.

엠마는 그녀의 윽박에도 표정 하나 바뀌지 않고 담담했다.

"캐런."

그레이스가 멈칫했다.

"뭐?"

"캐런 풀러. 뭐 생각나는 거 없어?"

캐런의 이름을 듣자마자 그레이스의 머리는 방망이로 맞은 것처럼 띵해졌다.

"캐… 캐런…? 캐런… 캐런…"

그녀는 캐런의 이름을 수없이 반복하며 혼란스러워했다. 자신과 함께 웃으며 사진을 찍고 있는 여자의 실루엣, 자신을 사랑스럽게 바라보며 핑크색 꽃을 건네는 여자의 모습이 머릿속을 휘저었다.

"캐런 풀러가 누구야? 누군데? 왜 이렇게 가슴이 아프지… 누가 칼로 찌르는 것 같아… 엠마, 제발 그만해… 부탁이야… 제발, 나 머리가 너무 아파."

엠마는 허탈하게 앉아 있는 것 외에는 아무것도 하지 않았다. 그런데도 그레이스는 엠마에게 제발 그만하라며 사정했다. 바닥에서 데굴데굴 구르며 울부짖었다. 이유는 알 수 없었다. '캐런'이란 이름이 총알처럼 그녀의 심장을 관통했고 눈에 보이지 않는 피가 바닥을 물들였다.

"어… 엄마… 엄마!"

그녀는 두 손으로 가슴을 붙잡고 목청이 터져라 외쳤다. 자

신의 엄마를 기억해 낸 것이 분명했다. 그레이스의 눈물방울
이 바닥에 우두둑 떨어졌다.

🔥

"조금 더 진하게… 아니, 조금 더 연하게… 휴… 이 색깔이
아니었나?"

15번 상담실에선 조 아저씨가 컴퓨터에 명령을 내리고 있
었다. 오늘만 몽타주의 눈동자 색을 200번 넘게 바꾸고 있는
중이었다.

"따님의 얼굴이 드디어 완성되었네요, 아저씨. 만약… 만난
다면 알아보실 수 있겠어요?"

상담사가 조에게 물었다.

"그럼—. 내 딸인데… 당연히 알아보고말고."

"그럼 제일 먼저 무슨 말을 하고 싶으세요?"

"글쎄… 무슨 말을 해야 할까? 아무래도 미안하다고 해야
겠지… 그 애가 아빠도 없이 많이 힘들었을 거야."

아저씨는 멈칫하며 잠시 고민하는 듯했다.

"아니야…. 그보단 한번 안아보고 싶어. 내 딸. 참 많이 보고
싶었거든…."

조의 눈가가 조금 촉촉해졌다.

206

"금방 만나실 수 있을 거예요. 오늘도 정말 수고 많이 하셨어요. 따님 사진은 바로 전송해 드릴게요. 자주 꺼내 보시면서 다른 기억들도 떠올려보세요. 다음 주에 뵙겠습니다."

"정말 고맙네. 제럴드."

조는 남은 리콜 티를 한입에 털어 넣고 자리에서 일어났다.

달칵 소리와 함께 15번 상담실 문이 열리고 조 아저씨가 걸어 나왔다. 그때 맞은편에 있는 14번 상담실의 문이 동시에 열렸다. 조는 엠마를 따라 걸어 나오는 그레이스의 눈동자를 뚫어져라 바라봤다. 울었는지 퉁퉁 부은 데다 여전히 눈물이 고여 있었지만 단번에 알아차릴 수 있었다.

그는 아주 천천히 그레이스에게 다가갔다. 그러곤 두 팔로 그녀를 꼭 껴안았다.

Together

12월 3일. 위배런 법원엔 무거운 긴장감이 감돌았다. 허리춤에 총을 찬 법정경찰 두 명이 귀에 꽂은 무전기 명령에 맞춰 문을 열었다. 황토색 미결수 죄수복을 입은 데이먼과 그의 부하들이 들어왔다. 법정경찰이 "모두 자리에서 일어서 주십시오"라고 외치자 사람들이 모두 기립했다. 엠마도 눈치를 보며 재빨리 일어났다. 법정 안은 너무 고압적이고 엄숙한 분위기여서 없는 죄도 생기는 기분이라 주눅이 들었다. 곧이어 재판장과 배석판사 두 명이 법관 출입문을 통해 들어와 자리에 앉았다. 그제야 엠마도 자리에 앉을 수 있었다.

"사건번호 FG-2033-CR-550 사건 피고인 데이먼 펠튼 앞으로 나오세요. 판결을 내리겠습니다. 피고인, 마지막으로 할 말 있습니까?"

재판장 킴벌리 맥베인이 말했다.

"억울합니다. 어떻게든 살아보려고 한 선택이었습니다. 저를 사지로 몰아넣는 세상에 대한 정당방위였습니다."

"행복하고 즐거운 기억만 뽑아내 가짜 눈물로 사리사욕을 채우고, 장례식장마다 쫓아가 슬픔에 오열하는 유족들한테 눈물을 갈취하고, 폭행·감금·협박에 심지어 무고한 사람에게 고블을 찔러 넣어서 신분과 기억을 강탈하여 한 가족을 풍비박산 냈는데… 이 모든 게 정당방위였다는 말인가요?"

"어쩔 수 없는 사고였다고 생각합니다."

데이먼의 표정은 당당했다.

"피해자 가족들 모두 앞으로 나와 최종 발언 하세요."

재판장의 말에 여기저기 흩어져 앉아 있던 사람들이 한 명씩 마이크 앞으로 나와 데이먼과 일당에게 저주를 퍼부었다.

"당신에겐 그저 돈을 위한 수단인 그 기억들이 우리 가족에겐 평생 기억에 남는 가장 행복한 순간이었습니다. 당신은 우리의 행복을 앗아 갔습니다."

"당신은 죽고 싶어도 죽을 수 없는, 영원한 고통이 있는 지옥에 가게 될 겁니다. 당신 같은 파렴치한에게는 과분한 곳일 수도 있겠군요."

마지막으로 짧은 곱슬머리를 한 여자가 콧잔등까지 흘러내린 안경을 치켜올리며 말했다.

"나는 당신이 평생 감옥에서 썩다가 반드시 끔찍하고 고통스럽게 죽길 바랍니다."

발언이 모두 끝나자, 재판장은 조 아저씨에게 최종 발언의 기회를 주었다. 그는 두 손을 차분하게 모아 가슴 앞에 올려두고 덤덤한 표정으로 입을 뗐다.

"데이먼 펠튼 씨, 나는 당신이 이걸 꼭 알아줬으면 좋겠습니다. 난 당신을 미워하거나 증오하지 않습니다. 나는 이런 상황에 놓인 당신이 가엾습니다. 성서에 이런 구절이 있습니다. '주여, 형제가 내게 죄를 범하면 몇 번이나 용서하여 주리이까. 일곱 번까지 하오리이까. 예수께서 이르시되 네게 이르노니 일곱 번뿐 아니라 일흔 번씩 일곱 번까지라도 할지니라.' 저는 제가 믿는 신의 말씀을 따라 당신을 일흔 번씩 일곱 번까지라도 용서할 겁니다. 여기 있는 내 딸 그레이스도 당신을 용서했습니다. 병원에 있는 내 아내 캐런도 그걸 원할 겁니다. 당신은… 용서받았습니다…. 죄로부터 자유로워지십시오…. 그뿐입니다."

조 아저씨의 담담한 발언에 법정에 있는 사람들은 한두 명씩 코를 훌쩍이기 시작했다. 몇몇 여자들은 손수건을 꺼내 눈물을 훔쳤고 재판장인 킴벌리 역시 떨어지는 눈물을 재빨리 훔쳤다. 그레이스와 엠마는 강단에서 내려온 조의 손을 꼭 붙잡았다. 마주 잡은 세 사람의 손등 위로 굵은 눈물방울들이 툭툭 떨어졌다. 엠마는 고개를 들어 데이먼을 바라봤다. 데이먼도 잠시 엠마의 눈을 응시했다. 엠마의 눈은 텔레파시를 보내는 것처럼 데이먼에게 소리치고 있었다.

'데이먼, 잘못을 인정하고 마땅한 벌을 받아요. 그리고 돌아와요. 제발요…'

데이먼은 엠마에게서 시선을 옮겨 조 아저씨와 그레이스를 바라봤다. 손을 마주 잡고 눈물을 흘리는 그들의 모습을 보자 뱃속이 부글부글 끓는 것 같았다. 단란한 가족의 모습이 저런 건가? 질투심이 나는 동시에 죄책감이 느껴졌다.

'저 가족에게 내가 무슨 짓을 한 거지. 쥐구멍이 있다면 숨고 싶다. 천이 있다면 내 얼굴과 몸을 모두 가리고 싶을 정도로 발가벗겨진 기분이 든다.'

엠마는 느낄 수 있었다. 좀 전까지 당당했던 그의 표정이 미세하게 흔들리고 있음을. 자신은 잘못이 없다고 믿었던 신념에 금이 갔음을. 수치심과 좌절감, 죄의식과 죄책감이 뜨거운 온도로 부글부글 끓는 용암이 되어 그를 집어삼키고 있음을. 잘못을 인정하고 사죄하고 용서받고 싶다는 생각이 몇 분사이에 그를 완전히 장악했다. 알 수 없는 힘에 이끌려 당장 그렇게 하고 싶은 욕구가 치밀어 올라 참을 수 없었다.

"판결하겠습니다. 이 사건은—"

만년필로 무언가를 꾹꾹 눌러쓴 다음 재판장이 말했다.

"자… 잠시만요!"

데이먼이 황급하게 말했다.

재판장은 불쾌한 표정을 지으며 자신의 말을 가로챈 데이먼에게 눈으로 경고했다.

"재판장님, 실례합니다."

데이먼이 재판장의 눈치를 보며 정중하게 말했다.

"휴— 어쩔 수 없군요. 마이크 가까이로 다가와 말씀하세요, 펠튼 씨."

살짝 잠긴 그의 목소리에서 쇳소리가 났다.

"제가 저지른 죄를 인정합니다. 모든 책임은 저에게 있습니다. 옳지 못한 일을 저질렀습니다. 여기 오신 모든 피해자분들께 진심으로 고개 숙여 사죄하고 싶습니다. 살기가 힘들었습니다. 예전처럼 떵떵거리며 모든 걸 누리고 살고 싶어서 그랬습니다. 바뀐 세상이 내 맘처럼 흘러가지 않아서 그랬습니다."

데이먼의 목소리에 점점 힘이 실리며 고조되었다. 그의 얼굴이 일그러지며 온몸이 바들바들 떨렸다.

"잘못을 인정하고 반성하겠습니다. 그리고 고치려고 노력하겠습니다. 피해자들의 고통을 이해하려고 노력하겠습니다.

흐르는 세상의 구성원이 될 기회를 주십시오. 정말 잘못했습니다. 죄송합니다. 죄송합니다…."

마지막 발언을 하는 데이먼의 눈에선 쉴 새 없이 눈물이 흘러내렸다. 데이먼은 속수무책으로 흐르는 눈물에 놀라고 당황스러웠지만, 미처 손을 들어 닦을 기력도 없어 보였다. 그저 강단에 겨우 몸을 의지한 채 흐느낄 뿐이었다. 재판장은 데이먼을 한참 바라보았다. 법정은 싸늘할 만큼 고요했고 적막감만이 감돌았다. 모두 재판장의 판결만을 기다리고 있었다. 킴벌리는 크게 들숨을 마시고 선고하기 시작했다. 그녀의 목소리는 단호하고 카리스마가 넘쳤지만 어딘가 모르게 따뜻하고 부드러웠다.

"제가 가장 존경하는 판사 존 그레인저는 항상 이렇게 말했습니다. 우리 모두에게 균등한 기회를 줘야 한다고요. 특히 다시 제대로 살아보고자 하는 의지가 강한 사람에게는 더더욱요. 넘어지는 것이 죄가 아니라, 다시 일어나는 일을 거부하는 것이 죄입니다. 당신은 반성하고 있고 우리는 당신을 돕고 싶습니다. 당신을 격려하고 응원할 겁니다. 당신이 흐르는 세상에 적합한 구성원으로 다시 돌아올 수 있는 기회를 드리겠습니다. 당신이 진심으로 나아지길 바랍니다. 데이먼 씨."

킴벌리는 한숨 돌리며 목소리를 가다듬었다.

"판결을 선고하겠습니다. 이 사건은 법정에서 피고인이 자백하고 검사가 제출한 증거로 보아 유죄로 인정한다. 다만 피고인이 눈물을 흘리며 진심으로 반성하고 있는 점은 정상참작하여 피고인을 징역 4년에 처한다. 또한 피고인에게 사회봉사 100시간과 감정 통제 교육 40시간을 명한다."

데이먼은 '감사합니다'라고 입을 뻥긋한 뒤 고개를 숙였다. 처분을 달게 받아들이겠다는 표정이었다. 방청석에서는 복잡한 감정이 섞인 탄식이 흘러나왔다. 곱슬머리 여자는 형량이 너무 적다며 억울함을 토로했고 일부 피해자들은 판사의 선처가 적절했다며 고개를 끄덕였다. 엠마는 경찰들과 함께 법정 한편에 있는 쪽문으로 나가는 데이먼을 지켜봤다. 위풍당당했던 그의 어깨가 그렇게 작게 느껴진 것은 처음이었다.

🜄

"6742번, 면회다."

두꺼운 철문이 덜컹 열리더니 얼굴 전체를 가릴 만큼 모자를 깊게 눌러쓴 교도관이 말했다.

"면회 올 사람이 없는데요?"

데이먼이 의아한 듯 고개를 꺾었다.

"관리청 사람인 것 같던데. 가보면 알겠지. 어서 나와."

"관리청이라면… 그 오지랖 넓은 여잔가?"

그가 마지못해 수감실에서 나오며 중얼거렸다.

데이먼은 복도를 따라 걸으며 생각했다.

'또 쫑알쫑알 잔소리를 늘어놓으려고 왔겠지. 그 여자는 사 사건건 나랑 엮인단 말이지…'

말은 그렇게 해도 그는 기분이 나쁘지 않았다. 아니, 어쩌면 내심 반가운 듯 보였다. 찾아오는 사람이 아무도 없는 자신에 게 엠마라도 면회를 와준 게 고마웠다. 접견실로 가는 그의 발걸음이 더욱 빨라졌다.

데이먼은 유리창을 사이에 둔 2평 남짓한 방에 들어섰다. 그는 유리창 너머에 앉아 있는 사람을 보고 그대로 굳어버렸 다. 교도관은 얼어붙은 데이먼을 의자에 앉힌 뒤 지정된 자리 에 앉아 자신의 업무를 보기 시작했다.

"오랜만이야… 형…."

유리창 너머에 앉은 남자가 말했다.

"레… 레이먼 너… 네가 왜? 관리청 사람이라는 게 그럼…"

"나야."

레이먼이 부드러운 미소를 지어 보이며 말했다.

데이먼은 짜증이 확 솟구쳤다. 이렇게 밑바닥에 내려와 있 는 자신의 모습을 보는 사람이 차라리 그 오지랖 넓은 여자였 으면… 차라리 일면식도 없는 남이었으면… 가족에게만은, 그 것도 동생에게만은 이런 모습을 보여주고 싶지 않았는데….

"여긴 뭐 하러 왔어? 내가 어떤 꼴을 하고 있는지 구경하러 왔어? 아니면 '거봐, 내 말이 맞지?' 하면서 옳은 너의 과거를 으스대고 한참이나 틀린 나의 현재를 비웃으러 왔어? 어? 왜! 왜 왔냐고!"

"형. 진정해. 그런 거 아니야."

"그럼 뭐야!"

"형이니까… 형이니까 왔지…"

레이먼이 울먹거리며 말했다.

"…"

데이먼은 아무 말도 하지 못했다.

"지내는 건 어때? 밥은 잘 먹어? 춥진 않아? 뭐 필요한 건 없어?"

레이먼은 죄수복을 입고 있는 데이먼의 옷과 얼굴을 여기저기 살피며 쉴 새 없이 안부를 물었다.

데이먼은 계속 말이 없었다. 심기가 불편했다. 법정에선 가득 차다 못해 흘러넘치던 선한 마음이 동생 앞에선 한순간에 못된 심보로 둔갑했다.

레이먼은 그 표정의 의미를 알아차리곤 다시 조심스럽게 말을 이어갔다.

"형은… 항상… 내가 한심하다고 생각했지? 이해가 안 됐을 거야."

다른 곳만 보고 있던 데이먼이 고개를 돌려 레이먼을 봤다.

"할아버지랑 아버지 도와서 호텔 운영할 생각은 안 하고, 알지도 못하는 불쌍한 사람들 돕는 데 온통 정신이 팔려 있는 미친놈이라고 말야."

"허— 알긴 아는군."

데이먼이 몸을 왼쪽으로 아예 홱 돌리며 말했다.

"근데 내가 왜 그랬는지 알아?"

"왜 그랬는데?"

"형 때문이야…."

"뭐?"

"그거 기억나? 어렸을 때 형이랑 나랑 부모님 몰래 놀러 나간 거? 우리 손에 딱 10오슬러밖에 없었지만 햄버거 사 먹을 생각에 신났었잖아. 그런데 한겨울에 길에 앉아 덜덜 떠는 노숙자 아저씨를 보고, 형은 주저 없이 그에게 10오슬러를 주었어. 우리가 가지고 있던 전부를 말야. 나는 형이 미웠어. 형 때문에 햄버거를 못 사 먹게 됐으니까. 나는 형을 때리며 왜 그랬냐고 떼를 썼지. 그런데 형이 뭐라고 했는지 알아?"

데이먼은 미간을 찌푸렸다. 기억도 나지 않는 아주 오래된 과거의 한 모퉁이를 짚어보려 애를 쓰던 그는 기억이 안 난다는 표정으로 레이먼을 쳐다봤다.

레이먼은 숨을 크게 들이쉬면서 말했다.

"우리가 돈 많은 집에서 태어난 건 세상 사람들이 조금씩 운을 모아서 우리에게 몰아준 거라고, 그러니까 이건 어차피 우리 돈이 아니니 사람들하고 나눠야 하는 거라고."

데이먼의 얼굴이 점점 검붉게 달아올랐다. 까맣게 잊고 살았던 일이지만 레이먼의 말을 들으니 희미하게 그날이 조금씩 떠올랐다.

"멋있었어. 나는 형처럼 멋있는 어른이 되고 싶었어. 그런 유연하고 이타적인 생각을 가진 어른이 되고 싶었지. 근데 형이 점점 변해갔어."

검붉던 데이먼의 얼굴색이 순식간에 검게 변했다.

"호텔 경영을 위해서라면, 그것이 위법이든 비도덕적인 일이든 간에 아무런 죄책감 없이 했어. 직원들의 헌신과 열정을 당연하게 여기고, 손님들은 그저 돈을 위한 도구 취급했어. 실망스럽고 안타까웠어. 나도 그렇게 변할까 봐 무섭기도 했어. 그리고…"

레이먼이 잠시 머뭇거리자 데이먼은 침을 꿀꺽 삼키며 눈을 크게 떴다.

레이먼은 데이먼의 눈을 부드럽게 응시하며 말했다.

"조금은 무뚝뚝하지만 마음은 너무나도 따뜻했던, 어렸던 나의 눈엔 어른처럼 크고 듬직했던, 내가 이 세상에서 제일 닮고 싶어 했던 우리 형, 데이먼 펠튼이 너무 그리웠어…"

레이먼의 눈동자에 작은 물 알갱이들이 맺혔다.

데이먼의 눈동자가 잠시 흔들렸지만 이내 단단히 고정되었다. 그는 몸을 돌리고는 꼿꼿한 자세로 고쳐 앉아 레이먼을 똑바로 보며 말했다.

"그건 아무것도 모르던 철없던 애가 한 소리일 뿐이야. 언제까지나 어른이 되고 싶지 않은 피터 팬처럼 살 순 없잖아? 우린 어느새 어른이 되었고, 해야 할 일이 있었어. 할아버지와 아버지가 일궈놓으신 호텔을 이어받아 집안의 부와 명예를 유지해야 하는 의무 말야. 그걸 위해 난 나 자신을 버렸어. 펠튼 호텔가의 장남이자 대를 이어 차기 경영자가 될 데이먼 펠튼만 남았을 뿐이지. 그런데 넌 뭘 했어? 그저 내 뒤에 숨어 착한 척만 하고 있었지. 그저 너 하고 싶은 대로. 그런데 뭐? 이제 와서 그것도 모두 나 때문이라고?"

"미안해… 내가 힘이 되어주질 못해서… 형이 맞는 걸 기둥 뒤에서 지켜보기만 해서… 형 때문이라고 한 건 탓하려는 의도는 아니었어. 다만 내가 그동안 왜 그랬는지 말하고 싶었을 뿐이야."

데이먼은 다시 대답이 없었지만 레이먼은 말을 이어나갔다.

"형이 참 많이 힘들고 외로웠다는 거 알아. 어디다 말도 못하고 꾹 참으며 살아왔잖아. 이제 형이 편안해졌으면 좋겠어. 시원할 때까지 마음껏 울었으면 좋겠어. 그리고 펠튼가의 장남이 아닌 그냥 데이먼 펠튼이라는 사람 그 자체로 행복했으면 좋겠어. 진심이야."

"어떻게 하는 건데?"

데이먼이 들릴 듯 말 듯한 목소리로 말했다.

"응?"

레이먼이 유리창으로 더 가까이 다가왔다.

"어떻게 하는 거냐고… 편안해지는 거…. 시원할 때까지 마음껏 우는 거…. 그리고 나 자체로 행복해지는 거…."

데이먼의 아랫입술이 파르르 떨렸다.

"내가 도울게. 내가 함께할게. 내가 여기 있어, 형을 위해서."

레이먼의 눈자위가 뜨거워졌다. 데이먼의 시야도 눈물로 점점 흐릿해졌다. 그를 옥죄었던 모든 욕심과 부담감이 눈물과 함께 녹아내리는 듯한 기분이 들었다. 형제는 더 이상 아무 말도 하지 않았다. 그저 유리창을 사이에 두고 소리 없는 눈물만 흘렸다. 서로를 용서하고, 스스로를 용서하는 듯 보였다.

🌢

엠마는 가파른 언덕을 한달음에 올라, 빽빽한 나무로 둘러싸인 허름한 건물 안으로 들어갔다. 그녀의 손엔 환하게 핀

그레이스 캄파뉼라가 들려 있었다. 건물의 로비로 들어서자마자 엠마는 얼굴을 양손으로 감싸며 소리쳤다.

"오 마이 갓!"

"엄마! 바로 그거야! 좀만 더 힘내요!"

"여보, 조심 조심! 거긴 미끄러워!"

조 아저씨와 그레이스가 환자용 산책로 위에서 캐런을 부축하며 잔소리를 하고 있었다. 아직은 중심 잡기가 어려운지 불안정한 모습이었지만 분명 캐런은 한 걸음씩 걷고 있었다.

"조 아저씨! 아니… 브라이언 아저씨. 아저씨 본명을 알게 됐는데도 습관이 이렇게 무섭네요. 하하. 그나저나 이게 어떻게 된 거예요? 교수님, 이제 걸으실 수 있는 거예요?"

"오, 엠마 왔니? 그렇단다. 의사 선생님 말로는 환자의 의지가 강해서 회복하는 속도가 빠르다더구나."

"휴— 다행이다. 정말 잘됐어요."

가슴에 손을 얹고 날숨을 크게 쉰 엠마는 곧 볼에 바람을 한껏 불어 넣어 뾰로통한 표정을 지으며 그레이스를 째려보았다.

"너! 지난주에도, 그리고 지지난 주에도 상담실에 안 왔더라? 상담 꾸준히 받으라고 했지? 아직 기억이 다 돌아온 것도 아닌데 자꾸 이럴래?"

"너는 인사도 없이 잔소리부터 하냐? 엄마가 이렇게 잘 걷기 시작했는데 어떻게 엄마를 두고 거기 가서 한가롭게 상담이나 받고 있을 수 있겠어? 안 그래? 하아— 아빠 애 좀 그만 오라고 해요. 피곤해 죽겠어요!"

"뭐? 피, 곤, 해? 너 판사님이 최대한 선처해 주셔서 교정교육 100시간으로 끝난 게 다행인 줄 알아!"

"아오, 알겠어! 귀에서 피 날 지경이네."

양쪽 귀를 막고 안 들리는 척하는 그레이스를 보고 엠마와 조 아저씨는 웃음을 터트렸다.

"아저씨… 바쁘시겠지만 상담은 꼭— 꾸준히 받으셔야 해요. 신분은 회복됐지만 아직 잃어버린 기억들이 있잖아요…. 아시겠죠?"

"그래, 명심하마. 고맙다."

조 아저씨는 엠마의 어깨를 두 번 토닥였다.

"요새 그레이스가 제 엄마 간병에 지극정성이야. 교대하고 집에 가서 좀 쉬라고 해도 영 말을 안 듣는구나. 뒤늦게 효도 비슷한 걸 흉내 내려는 모양이니, 네가 조금만 이해해 주렴, 엠마."

아저씨가 윙크를 해 보이며 말했다.

엠마는 알겠다며 고개를 끄덕인 다음 다시 캐런을 바라봤다. 캐런은 살이 통통하게 오르고 외모도 훨씬 정돈된 모습이었다. 그레이스가 어찌나 지극정성으로 유난을 떨었는지 그녀의 머리칼은 머리 위로 완벽하게 말아 올려져 있었다. 더구나 뺨과 입술까지 생기 넘치는 핑크빛으로 칠해놓은 덕분에, 병원에서 재활치료를 받는 환자라고 느껴지지 않았다.

"교수님, 저 왔어요!"

엠마는 아직 말이 어눌한 캐런을 위해 어린아이에게 말을 가르치듯 최대한 또박또박 이야기했다. 엠마가 꽃다발을 건네도 캐런은 별 반응이 없었다. '당신은 누구세요? 저를 아세요?'라고 말하는 듯한 그녀의 표정이 엠마의 속을 상하게 했다.

"아직 말은 돌아오지 않은 거죠? 저도 기억 못 하시고요…?"

엠마가 조 아저씨를 보며 물었지만 그는 그냥 어깨를 으쓱하는 것으로 답을 대신했다. 엠마는 몸을 돌려 그레이스에게 물었다.

"너는? 너는 알아보셔? 네가 딸인 거…."

"뭐…."

그레이스도 말을 얼버무리면서 엠마의 시선을 피했다. 엠마는 두 사람이 예민하게 느끼는 부분을 건드렸나 싶어서 괜히 움찔했다.

'가족이니까 나보다 더 속상하겠지… 이제 더 이상 이런 질문은 하지 말아야겠다.'

그때였다. 엠마의 온몸을 감싸는 따스하고 부드러운 목소리가 들려왔다.

"엠마…."

너무 놀란 엠마는 재빨리 뒤를 돌아봤다. 캐런이 자신을 보며 부드럽게 웃고 있었다.

"교수님? 지금 교수님이 말씀하신 거 맞죠? 저… 기억하시는 거죠?"

"그럼. 당연하지. 내 사랑하는 제자, 엠마. 얼마나 보고 싶었는지 몰라."

캐런이 울먹였다.

너무나도 또렷하고 명확했다. 그 목소리는 엠마가 대학 시절 3년 내내 가장 사랑했던 스승인 캐런 풀러의 목소리와 정확히 일치했다. 엠마는 믿을 수 없다는 듯 고개를 도리도리 흔들다 캐런 교수를 꽉 끌어안으며 흐느꼈다.

"저도요! 저도 정말 정말 교수님이 보고 싶었어요. 방학이… 너무 길었어요."

캐런의 눈에서도 반짝이는 눈물방울이 톡 하고 떨어졌다. 아저씨와 그레이스도 고개를 돌려 눈물을 훔쳤다. 그렇게 네 사람은 서로 다른 곳에 시선을 두며 한참을 울었다. 네 사람의 휴대폰이 번갈아 가며 울려댔다. 모두 관리청에서 온 문자임을 알고 있었다.

겨우 진정한 엠마가 눈물로 얼룩진 얼굴을 닦아내고 그레이스에게 물었다.

"내가 교수님이랑 같이 걸어봐도… 될까?"

"조심해."

그레이스는 못 미더운 표정을 지으며, 부축하고 있던 캐런의 손을 엠마에게 건넸다.

"교수님, 제가 함께 걸을게요."

엠마는 캐런의 손을 잡으며 말했다.

캐런은 아무 말 없이 고개를 두 번 끄덕인 뒤 엠마의 부축을 받으며 한 걸음 한 걸음 걸어나갔다. 캐런의 걸음은 엠마의 머릿속으로 뚜벅뚜벅 걸어 들어가 은청색 티켓을 떠오르게 했다. 엠마는 캐런이 왜 자신에게 티켓을 주었는지 조금은 알 것 같았다. 티켓 정중앙에 쓰여 있던 글씨가 아주 선명하게 그녀의 뇌리를 스쳐 지나갔다.

"Together."

늦은 저녁, 낮에 캐런을 만나고 기분이 좋아진 엠마는 알 수 없는 자신감으로 가득 차 있었다. 그녀는 눈을 질끈 감은 채 책상 위에 놓인 양장 노트를 펼쳤다. 노트를 펼치자 상점 주인 다이애나의 말대로 은은한 상아색 내지가 눈을 편안하게 해주었다. 내지 가장자리에는 줄기를 타고 자라는 스킨답

225

서스가 인쇄되어 있어 당장이라도 무언가를 쓰고 싶은 느낌이 들었다. 그녀는 레이먼의 조언대로 첫 페이지를 반으로 접었다. 그러곤 선을 따라서 줄을 그어 페이지를 나누었다. 왼쪽에는 '타인을 위한 눈물'이라고 크게 제목을 쓰고 막힘없이 써 내려갔다.

조시 건더의 후원자 졸업식, 에밀리 쿠퍼의 축축한 베개, FC 옐로버즈의 첫 승리, 캐런 교수님과 조 아저씨와 그레이스, 그 외 수많은 책과 영화 그리고 드라마를 보며 흘린 눈물… 쓰다 보니 칸이 부족했다. 엠마는 묘한 쾌감에 사로잡혔다. 뾰족하게 잘 깎은 연필로 사각사각 소리를 내며 질 좋은 종이 위에 한 글자 한 글자 또박또박 써 내려가는 느낌이 좋았다. 그 내용이 타인의 감정에 이입해 진심으로 함께한 경험들이라 더더욱 마음이 따뜻해졌다. 자세를 고쳐 앉으며 숨을 크게 들이마시니 책상 한편에 켜놓은 블랙커런트 향초 냄새이 딸려 들어왔다. 기분까지 달콤해지는 향이었다. 그녀는 연필을 잡고 있는 손을 오른쪽으로 옮겨 '나를 위한 눈물'이라고 크게 썼다. 전과 달리 어렵지 않게 쓸 수 있을 것만 같은 자신감으로 가득 찼다.

하지만 몇 분이 지나도 엠마가 쓴 것은 마침표 옆에 마침표, 그리고 그 마침표 옆에 또 다른 마침표뿐이었다. 사실 마침표도 아니었다. 시작하지도 못했으니 말이다.

'괜찮아. 최근에 없었으면 작년이나 재작년이라도 괜찮아. 오래된 기억이라도 좋으니 제발.'

그렇게 일 분, 이 분… 어느새 한 시간이 훌쩍 지나갔다. 엠마는 점점 짜증을 넘어 화가 나기 시작했다. 셀 수 없이 울었던 지난날 중에 오직 자신을 위해서 울었던 날이 단 하루도 없었다는 것이 도무지 믿어지지 않았다. 지나치듯 흘려보낸 사람들의 말이 겹겹이 떠올랐다. 실속 없이 남 일에 울고 다니지 말라던 셰를의 말과 오직 자신만을 위해서 울 거라는 그레이스의 말이 떠올라 억울한 생각이 들었다.

'내가 정말 잘못 살고 있는 걸까? 다른 사람들은 다 자기 몫을 챙기고 사는데… 나만 자선사업가라도 된 듯 손해 보고 사는 것 같아. 뭔가… 잘못된 것 같아…'

부정적인 생각이 머릿속을 장악할 때쯤 동시에 또 다른 생각도 들었다.

'아니야. 엄마 아빠를 생각해 봐. 내가 이런 이기적이고 속좁은 생각을 하다니… 너무 부끄럽고 나 자신한테 화가 나.'

감당하기 벅찰 정도의 양가감정이 그녀를 짓눌렀다. 앉아 있기 버거울 정도로 뒷목부터 어깨가 무거워졌다.

기체 눈물

"여기인가요? 여기는 어떠세요?"

"악! 아파요, 선생님!"

꽃 피는 3월의 아침, 엠마는 얼굴 모양으로 동그랗게 구멍이 뚫린 병원 침대에 엎드려 소리를 꽥꽥 지르고 있었다.

"뭘 했길래 온몸에 근육이 꽉 뭉쳤어요?"

정형외과 전문의인 피터가 엠마 등을 손으로 꾹꾹 누르며 물었다.

"긴장할 일이 좀 많았거든요."

"해결은 됐나요?"

"네, 한 가지만 빼고요."

228

엠마는 책상 위에 그대로 펼치고 나온 노트를 잠깐 떠올렸지만 이내 캐런 교수를 생각했다.

캐런은 재활 의지가 아주 강했다. 보통 마비 환자들은 받아들이기 힘든 자신의 상황 때문에 치료 자체를 거부한다고도 하는데 그녀는 달랐다. 로봇치료, 재활치료, 작업치료, 인지치료, 언어치료 등 받을 수 있는 모든 치료를 열심히 받았고 치료가 없는 주말에는 그레이스의 부축을 받으며 병원 내부 외부 할 것 없이 걷고 또 걸었다고 했다. 덕분에 일 년 반 만에 다시 학교로 돌아갈 수 있었다. 감정을 통제하는 시상하부의 기능도 돌아와 전처럼 감정 눈물을 흘릴 수 있게 되어 밀려 있던 병원비를 모두 갚았다는 소식을 알려주기도 했다. 조 아저씨는 경매에 넘어갔던 신분을 회복했다. 레이먼은 조 아저씨에게 원치 않으면 이제 폐수처리장 일을 그만두어도 좋다고 했다. 그렇지만 아저씨는 정중히 거절하며 폐수처리장이 아니었으면 가족을 찾지 못했을 거라며, 평생 봉사하는 마음으로 그곳에서 일하고 싶다고 말해 관리청 직원 모두를 감동시켰다. 그레이스는 교정 교육 100시간을 드디어 다 채운 날, 엠마에게 선전포고를 했다.

"야! 너 관리청에서 일한다고 잘난 척하지 마! 나도 너처럼 청사에서 일할 거야! 관리청 업무가 너무 많아져서 이제 시험으로 직원 뽑는댔어. 나는 너처럼 '특채' 말고 '공채'로 갈 거니까 딱 기다리고 있어! 알겠어?”

그레이스는 틈만 나면 엠마에게 시비를 걸었지만, 엠마는 그런 그녀가 밉지 않았다.

엠마는 캐런의 가족과 정말 질긴 인연이 있는 것 같다는 생각을 했다. 대학 내내 가장 사랑했던 교수님, 관리청에서 신규 교육을 받을 때 만난 그레이스, 관리청에서 일을 시작하고 폐수처리장에서 만난 조 아저씨까지. 엠마는 세 사람을 떠올리며 흐뭇해했다.

꾸─욱. 피터가 날개 뼈 근처 근육을 손가락으로 누르자, 엠마는 하마터면 피터를 뒷발로 차서 날려버릴 뻔했다.

“악! 선생님, 아프다고요!”

엠마는 너무 아파서 눈물 한 방울이 찔끔 났다. 몇 초 뒤, 휴대폰이 지잉─ 하며 울렸다.

“입금됐죠? 나 때문에 방금 1오슬러 번 줄 알아요.”

엠마와 피터는 하이파이브를 하며 깔깔거렸다.

엠마는 다시 침대 구멍에 얼굴을 집어넣으며 물었다.

“선생님, 궁금한 게 있는데요. 의사는 잠도 많이 못 자고, 밥도 제때 못 먹고, 가족들과 많은 시간을 보내기도 힘든 직업이잖아요. 옛날엔 돈이라도 많이 벌었지. 흐르는 세상이 되면서 월급도 1000오슬러밖에 못 받는데 어째서 계속 의사를 하고 계세요?"

"흠… 흥미로운 질문이군요. 솔직하게 얘기하자면, 저도 사람이라 처음엔 흐르는 세상이 달갑지가 않았어요. 매우 불공평하다고 생각했죠. 생각해 봐요. 메디컬 스쿨 5년, 레지던트 2년, 펠로십 3년을 거쳐 의사가 됐고 그러고 나서 4년이나 더 경험을 쌓고 나서야 겨우 정형외과 전문의가 됐거든요. 당신이 말한 대로 잘 못 먹고, 못 자고, 못 놀면서 말이죠. 이제 겨우 전문의가 됐으니 그동안 밀린 학자금 대출도 갚고, 차도 사고, 집도 사고, 결혼도 하고, 부모님께 평생 못 해본 효도도 좀 하려고 했는데. 글쎄, 갑자기 눈물이 돈이 되는 세상이라니. 누군들 화가 안 나겠어요. 의사고 뭐고 다 관두고 싶었죠."

"근데 왜 그만두지 않으셨어요?"

"그거야… 사실 의사라는 직업을 돈만 보고 선택하는 사람은 없어요. 뭐 제 동기 중에 몇몇은 돈 때문에 이 짓을 하지만요. 아무튼 그들도 처음엔 모두 사람의 생명을 살리고자 의사가 됐을 겁니다. 그러니 하루아침에 이 직업으로 돈을 벌 수 없게 되었다고 해도, 어찌 그리 쉽게 다른 직업을 선택할 수 있겠어요? 의사는 무언가 대가를 바라고 하는 일이 아니에요. 누군가에게 무엇을 줄 때는 내게 다시 갚을 능력이 없는 사람에게 주는 것이 좋아요. 혹은 그러한 마음으로 주는 거죠. 다시는 내가 돌려받지 않아도 지금 이 순간 내가 저 사람에게 줄

231

수 있음에 감사하면서 말이에요. 내가 치료해서 아팠던 몸이 나은 환자가 고맙다는 말 한마디 없이 그냥 쌩 가버린다고 해도 괜찮아요. 그저 그분들이 건강해진 것, 그것만으로도 행복한 게 바로 의사니까요."

피터의 미소는 참 따뜻했다. 엠마의 가슴에 온기가 번졌다. 그와 같은 의사가 있다는 사실이 참으로 다행이라고 느껴졌다. 하지만 문득 캐런의 병원에서 본 의사가 떠올랐다. 사망선고를 하면서도 눈 하나 깜짝하지 않는 차가움. 유가족들의 슬픈 마음을 공감하는 대신 끊임없이 체크하는 손목시계. 그런 생각을 하면 안 된다는 걸 알면서도 엠마는 자기도 모르게 그녀를 피터와 비교하고 있었다.

"선생님, 의사들은 죽음을 하도 많이 마주해서 더 이상 죽음이 아무것도 아닌 것처럼 느껴지나요? 그냥 점심 먹으러 가는 것처럼, 특별할 것 없는 흔한 일상이 되나요?"

"물론 의사가 돼서 처음 맞은 죽음의 충격과는 비교할 수 없죠. 차츰차츰 익숙해져 갈 겁니다. 아니, 익숙해져야만 하죠. 매번 빠져나오기 어려운 슬픔과 고통 속에 시달린다면 아마 의사라는 직업 자체를 내려놔야 할 테니까요. 하지만 분명한 건 여전히 그들은 환자의 죽음 앞에서 운다는 겁니다. 단소리를 내어 우는 게 아니라 마음으로 웁니다. 슬픔을 감추고 감정을 감쪽같이 숨겨야 합니다."

"다른 사람들한테요?"

"자기 자신에게도요. 반드시 그래야만 해요, 의사는."

피터의 말 하나하나에는 진심이 묻어 있었다.

'그의 말대로 의사가 죽음 앞에 괴로워해야 할 의무는 없다. 그럼에도 나는 왜 그들의 공감을 당연하게 요구했을까?'

엠마는 깊은 생각에 빠졌다. 잘 알지도 못하면서 지레짐작하고 판단했다는 생각에 괴로웠다.

"왈왈."

똘망똘망한 검은 눈동자가 얼굴의 반 이상을 차지하는 하얀 몰티즈가 짖었다.

"제시. 너 미쳤어? 관리청에 개를 데리고 오면 어떡해?"

마커스가 우락부락한 팔뚝을 간신히 교차하여 팔짱을 끼고 말했다.

"아… 그게, 맡아주던 강아지 호텔이 리모델링 공사를 한다고 2주 동안 문을 닫았어요."

강아지를 품에 안은 제시가 최대한 마커스에게 등을 돌리며 말했다.

"허— 기가 차는군. 그래서 지금 개를 2주 동안이나 여기 데리고 오겠다는 거야?"

그때 엠마가 8번 수증기터널을 지나 눈물 범죄 수사과로 들어왔다. 강아지는 제시의 품에서 점프하듯 뛰어나와 엠마에게 달려오더니 꼬리를 살랑살랑 흔들었다.

"너무 귀엽다! 넌 이름이 뭐니?"

엠마가 몰티즈를 번쩍 안아 들어 올렸다.

"내일부턴 다른 곳에 맡기기로 했어요. 오늘 딱 하루만요. 네? 팀장님…"

제시가 손가락으로 숫자 1을 만들어 보이며 마커스에게 매달렸다.

"오늘 하루만이야!"

"감사합니다. 역시 팀장님이 최고예요."

제시는 화색을 띠며 얼른 엠마에게 뛰어갔다.

"이름이 뭐예요?"

조심스럽게 강아지를 넘겨주며 엠마가 말했다.

"앨리스야."

"앨리스, 반가워."

엠마가 앨리스의 머리를 쓰다듬었다.

"그런데 눈물 자국이 꽤 많네요?"

앨리스 눈에 양쪽으로 선명한 붉은 자국을 보며 엠마가 물었다.

"알레르기가 있어서. 환절기만 되면 이렇게 눈물을 많이 흘린다니까. 자주 닦아주고 병원에 가는 데도 그러네."

제시가 속상한 듯이 한숨을 내쉬며 말했다.

"제시, 강아지의 눈물에도 감정이 있을까요?"

엠마는 문득 궁금해졌다.

"글쎄… 내가 재밌게 읽은 책『동물의 눈물은 돈이 되는가』에 따르면, 감정으로 눈물을 흘릴 수 있는 존재는 인간이 유일하다고 했어. 즉 강아지가 흘리는 눈물은 늙어서 면역력이 떨어졌거나, 세균에 감염되었거나, 눈물관에 이상이 생긴 거래. 기쁘거나 슬퍼서 흘리는 눈물은 아니라는 소리지."

"그렇군요. 동물에게도 분명히 감정이 있는 것 같은데 그게 눈물하곤 상관이 없나 봐요."

"하지만 내 생각은 조금 달라. 우리 앨리스는 내가 아프면 침대에 누워 있는 내 주변을 하루 종일 맴돌며 눈물을 흘려. 남들은 그것마저 알레르기 때문이라고 할지 모르지만, 주인만이 아는 그 눈빛과 감정이 있어. 분명 앨리스의 눈물에는 감정이 실려 있었어. 또 어떤 날에는, 정말 힘든 하루를 보내고 진이 빠져서 집에 돌아왔거든. 현관에 들어온 순간 앨리스는 내 기분을 알아차렸어. 이 크고 새까만 눈동자가 그렁그렁해졌거든. 마치 이렇게 말하는 것 같았달까? '엄마, 오늘 하루 정말 힘들었죠? 정말 고생 많으셨어요'라고 말이야. 그래서 난 진심으로 믿고 싶어. 동물도 감정이 담긴 눈물을 흘릴 수 있다고 말이야."

"저도 그렇게 믿는 편이 좋겠어요."

엠마가 부드럽게 웃어 보이며 고개를 끄덕였다.

"내 정신 좀 봐. 앨리스 밥 줄 시간인데. 참, 엠마 오늘 7번 수증기터널 가는 거 잊지 마. 아마 B동에서 하는 마지막 근무가 될 테니…."

"네, 걱정 마세요."

엠마는 앨리스를 위아래로 살살 흔들며 탕비실로 향하는 제시의 뒷모습을 봤다. 그러곤 잠시 생각에 잠겼다.

'마지막 근무라니….'

엠마가 7번 터널을 지나 문을 열자 초대형 실험실이 펼쳐졌다. 비커, 스포이트, 저울, 버너로 가득 찬 공간은 무서울 정도로 적막했다. 그때 실험실 가장 깊은 곳에 있는 원통 문이 활짝 열리며 제임스가 나타났다. 원통 문은 폐수처리장에서 본 것과 같았는데 사람이며 물건이며 모두 우주로 빨아들일 것 같은 기하학적인 모양이었다.

"제임스!"

엠마가 반갑게 그를 불렀다.

제임스는 오늘도 역시 긴 팔다리에 비해 턱없이 짧은 연구원 가운을 입고 있었다. 엠마는 구면이라고 반갑게 손을 흔들며 인사했지만, 제임스는 바닥에 시선을 고정하며 간단하게 묵례했다. 제임스의 얼굴이 매우 빨갛게 달아올랐기 때문에 엠마는 아무래도 제임스가 아프다고 생각했다.

"제임스? 어디 아파요? 안색이 안 좋네요."

엠마가 제임스의 얼굴을 구석구석 살폈다.

제임스는 고개를 홱 돌려 얼굴을 감추며 말했다.

"괘… 괜찮아요…."

그는 말할 때 계속 첫마디를 더듬었다.

"그래요? 그렇다면 다행이네요. 여기서 일해요?"

"펴… 평소에는 안쪽 실험실에서 압수해 온 악어의 눈물을 분석해요. 며… 몇 가지 범죄가 뒤섞여 있는지 그 개수와 종류를 파악하죠…. 그리고 오늘같이 예약이 있는 날에는 여기 바깥 공간에 잠시 나옵니다. 흠흠."

하도 말을 안 해서인지 그의 목소리는 거칠게 갈라졌다.

"아… 그래서 저번 출동 때도 같이 간 거군요?"

"마… 맞아요."

여전히 시선은 바닥에 고정한 채 안경을 추켜올리며 제임스가 말했다.

"여기 바깥 공간은 뭘 하는 곳이죠?"

"기… 기체 눈물을 조회하는 곳입니다."

"네? 기체 눈물이요? 액체가 아니고요?"

"바… 바로 들었어요! 액체가 아니고 기체예요! 나를 위한 눈물은 내 계좌에 꼬박꼬박 들어오지만 타인을 위해 진심으로 흘리는 눈물은 수증기가 되어 대상자의 니블로 날아갑니다. 우리는 이걸 기체 눈물이라고 부르죠. 그렇다고 대상자가 자신의 기체 눈물을 실시간으로 확인해 볼 수는 없습니다. 청사의 승인을 받아야 하고, 오직 이곳 기체 눈물 조회실에서만 조회가 가능하죠. 나쁘게 악용되어 또 다른 악어의 눈물을 만들 수 있기 때문에 극한 상황에 처한 사람들에게만 허가하고 있어요."

"아무나 올 수가 없어서 이렇게 조용한 거군요."

"스… 승인을 받으려면 제출해야 하는 서류가 백 장이 넘고 관리자와 미팅만 열 번을 해야 합니다. 그래서 손님이 하루에 한 명도 안 올 때도 있고, 많이 온다고 해도 겨우 두세 팀 정도됩니다."

띵동. 입구에서 벨 누르는 소리가 들렸다.

"처… 첫 번째 손님이 온 것 같군요."

제임스와 엠마는 함께 입구로 걸어가 첫 손님을 맞았다. 40대 초반쯤 되어 보이는 여자가 퉁퉁 부은 얼굴로 걸어 들어왔다.

"안녕하세요. 저는 연구원 제임스라고 합니다. 오전 10시에 예약하신 헤일리 브라운 씨 맞으시죠? 이쪽으로 오시죠.”

벌건 얼굴로 말을 더듬던 제임스는 증발하고, 그 자리엔 유능해 보이는 연구원만이 남아 있었다. 엠마는 제임스가 더듬지 않고 말하는 걸 처음 보았다. 엠마는 제임스의 옆에서 준비한 노트를 끄적이며 그가 하는 모든 일들을 필기할 준비를 했다. 제임스는 엠마가 의식되어 어깨가 한껏 올라갔다.

낯선 조회실 안을 두리번거리던 여자는 제임스가 안내한 의자에 조심스럽게 앉았다.

“어떻게 여기까지 오시게 됐나요?”

제임스가 클립보드에 받아 적을 준비를 하며 물었다.

“그런 것도 다 말해야 하나요?”

여자는 매우 곤란한 표정을 지어 보였다.

“물론 서류상으로 이미 많은 것들을 설명하시고 증명하신 것 잘 알고 있습니다. 서류에 쓰신 내용과 동일한지 확인하는 절차가 반드시 필요하니 양해 부탁드립니다.”

엠마는 고개를 끄덕이며 ‘내용과 동일한지 확인하는 절차’라고 받아 적었다.

헤일리 씨는 엠마를 흘끔 보더니 다시 제임스에게 시선을 돌리며 말했다.

“저는 반려견을 매우 사랑하는 사람이에요. 어렸을 때 12년 동안 키웠던 치와와 ‘초코’, 어른이 된 후 15년 동안 가족같이 함께 산 골든리트리버 '레오'가 모두 무지개다리를 건너고 저는 감당하기 힘든 슬픔과 상실감에 매주 시간이 날 때마다 유기견 봉사를 다녔습니다. 비위생적이고 좁은 뜬장 안에서 평생을 갇혀 살며 그저 새끼 낳는 기계로 이용당하다 병들어 죽어가는 유기견들은 차마 보기만 해도 안타까울 지경이었죠. 거기서 구출되어 지역 동물보호센터로 간다고 해도, 입양되지 않으면 기한 내에 안락사를 시킵니다. 케이지 철망을 발톱으로 잡고 '저 좀 제발 데려가 주세요. 그러지 않으면 난 곧 죽습니다' 하는 표정을 짓는 아이들을 도저히 그냥 두고 볼 수가 없었어요. 그렇게 한 마리씩 데리고 오기 시작했죠. 주변에서 못 키우겠다고 버리고 가는 아이들까지 받아주다 보니 어느새 100마리나 되는 개들의 엄마가 됐어요. 임시 보호로 만난 아이들까지 합하면 200마리가 넘을 거예요. 그렇게 많은 개들을 관리하는 데는 엄청나게 많은 돈이 필요했죠. 직장 생활 하면서 10년 동안 조금씩 모아둔 돈은 금세 바닥을 보였고, 어느새 빚은 눈덩이처럼 불어나 있었어요."

엠마는 스스로가 매우 부끄러웠다. 자신은 자기 몸 하나 일으키고 씻기고 먹이고 어르고 달래 회사에 보내는 것만으로도 벅찬 사람이었기 때문이다. 강아지를 좋아하고 그 주인들을 부러워했지만, 반려동물에 들여야 하는 시간과 비용, 정성이 부담스러워 매번 포기했다. 그런데 한 마리도 아니고 무려

100마리라니…. 헤일리를 보는 그녀의 눈빛은 존경으로 반짝였다.

"정말 대단하세요! 정말 쉽지 않은 일이잖아요."

헤일리는 얼굴을 손으로 감싸며 멋쩍어했다.

"아니에요. 돈도 없으면서 책임감 없이 일을 벌인 거 같아 매번 개들한테 미안해요. 제가 정말 여기까지는 안 오려고 했는데…"

그녀가 망설였다.

"어떻게든 제 힘으로 해결해 보려고 했는데 정말 너무 급해서 왔어요. 친구들한테 매번 20오슬러, 50오슬러씩 빌려 당장 먹일 사료들은 샀는데… 그런데…"

"그런… 데요?"

엠마가 조심스럽게 물었다.

"아픈 아이들이 몇 명 있어요. 수술을 해야 하는데 수술비가 없어서…."

여자는 눈물을 참느라 말을 잇지 못했다.

"이렇게 동물을 위해서 눈물을 흘리시는 분이면 충분히 수입이 됐을 텐데요?"

제임스가 무뚝뚝하게 말했다.

"물론 아이들을 위해서 많이 울기도 했죠. 그런데 그렇다고 어떻게 맨날 울고만 있을 수 있겠어요. 아침부터 아이들 집도 청소해 줘야 하고, 돌아가며 목욕도 시켜야 하고, 밥도 챙겨줘야 하고, 몇몇은 병원에도 데려가야 하니까요. 전 강해져야만 했답니다. 시든 풀처럼 앉아만 있을 순 없었어요. 하루 종일 저만 바라보고 있는 이 아이들에겐 제가 세상의 전부예요."

엠마는 제임스에게 '말을 좀 부드럽게 하세요'라고 눈치를 줬고 그걸 본 제임스는 움찔했다.

"그럼요. 아이들의 전부시죠. 걱정 마세요, 헤일리 씨. 이렇게 따뜻한 분이라면 반드시 당신을 위해 눈물 흘려줄 분들이 많을 테니까요."

엠마가 그녀의 손을 꼭 잡으며 말했다.

"사실… 기대는 안 해요. 맨날 강아지들만 끼고 산다고 부모님도 저를 한심하게 여기시거든요. 개털 날린다고 저희 집에 발길 끊으신 지 오래고요. 사람이 중요하지 개가 뭐가 중요해서 빚까지 져가며 인생 망치냐고 말하는 친구들하고도 좋은 관계를 유지하긴 어려웠어요. 과연 누가 저를 위해 단 한 방울이라도 눈물을 흘렸을까 싶네요."

여자의 어깨와 입꼬리가 동시에 축 처졌다.

"눈물이 돈이 되는 세상이 될 거라고 누가 예상조차 했을까요? 세상은 항상 우리의 예상을 정확히 벗어난답니다."

엠마가 코를 찡긋해 보였고, 헤일리는 살짝 미소를 지었다.

"서류에 써주신 조회 사유와 일치하는 것을 확인했습니다.

자, 그럼 이제 기체 눈물을 조회해 보겠습니다."

제임스가 황금색 클립보드를 내려놓고 오른쪽 첫 번째 서랍을 열어 손전등처럼 생긴 기계를 꺼냈다. 호기심이 가득한 엠마의 시선을 의식했는지, 그는 팔과 어깨를 조금 더 높게 휘두르며 요란하게 손전등을 들어 올려 보였다.

"이 기계는 '압소바'라고 부릅니다. 간단하게 얘기하면 아주 작은 청소기라고 보시면 됩니다. 이걸로 머리카락이나 눈썹 근처에 있는 니블을 빨아들여 영하 105도의 냉각기에 집어넣을 겁니다. 그럼 니블에서 흘러나온 기체 눈물이 서서히 굳어 고체가 됩니다. 그렇게 되면 마치 보석처럼 보이죠. 기체 눈물의 양에 따라 사금처럼 형태를 거의 보지 못할 수도 있지만, 때로는 엄청난 크기의 광석이 되기도 합니다."

제임스는 테이블 한가운데 놓인 플라스크를 가리키며 말했다. 투명한 유리 플라스크는 마치 크리스마스트리에 달린 종 같이 보였다.

헤일리는 양손을 맞잡고 심호흡을 하기 시작했다. 별로 기대하지 않는다고 말한 것과는 매우 다른 모습이었다. 엠마는 눈이 부실 수 있으니 두 눈을 꼭 감아달라는 말을 헤일리에게 전했고 그녀는 바로 엠마의 말을 따랐다.

엠마는 제임스를 보며 고개를 끄덕였다. 제임스는 헤일리의 머리카락 근처에서 니블을 찾아냈다. 그리고 그대로 압소바를 유리 플라스크 한가운데 꽂아 넣은 다음 냉각기 하단에 에메랄드색 버튼을 눌렀다. 냉각기에선 엄청난 양의 차가운 수증기가 뿜어져 나와 니블 안에 있는 기체 눈물을 고체로 굳히고 있었다. 냉각기와 연결된 AI 스피커가 응급 알람을 울리며 말했다.

"경고! 경고! 수증기 과다 분출로 질식할 수 있으니 창문을 열어주시기 바랍니다."

실험실은 엄청나게 많은 수증기로 가득 찼다. 엠마는 바로 앞에서 벌어지는 광경에 눈을 뗄 수 없어 한쪽만 겨우 뜨고 있었다. 제임스는 얼른 일어나 창문을 열었다. 덕분에 수증기는 빠른 속도로 서서히 사라졌다. 사라지는 연기 속에서 서서히 플라스크의 실루엣이 드러나자, AI 스피커가 큰 소리로 또박또박 말했다.

"띵동. 입금된 눈물이 있. 습. 니. 다."

세 사람은 얼굴 근처에 있는 수증기를 연신 손바닥으로 쓸어내며 냉각기 안을 확인하려 했다. 잠시 뒤 냉각기가 완전히 형체를 드러냈다. 엠마와 헤일리는 화들짝 놀랐다. 플라스크 안에는 탁구공만 한 보석이 반짝이고 있었다. 둘은 서로를 마주 보다 동시에 제임스를 쳐다봤다. 제임스는 클립보드에 무언가를 적으며 무표정하게 말했다.

"흠… 나쁘지 않군요."

"그러니까 저 탁구공같이 생긴 게 기체 눈물이란 거죠?"

헤일리가 궁금해 죽겠다는 표정으로 물었다.

"정확히는 '드라이 티어스'라고 부릅니다. 이산화탄소를 냉각하면 드라이아이스가 되듯, 기체 눈물을 냉각하면 바로 저렇게 보석 모양을 띠는 고체로 변하기 때문에 드라이 티어스라고 부릅니다."

"그래서 저게 얼마예요? 아니, 그보다도 도대체 누가 나를 위해서 울어준 거예요?"

제임스는 노트북 키보드를 타닥타닥거렸다. 몇 월 며칠 몇 시 누구에게서 전송되었는지에 대한 데이터가 검은 바탕에 빼곡히 채워져 있었다.

"정확히 누가, 언제, 왜, 얼마만큼 헤일리 씨를 위해 눈물을 흘렸는지에 대해서는 규정상 자세하게 알려드릴 순 없습니다만… 흠… 이런 경우는 처음이네요."

"왜요? 뭐가 잘못됐어요?"

엠마가 노트북 화면에 뜬 글을 한 글자라도 보려고 고개를 쭉 뺐다.

제임스는 화면을 몸으로 가리며 말했다.

"눈물의 출처가 모두 강아지들입니다."

엠마가 몸을 확 뒤로 빼며 물었다.

"강아지요? 말도 안 돼요! 동물의 눈물은 감정과는 상관이 없다고 들었는걸요?"

"어디서요?"

엠마는 제시의 말을 떠올렸다.

"그러니까 책에서 과학자들이 하는 말로는—"

"물론 저 같은 과학자들은 눈에 보이지 않는 신적인 영역을 믿지 않죠. 오직 눈에 보이는 것들, 명제나 가설을 뒷받침할 만한 증거나 공식만을 신뢰합니다. 하지만 과학자들이 말하는 대로만 세상이 움직인다면 아마도 '예외'와 '기적'이란 단어는 사라져야 할 겁니다. 여기 이 강아지들의 눈물이 바로 그 '예외'와 '기적'이 되겠네요."

엠마는 똑 부러지는 제임스의 말솜씨에 입을 멍하게 벌리고 있었다.

"강아지들에게도 감정이 있다고 생각하긴 했지만 그건 제 개인적인 바람이 어느 정도 포함된 생각이었거든요. 그런데 정말 이건… 어떤 아이들이 나를 위해 언제 왜 울었는지 너무 궁금해서 참을 수가 없네요."

헤일리가 감동과 흥분을 감추지 못하며 물었다.

"가장 많은 기여를 한 건 아기 때부터 무지개다리를 건널 때까지 제일 오랜 시간을 함께한 초코와 레오입니다. 헤일리 씨에 대한 안타까움과 걱정의 눈물, 그리고 그리움의 눈물이 가장 많네요. 그 외에도 정말 많은 강아지가 당신을 위해 눈물을 흘렸습니다. 사람에 비해선 감정이 아주 미세해서 금액이 그렇게 높지 않지만요."

헤일리는 제임스의 입에서 초코와 레오의 이름이 들리자 눈에 띌 정도로 눈동자와 얼굴 근육이 흔들렸다. 강아지들과 함께했던 순간순간이 그녀의 머릿속에 떠올라 필름처럼 재생되고 있었다. 특히 그리워서 흘린 눈물이 많다는 이야기를 들었을 때는 강아지들에게 너무 미안했다.

'얼마나 많은 시간 동안 나를 기다렸을까…. 늘 너무 많이 기다리게 한 것은 아니었을까? 더 많은 시간을 함께 보냈어야 했는데…. 산책 한 번이라도 더 시켜줄걸, 집에 더 빨리 올걸….'

헤일리의 후회는 꼬리를 물고 이어졌다.

"당신의 기체 눈물은 대략 5만 오슬러 정도가 되는 것 같습니다. 지금 바로 눈물 계좌에 입금됐을 겁니다."

제임스의 말이 끝나자마자 헤일리의 휴대폰 알람이 띵! 하고 울렸다.

"그렇군요… 5만 오슬러면 집에서 기다리는 아픈 아이들이 모두 수술을 받을 수 있겠네요…."

헤일리는 얼마가 입금되었는지 신경 쓸 겨를조차 없어 보였다. 초코와 레오 생각에 온 정신이 팔린 듯 보였다. 그녀는 힘없이 자리에서 천천히 일어났다.

“브라운 씨, 괜찮으신가요? 제가 부축해 드릴까요?”

엠마도 따라 일어나 그녀와 조금 떨어진 곳에 손을 뻗었다. 그녀가 당장 눈물을 터트리며 주저앉을 것처럼 위태로워 보였기 때문이었다.

“아니요, 괜찮습니다. 오늘… 고맙습니다…. 그럼 전 이만.”

헤일리가 정중하게 엠마의 도움을 거절하며 문 쪽으로 몸을 돌렸다.

그때 제임스가 말했다.

“헤일리 브라운 씨.”

헤일리가 축 늘어진 채 고개를 돌려 제임스를 봤다.

“나는 당신의 가족으로 살 수 있어서 정말 행복했습니다. 당신은 정말 좋은 주인이었습니다. 내가 아픈 날엔 옷도 제대로 갖춰 입지 못한 채 나를 데리고 병원으로 뛰어갔습니다. 밤새 간호하며 내 옆에서 잠들었던 날이 셀 수도 없이 많았습니다. 내가 기뻐하면 당신은 나보다 더 기뻐했습니다. 매 순간 나를 위해 최선을 다했습니다. 나는 그런 당신을 매우 사랑했습니다. 그래서 매일 외출한 당신이 돌아오길 기다리는 것이 싫지 않았습니다. 아니, 오히려 좋았습니다. 행복했습니다. 그러니 부디 괴로워하지 마세요. 자책하거나 후회하지 마세요. 나는 우리가 다시 만날 날을 기다립니다. 그때까지 부디 행복해 주세요.”

헤일리와 엠마는 이상한 소리를 해대는 제임스를 보며 눈이 휘둥그레졌다.

제임스는 흔들림 없이 헤일리를 바라보며 말을 이어나갔다.

"퐁고, 맥스, 구피, 엘사, 버터, 코코, 벨라, 베일리, 스텔라, 소피아, 조이, 키키, 릴리, 데이지, 비비안, 이요르, 모카, 미시, 마지막으로 초코와 레오를 포함한 230마리의 강아지가 말을 할 수 있었다면 아마 이렇게 얘기했을 겁니다. 저의 목소리를 통해 그들의 진심을 전합니다. 덧붙여 동물을 제 몸처럼 사랑해 주시는 그 귀하고 귀한 마음은 오늘 저에게 매우 깊은 울림으로 다가왔습니다. 그런 아름다운 삶을 살아내 주셔서 진심으로 감사하단 말씀을 덧붙입니다. 브라운 씨."

헤일리는 바닥에 주저앉아 엉엉 울기 시작했다. 함께 지냈던 수많은 반려견들의 얼굴이 스치듯 지나갔다. 제임스가 했던 말들이 강아지들의 목소리로 변해 귓가를 맴도는 듯했다. 그러던 중 어떤 여자가 목 놓아 우는 소리가 들렸다. 눈물을 대충 닦고 옆을 보니 엠마가 자기보다 더 크게 목 놓아 울고 있었다. 헤일리는 자신보다 더 서럽게 우는 그녀의 모습에 갑자기 웃음이 터졌고, 엠마도 울다가 웃고 있는 헤일리 때문에 울음을 뚝 그쳤다. 두 여자는 자신들을 가만히 지켜보고 있는 제임스를 올려다봤다. 그리고 세 사람은 서로를 보며 웃음을 터트렸다. 헤일리의 웃는 모습이 유난히 행복해 보였다.

헤일리가 떠난 실험실에는 다시 엠마와 제임스만 남았다.

"제임스, 그럼 오늘 예약은 모두 끝인가요?"

"오⋯ 오늘은 예약이 총 두 개라⋯ 아⋯ 아직⋯ 한 팀이 더⋯ 남았—"

둘만 남자 그는 다시 말을 더듬기 시작했다. 그때 요란한 소리를 내며 제임스의 휴대폰이 울렸다. 전화를 받은 제임스의 얼굴이 조금씩 어두워졌다.

"마커스 팀장님이에요. 일 년을 쫓아다닌 대규모 브로커 집단을 잡았대요. 아주 악질인 놈들이죠. 예상되는 악어의 눈물의 양이 지하 폐수처리장에 다 들어가지도 못할 정도로 많다는군요. 가봐야겠어요."

엠마가 격양된 목소리로 물었다.

"네? 그럼 여긴 어떡해요? 아직 예약이 하나 더—"

제임스는 언제 움직였는지 벌써 저만치 떨어진 곳에서 출동에 필요한 물건들을 가방에 쑤셔 넣고 있었다. 뒤죽박죽으로 꾸려진 짐 가방엔 시험관 몇 개가 툭 튀어나와 있었다.

"아까 내가 하는 거 봤죠? 압소바로 니블을 빨아들이고 냉각기에 넣어요. 그리고 에메랄드색 버튼만 누르면 됩니다. 미안해요. 먼저 가볼게요. 아 참, 기체 눈물 조회는 하루에 딱 두 번만 가능해요. 그 이상 시도하면 누적된 기체 눈물은 모두 증발합니다. 반드시 기억해요. 그럼."

제임스는 소매가 짧은 가운을 휘날리며 재빨리 원통 문을 빠져나갔다. 엠마는 매우 당혹스러웠다. 제시에게 전화를 할까 생각했지만 분명 마커스와 함께 현장에 출동했을 것 같아 그마저도 할 수 없었다. 엠마는 손톱을 물어뜯으며 왔다 갔다 했다. 시곗바늘 소리가 평소보다 더 크게 들리는 것 같았다.

"침착하자, 침착해. 침착하게만 하면 아무 문제 없어. 할 수 있어."

엠마는 가슴을 연거푸 쓸어내리며 혼잣말로 중얼거렸다.

그때 벨 소리가 울렸다. 손님이 온 것이었다. 엠마가 사원증으로 문을 활짝 열자 한 중년 여자가 들어왔다. 지저분한 폭탄 머리, 다 낡은 구두와 가방, 계절에 맞지 않는 옷을 입고 들어온 여자는 부산스럽게 가방을 뒤지고 있었다.

"이게 여기 어디 있었는데?"

여자는 가방을 뒤집어서 모두 바닥에 우르르 쏟아 내더니 작은 틴 케이스를 골라냈다. 시원한 태평양 그림이 있는 케이스의 뚜껑을 달칵 열고서 여자는 해양심층수로 만든 민트향 사탕 두 알을 입 안에 쑤셔 넣은 다음, 다시 쏟아져 나온 물건들을 몽땅 가방에 밀어 넣었다. 엠마는 여자를 도와 물건을 함께 정리했다. 여자는 얼굴로 내려온 잔머리를 뒤로 넘기며 말했다.

"아! 내 정신 좀 봐요. 미안해요. 아니, 고마워요. 아니 '미안

해요'가 어울리나? 아무튼 여기가 바로 기체 눈물 조회실인가
요?"

"네, 맞습니다."

엠마는 여자에게 안쪽으로 자리를 권했다. 그런데 그녀의
얼굴이 어딘가 모르게 낯이 익었다.

"머들? 혹시 머들 아주머니 아니세요?"

여자는 고개를 들어 엠마를 바라봤다. 살짝 찌푸린 그녀의
미간이 누군지 알아보지 못하는 모양새였다. 몇 초가 흘렀을
까. 그녀의 미간이 서서히 펴지며 눈이 커지고 입이 벌어졌다.

"이름이 뭐였더라. 음…"

그녀는 두 번째 손가락으로 연신 하늘을 찌르며 이름을 기
억해 내려고 애썼다. 통통한 손가락이 눈에 띄었다.

"에… 밀리는 아니고 에… 에슐리였나? 그것도 아닌데…
에… 엠마! 엠마 맞지?"

엠마는 씨익 웃어 보이며 대답했다.

"맞아요. 오랜만이에요, 아주머니."

엠마는 '그동안 어떻게 지냈냐'부터 시작해서 머들이 쏟아
내는 '어쩌다 눈물관리청 직원이 됐냐?' '결혼은 했냐?' '연봉
은 얼마 받냐?' 폭풍 질문에 일일이 대답했다. 그렇게 한참 동
안 모든 물음에 답했던 엠마는 겨우겨우 궁금한 걸 물어볼 수
있었다.

"그런데 여기는 어쩐 일이세요? 루니는요?"

부산스럽게 수다 떨던 모습은 사라지고 머들의 얼굴에 순식간에 어두운 그늘이 졌다.

"그것 때문에 왔어. 우리 루니가 좀 아파. 나도 몰랐어. 신규 트레이닝을 받던 날에야 알았지."

🌢

"신규 트레이닝은 이것으로 마무리하도록 하죠. 다음은 간단한 면담이 있을 예정이니 각자 자리에서 기다려주세요. 머들 씨부터 시작할까요?"

수잔이 황금색 클립보드를 넘기며 말했다.

머들은 알 수 없다는 표정을 지으며 수잔을 따라 구석에 있는 사무실로 들어갔다.

잠시 후 수잔은 핑크색 장미꽃이 컵 전체를 동그랗게 감싸고 있는 찻잔을 머들 앞에 내려놓았다. 모락모락 연기가 나는 얼그레이 차의 베르가모트 향기가 사무실을 포근히 감쌌다.

"드디어 먹을 만한 걸 주는군요. 퓨리와 서번이 주는 것들은 아주 형편없더라고요."

찻잔을 건배하듯 살짝 들어 올려 보이며 머들이 말했다.

"맘에 드신다니 다행이네요."

수잔은 루이보스 젤리를 마구 뜯어 바닥에 던지고 있는 루니를 보며 머들에게 물었다.

"아이가 올해 몇 살이죠?"

"저번 달에 막 일곱 살이 됐어요. 호오—"

뜨거운 차를 식히며 머들이 말했다.

"일곱 살이라…. 아직 말을 잘 못하는 것 같던데…."

수잔은 조심스레 머들의 표정을 살폈다. 그녀의 기분을 상하게 하고 싶지는 않았다.

"말이 조금 느려요. 그래도 '엄마'라는 말은 곧잘 한답니다."

"그렇군요. 몸 여기저기에 멍 자국도 많던데… 혹시 아이가 자주 넘어지나요?"

"아직 애니까요. 뭐 다 그러면서 크는 거죠."

머들은 대수롭지 않다는 듯 말했다.

"머들, 루니가 또래하고 다르다는 생각은 해본 적 없으세요?"

"전혀요. 그냥 좀 자주 넘어지고 말 배우는 속도가 느린 것일뿐, 우리 루니는 지극히 정상이에요. 오히려 또래보다 훨씬 성숙해요. 엄마가 힘들까 봐 항상 웃어준답니다. 어찌나 예쁜지."

머들의 눈동자는 일몰 직전의 태양처럼 뜨겁게 타올랐다.

"정확한 건 검사를 해봐야 알겠지만, 제가 보기에 루니는 좀 아픈 것 같아요."

"아프다니요?

"루니가 시종일관 웃는 건 발작의 일종이에요. 웃음 발작이라고도 하죠. 즉 웃고 싶어서 웃는 게 아니고, 뇌의 종양이 감정을 통제하는 시상하부를 건드리면서 나타나는 발작인 겁니다. 시상하부는 감정뿐 아니라 발달에도 영향을 미치기 때문에 팔다리에 힘이 없어지고 척추가 휘기도 하죠. 그래서 자주넘어지는 거고요. 언어 기능에도 문제가 생깁니다. 의학 용어로는 앤젤만 증후군이라고도 부르죠."

"병이란 말인가요?"

수잔은 말없이 고개만 살짝 끄덕였다. 머들의 미간이 한껏 찌푸려졌다.

"말도 안 돼요. 잘 웃는 게 왜 병이에요? 우리 루니는 항상 행복하고 기쁜 아이예요. 워낙 낙천적이고 긍정적이라서 그런 거지 병에 걸린 게 아니라고요."

머들의 얼굴이 벌겋게 달아올랐다.

"우선 병원에 가서서 정밀 검사를 받고 전문의의 소견을 들어보시죠. 만일 루니가 약물치료나 수술을 통해서도 웃음 발작이 호전되지 않는다는 진단이 나오면, 앞으로 살면서 눈물로전혀 소득을 얻지 못하는 것은 물론이고 생명까지도 위험해질 겁니다. 하루빨리 검사를 받으시는 게 좋을 듯합니다. 5번 수증기터널에 있는 사회복지부엔 제가 미리 연락을 해두죠. 오늘 교육은 다 끝났으니, 지금 바로 가보시는 게 어떨까요?"

머들은 양팔을 아래로 힘없이 늘어뜨린 채 걸어 나왔다. 루니는 영문도 모른 채 엄마의 손을 꼭 붙잡고 서 있었다.

🖤

"아… 그런 일이 있었군요. 정말 유감이에요, 아주머니. 루니 상태는 좀 어때요?"

"105도가 넘게 척추가 휘었고, 그 때문에 장기들이 다 쪼그라들어서 밥도 못 먹어. 작년에 유명하다는 의사를 찾아 이웃 나라까지 건너가서 열여섯 시간이 넘는 대수술을 받았지만, 그 아이가 어찌나 격하게 움직이는지 척추 대신 박아놓은 티타늄 바가 다 어그러져서 재수술을 받아야 된다는구나. 이미 병원비는 천문학적인 액수라 버티다 버티다 못해 여기까지 왔단다."

그 말을 듣고 보니 머들의 눈가에 주름이 더 깊게 파인 듯 보였다.

"제가 듣기론 사회복지부에서 루니 같은 친구들을 위한 제도가 있다고 들었는데요. 병원비 혜택을 전혀 받지 못하고 계신가요?"

"사회복지부에서는 이미 너무나도 많은 도움을 주었어. 병원비는 물론 생활비까지 도와주셨지. 하지만 그것도 일정 기간이 지나면 새로운 환자들 때문에 지원 대상에서 제외된단다. 이제 마지막 남은 희망은 기체 눈물밖에 없구나…."

띠리리링. 띠리리링.

머들의 가방 속에서 요란한 알람이 울려대는 통에 엠마는 그만 소리를 악! 하고 지를 뻔했다. 머들은 별일 아니라는 듯 가방에서 휴대폰을 꺼내어 알람을 껐다. 그러고는 손가락 두 마디 사이즈의 작은 약통에서 알약 서너 개를 손바닥에 쏟아 낸 뒤, 한입에 탁 털어 넣고는 주변을 두리번거렸다. 엠마는 큰 소리로 퓨리를 불렀다.

"퓨리! 들어와!"

조회실 문이 벌컥 열리며 퓨리가 들어왔다. 워터 캡슐을 받아 든 머들은 캡슐의 상단 부분을 호— 하고 불어서 날려 보낸 뒤, 하단에 찰랑찰랑하게 남아 있는 물을 알약과 함께 꿀꺽 삼켰다. 엠마는 무슨 약이냐고 물어보는 실례되는 일은 절대 하지 말아야겠다고 생각했지만 생각과 행동은 불일치했다.

"머들 아주머니, 어디 아프세요?"

"이거? 우울증 약이야. 신경 쓸 거 없어. 요즘 같은 미친 시대에 약 안 먹는 사람 찾는 게 더 어려운 일이지."

머들은 생각보다 별거 아니라는 말투로 말했지만 엠마는

257

왠지 그녀가 괜찮은 척 연기를 하고 있다고 생각했다.

머들의 표정이 어두워지는 걸 느낀 엠마는 분위기를 바꾸기 위해 황급히 말을 돌렸다.

"그런데 아주머니는 정말 대단하시네요. 기체 눈물을 조회하기 위해선 신청 서류만 해도 백 장이 넘고, 담당자도 열 번 넘게 만나야 된다고 들었어요."

"맞아. 정말 최악이었어. 친구나 가족이 나를 위해 흘린 눈물을 조회해 보는데 왜 눈물관리청의 허락을 받아야 하는 건지 도통 이해가 안 가더구나. 아무튼 돌고 돌아 오랜 시간이 걸렸지만, 드디어 오늘 조회해 볼 수 있어서 정말 다행이야. 사실 그동안 내가 챙겨준 사람들이 한둘이어야 말이지. 생일, 결혼식, 장례식, 송별회 등등 가짓수만 해도 열 손가락이 부족해. 너도 나처럼 미리 이렇게 인간관계를 잘 다져놓는 게 좋을 거야. 이렇게 다— 돌아올 날이 있다니까?"

엠마는 문득 머들을 처음 본 날이 떠올랐다. 친구들의 각종 경조사를 모두 챙기며 전화를 하고 있던 그녀의 모습 말이다. 당시에는 과하고 요란하다고 생각했던 인간관계가 아주 쓸모없는 일은 아니었나 보다 하는 생각이 들었다.

"자, 그럼 이제 어떻게 하면 되지? 루니 때문에 얼른 가봐야 하거든."

"먼저 아주머니의 니블을 찾아서 이 냉각기에 넣을 거예요.

바람이 세니 잠시 눈을 감아주세요."

엠마는 압소바로 머들의 머리카락과 눈썹 근처를 청소하듯이 문질렀다. 그녀의 오른쪽 눈썹을 지나쳤을 때 니블이 기계 안으로 들어왔음을 알리는 파란 불이 반짝였다.

"자, 이제 눈 뜨셔도 돼요."

"소문엔 기체 눈물로 10억 오슬러를 받은 사람도 있다던데, 그게 사실이니?"

머들이 양손을 비비며 물었다. 기대로 가득한 그녀의 눈이 빛났다.

"그… 글쎄요…."

엠마는 대답을 얼버무렸다. 그러곤 조심스럽게 압소바를 냉각기 안에 넣고 버튼을 눌렀다. 그녀는 헤일리 때처럼 엄청난 양의 수증기가 공간을 채울 것이라고 생각하며 어깨를 한껏 움츠렸다.

치익—

수증기는커녕 플라스크에 공기 빠지는 소리만 공간을 메웠다. 엠마와 머들은 미동도 없는 플라스크 내부를 뚫어지게 보며 기다렸다.

그때, 인공지능 스피커가 말했다.

"입금된 눈물이 없. 습. 니. 다."

스피커의 말을 들은 머들이 믿을 수 없다는 표정을 지으며 엠마를 바라봤다.

"지금 뭔가 잘못된 것 같구나. 입금된 눈물이 없다고? 그럴 리가 없는데…."

무언가 잘못되었다고 생각하는 건 엠마도 마찬가지였다.

"제가 버튼을 잘못 눌렀나 봐요. 다시 해볼게요."

엠마는 다시 압소바를 플라스크에 꽂았다. 이음새 부분이 정확하게 들어맞아 탁 소리가 날 때까지 몇 번이고 심혈을 기울여 맞췄다. 그리고 다시 한번 에메랄드색 버튼을 눌렀다. 머들은 매우 기대하는 표정으로 플라스크를 뚫어져라 쳐다봤지만 이번에도 역시 플라스크는 잠잠했다. AI가 다시 말했다.

"입금된 눈물이 없. 습. 니. 다."

머들과 엠마는 당혹스러움을 감출 수 없었다.

"이… 이게 어떻게 된 일일까요…?"

엠마는 어찌할 바를 몰라서 냉각기 버튼을 요리조리 살피며 머들의 눈을 피했다.

"엠마… 그러니까 이 기계가 지금 뭐라는 거야? 기체 눈물이 하나도 없다는 거야?"

"그… 게… 그러니까… 네…."

엠마는 기어들어 가는 목소리로 간신히 대답했다.

"말도 안 돼! 뭔가 잘못된 게 틀림없어. 허— 내가 그동안 챙겨온 사람들이 몇 명인데, 나랑 루니 사정을 뻔히 알면서

단 한 명도 울어주지 않았다는 거야? 말이 안 되잖아. 다시 해
봐. 한 번만 다시—"

"죄송해요, 머들. 규정상 하루에 최대 두 번까지만 할 수 있
어요. 정말 죄송하고 안타깝지만 입금되어 있는 기체 눈물이
없는 것 같아요. 정말 유감이에요."

엠마는 할 말이 도무지 생각나지 않았다. 어떤 말도 머들에
게 위로가 될 수 없다는 걸 직감적으로 알고 있었다.

머들이 갑자기 이상한 소리를 내며 흐느끼기 시작했다.

"흐… 흑흑… 아아…."

엠마는 얼른 일어나 티슈를 챙겨 왔다. 뒤에서 들리는 머들
의 울음소리는 멈추질 않았다. 아니, 오히려 더욱 격해지고 있
었다.

"아주머니, 여기 눈물 닦으—"

엠마는 머들의 얼굴을 보고 깜짝 놀라 말을 멈췄다.

그녀의 얼굴은 방금 막 메이크업을 마쳤다고 해도 과언이
아닐 정도로 매우 뽀송뽀송했기 때문이다. 그렇게 울었는데도
단 한 방울의 눈물도 떨어진 흔적이 없었다. 엠마가 휴지를 들
고 멍하게 머들을 보고 있는 순간에도 분명 그녀는 울고 있었
다. 가슴을 치며 고통스러워하며 목 놓아 소리 지르고 있었다.

엠마는 어쩔 줄을 몰라 했다.

'아주머니가 실망이 크시겠어… 그런데 왜 눈물이 한 방울

261

도 떨어지질 않는 거지? 저렇게 서럽게 울고 계신데….'

엠마가 머들을 위해서 지금 이 순간 해줄 수 있는 건 아무 것도 없었다. 그저 아무것도 하지 않고 머들이 진정할 때까지 기다리는 수밖에 없었다. 얼마나 한참을 울었을까. 조금은 진정이 됐는지 머들의 숨소리가 잠잠해졌다.

"괜찮으세요?"

엠마가 이마를 문지르며 달래듯이 물었다.

"봤지? 난 눈물을 흘릴 수가 없어. 우울증 약 부작용이래. 의사는 치료 방법이 없다고 했어. 분명히 머리와 가슴은 뜨겁게 울고 있는데 눈에선 눈물이 나질 않아. 수술 직후에 루니는 온몸에 열 개가 넘는 호스를 주렁주렁 달고 나왔어. 그 작은 몸에 바늘 꽂을 데가 어디 있다고. 얼마나 가슴이 찢어지던지…. 그런데도 눈물이 안 나오더라. 그래서 결국 돈 때문에 여기까지 왔고…."

"약은 언제부터 드신 거예요? 루니 때문이에요?"

"그 아이 때문이 아니야. 루니가 세상에 태어나기 전부터 먹기 시작했으니까. 난 어렸을 때부터 애정 결핍이 심했어. 그래서 인간관계에 대한 강박이 있었지. 내가 먼저 친구들에게 베풀고 애정을 쏟는 것, 그런 걸 '덕을 쌓는다'고 한다지? 아무튼 그것들이 돌고 돌아 언젠가 나에게 좋은 일들로 돌아올 거라고 간절히 믿었는데…. 사람들은 내가 준 사랑만큼 나에게 돌려주지 않더구나. 그때부터였어. 사람들을 사랑하면서 동시에 혐오하기 시작했던 게. 의사는 나에게 우울증 진단을 내렸고, 사람 말고 무언가 집중할 수 있는 것을 찾아보라고 했지. 의사가 의도한 건 그게 아니었을 텐데, 나는 가정을 이루는 데 집중하게 됐고 루니 아빠와 결혼했어. 이제 영원한 내 편이 생긴다고 기대했지. 더 이상 외롭지도 않고 말이야. 하지만 그게 얼마나 어리석은 착각이었는지…. 가족이 채워줄 수 있는 외로움엔 한계가 있단다. 처음엔 남편이 노력하지 않는다고 생각했어. 그이가 변했다고 생각했지. 매일매일 원망하고, 싸우고… 결국 일 년 만에 나는 루니와 단둘이 남게 되었어. 그제야 깨달았지. 결국 나의 외로움의 깊이와 넓이를 측정할 수 있는 사람은 이 세상에 단 한 사람, 바로 나 자신뿐이라는 걸 말이야. 하지만 나라는 존재가 얼마나 나약한 인간인지 머리로는 알았지만, 관성이라는 커다란 힘 앞에선 바람에 흩날리는 민들레 홀씨 같았어. 나는 다시 인맥 관리에 목숨을 걸게 됐고 사람들에게 기대하게 됐지. 언젠가 내가 준 마음과 사랑을 내게 돌려주기를…. 하지만 오늘 내 우스운 꼴을 좀 보렴.”

“아주머니….”

엠마는 속상하고 답답해서 심장이 쪼그라드는 것 같았다. 머들이 겪은 지난날들을 모두 보고 들은 것처럼, 그녀의 상황과 마음에 자신의 마음이 포개졌다.

"루니는 지금 병원에서 나만 기다리고 있을 텐데… 수술비를 마련해 오겠다고 새끼손가락 걸고 약속했는데… 그랬는데… 흐… 흑… 아흑……… 흑흑흑…… 아아……"

머들의 감정은 이전보다 더 격해졌다. 테이블과 가슴을 번갈아 가며 치다가 결국엔 의자에서 흘러내리듯 주저앉아 바닥에 엎드려 통곡했다.

머들이 눈물 없는 울음을 흘리는 모습을 보자니 엠마의 마음이 더욱 괴로워졌다. 엠마는 본인이 함께하지 않았던 머들의 지난 시간들 안에 점점 더 깊이 들어간 듯했다. 타인의 삶으로 여행을 떠난 시간 여행자처럼 엠마는 머들의 고통 위에 함께 서 있었다.

엠마의 목구멍부터 뜨거운 덩어리가 올라왔다. 앙다문 입술과 턱이 덜덜덜 떨리기 시작하는 게 느껴졌다.

엠마는 온몸을 부르르 떨며 오열하고 있는 머들의 손을 잡았다.

"아주머니, 그동안 얼마나 힘드셨어요…. 그동안 얼마나 외로우셨어요…."

엠마는 머들을 꼭 끌어안으며 그녀의 등을 부드럽게 어루만졌다.

"루니가 나으려면 그 전에 아주머니부터 건강하셔야 해요.

한 아이의 엄마라서, 그 아이가 아파서 강해져야 하는 건 아니에요. 이제 아주머니 스스로를 사랑할 시간이에요. 아주머니도 미처 깨닫지 못했던, 어쩌면 외면하고 무시했던 당신의 아픈 마음을 위로해 주세요. 따뜻하게 안아주세요. '과거의 어떤 하루, 평생 동안 나를 힘들게 했던 그날의 기억, 미처 알아차리지 못했던 마음, 늦었지만 몇 년 뒤에 지금 내가 대신 울어줄게. 얼마나 많이 힘들었어…. 얼마나 많이 혼자 괴로웠니…. 다른 사람들은 다 몰라도 난 다 알아. 아주 작은 부분까지 모두 다 알아…. 왜냐면 나는 바로 너 자신이니까…. 괜찮아, 이제 정말 다 괜찮아. 오늘의 내가 너를 이렇게 크게 두 팔 벌려 안아줄게. 같이 서러워해 줄게. 그리고 내일부터는 함께 웃어줄게.' 이렇게 얘기해 주세요. 그리고 숨 쉬기조차 힘들 만큼 웅크렸던 마음을 활짝 열고 크게 심호흡을 해보세요. 편안해지세요. 당신은 이 세상에 존재하는 것만으로도 너무 아름다운 사람이에요. 당신은 당신 스스로를 사랑할 자격이 충분해요. 부디 스스로를 이 세상 무엇보다 가장 아껴주세요, 사랑해 주세요."

엠마는 자기가 한 말에 스스로 놀랐다. '내가 도대체 무슨 말을 한 거야? 내가 이런 말을 할 수 있었어?' 그녀는 정신이 멍해지고 어안이 벙벙했다.

그때였다. 머들은 무언가 아주 이상한 기분이 들었다. 지금

265

까지와는 무언가 매우 다른 느낌이었다. 목구멍에 덩어리 같은 것이 느껴지며 점점 온몸이 뜨거워졌다. 그리고 그 뜨거움이 액체로 바뀌어 볼을 타고 흘러내리고 있다는 것을 깨달았다. 자신의 등 위로 뜨거운 무언가가 떨어짐을 느낀 엠마는 꼭 잡았던 손을 풀어 머들을 바라봤다. 머들의 두 눈에선 쉴 새 없이 뜨거운 눈물이 맺히고 흐르기를 반복하고 있었다. 믿을 수 없었다. 그런 머들을 보며 엠마는 태풍처럼 몰아쳤던 긴장감과 슬픔 그리고 놀라움에 눈물이 왈칵 쏟아졌다. 아무리 참아보려고 해도 참을 수 없었다. 이번에는 엠마가 이상한 느낌을 받았다. 눈물이 바닥에 떨어지는 느낌이 들지 않았기 때문이었다. 그녀의 눈물은 눈에서 나오자마자 증기가 되어 플라스크 중앙으로 빨려 들어가고 있었다. 냉각기는 수증기를 뿜어내기 시작했다. 점점 그 양이 많아져 앞이 보이지 않고 숨이 막혔다. 엠마와 머들의 온몸을 감싸고도 모자라 실험실 안을 가득 채웠다.

"엠마, 연기가 너무 많아서 숨 쉬기가 힘들어. 냉각기를 꺼주렴. 콜록콜록."

엠마는 머들이 잘못 일어나서 다칠까 봐 그녀의 몸을 감싸고 금방 끝날 거라며 안심시켰다.

잠시 후 수증기가 조금씩 대기 중으로 흩어졌다.

"아주머니, 괜찮으세요? 제 손 잡고 일어나세요."

"콜록콜록. 나는 괜찮아."

머들이 부축을 받으며 겨우 일어났다. 두 사람은 냉각기 안을 보자마자 깜짝 놀랐다.

플라스크 안에는 청록색 드라이 티어스가 은은한 연기를 뿜으며 반짝거리고 있었다. 마치 에메랄드 같아 보였다.

그때, AI 스피커가 큰 소리로 또박또박 말했다.

"땅동. 입금된 눈물이 있. 습. 니. 다."

엠마의 눈물이 입금되었음을 알리는 알람이 울렸다. 동시에 머들의 휴대폰 알림창에도 커다란 글씨가 새겨졌다.

[눈물관리청] 눈물 처리 결과 안내

친애하는 머들 콕스 님, 당신의 눈물은 '과거의 나를 위로하고, 스스로를 사랑하게 된 감동적인 눈물'로 측정되어 다음과 같이 지급되었음을 알려드립니다. 선물 같은 새 삶을 맞이한 당신의 인생을 축하하고 응원합니다. 덧붙여, 자신의 내면을 정면으로 마주한 당신의 용기와 인내에 커다란 경의를 표합니다.

■ 접수번호: 65000231231

■ 지급액: 100,000오슬러

자정이 넘은 시간, 엠마는 침대 위에 앉아 있다. 청보리가 곳곳에 수놓인 이불의 바스락거리는 소리가 마음을 편안하게 한다. 침대는 그녀가 가장 좋아하는 공간이다. 침대 위에선 넘어지고 쓰러져도 아프지 않고 다치지 않는다. 상처받은 몸과 마음을 따뜻하게 감싸 안아주는 이불과 베개가 있기에 가장 안심이 되는 공간이다. 그래서일까? 그녀는 책상이 아닌 침대 위에 앉아 노트를 펼쳤다. 지난번에 쓰다 칸을 미처 다 채우지 못한 부분은 과감하게 넘기고 깨끗한 페이지에 연필심을 갖다 댔다. 그녀는 잠시 고민했다.

'너무 부담 갖지 말자. 나를 위해서 언제 마지막으로 울었는지 생각해 내려는 강박이 너무 심해. 마음을 편하게 먹어, 엠마. 그리고 그냥 쓰고 싶은 것부터 써봐.'

엠마는 스스로를 다독이며 연필을 고쳐 잡았다. 그녀는 오늘 있었던 일부터 써보기로 마음먹었다.

'오늘… 오랜만에 머들 아주머니를 만났다. 아주머니가 그동안 어떤 삶을 사셨는지 감히 다 공감할 순 없지만 정말 마음이 아팠다. 혼자 얼마나 힘드셨을까. 아주머니도 루니도 빨리 나아서 행복했으면 좋겠다. 아깐 정말 놀라고 당황스러웠다. 아주머니에게 했던 말들은 도무지 내 입에서 나왔다고 하기엔 너무 낯선 말들이었다. 내가 그런 말을 하다니….'

엠마는 잠시 노트에서 시선을 떼고 자신이 머들에게 했던 말을 곰곰이 되짚어 봤다. 그러곤 기억나는 말들을 조금씩 적어 내려가기 시작했다.

'스스로 사랑할 시간이에요. 미처 깨닫지 못했던, 어쩌면 외면하고 무시했던 마음을 위로하고 따뜻하게 안아주세요. 과거의 어떤 하루, 평생 나를 힘들게 했던 그날의 기억…'

연필이 멈췄다. 엠마는 마지막 줄을 다시 읽어봤다. '과거의 어떤 하루, 평생 나를 힘들게 했던 그날의 기억…'

투명한 물속에 물감이 퍼지듯 엠마의 머릿속은 어느 날의 기억으로 서서히 번졌다. 그날이었다. 부모님이 돌아가신 바로 그날부터 자신을 위해 울지 않게 되었다는 것을 깨달았다. 병적일 만큼 타인을 위해서만 울었다. 왜 그런 결심을 했는지 엠마 스스로는 매우 잘 알고 있었다. 하지만 이렇게 오랜 시간 동안 지속된 그 결심이 어느 순간부터는 자기 자신을 잊어버리게 할 만큼 커져버렸다. 언제부터였는지는 알 수 없었다. 엠마는 다시 연필을 움직였다. 써 내려가는 속도가 갈수록 빨라졌다. 연필이 채 따라올 수 없을 만큼 감정이 요동쳤다.

'열일곱 살의 내가 했던 그날의 결심. 맞아, 내가 그렇게 살기로 결정했었어. 하지만 너무 오랫동안 나 자신을 돌보지 못했다는 걸 깨닫지 못했던 거야… 이 세상에서 누구보다도 나를 제일 잘 아는 내가, 아주 작은 마음 하나하나까지도 속속들이 다 알고 이해하며 공감하는 내 자신이 '나'를 잊고 살았어… 정말 미안해… 그냥 지나친 너의 모든 순간에 함께하지 못해서 정말 미안해…. 혼자 얼마나 많이 괴로워했니? 울고 싶어도 울지 못했겠지. 내가 너의 모든 순간에 함께하지 않았으니까….'

스킨답서스가 인쇄된 노트는 엠마가 지난날의 자신에게 써 내려가는 편지로 가득 채워졌다. 엠마의 어깨와 등이 조금씩 들썩이기 시작했다.

'내가 미처 알아차리지 못했던 너의 그 수많은 날들, 그 시간에 담긴 마음… 너무 많이 늦었다는 걸 알지만, 오늘의 내가 대신 울어줘도 될까?'

엠마의 입술이 파르르 떨렸다. 연필을 들고 있는 그녀의 손도 잠시 멈췄다. 마치 누군가의 대답을 기다리기라도 하는 것처럼 보였다. 1초. 2초. 3초.

왈칵. 그녀는 울음을 터트렸다. 지난날의 자신에게 '그래'라는 대답을 들은 것이 분명했다. 통제할 수 없을 정도로 격한 감정이 꽁꽁 묶여 있던 그녀의 이성을 풀어냈다. 그녀의 울음소리가 더욱 커졌다.

"미안해…. 혼자 둬서… 외롭게 해서…. 이제 내가 너를 두 팔 벌려 크게 안아줄게. 그리고 내일부터는 함께 웃어줄게."

엠마의 눈물이 이불에 수놓인 청보리 위로 떨어졌다. 마치 이른 새벽에 맺힌 이슬 같아 보였다. 엠마는 쓰러지듯 엎드려 묵혀둔 눈물을 마저 쏟아냈다. 그녀의 침대가 오늘따라 유난히 안전하고 따뜻해 보였다.

밤하늘의 블루

클레어 존슨은 여섯 살짜리 딸 오로라를 키우는 워킹 맘이자 레이크힐 병원의 소아과 전문의다. 그녀의 하루 일과는 매우 단순하면서도 복잡하다. 새벽같이 일어나 밤새 어질러진 집 안을 정돈하고 아침 준비를 한 다음 아이의 등원 준비와 자신의 출근 준비를 동시에 한다. 그마저도 복잡한 수술이 있거나 미리 찾아봐야 할 자료가 있으면 그러지도 못한다. 딸아이가 유치원에서 돌아오면 간식을 먹이고, 놀아주고, 재우는 일은 차로 5분 거리에 사는 클레어의 엄마가 도맡아 해주고 있다. 그녀는 늘 오로라에게 미안하다. 다른 엄마들처럼 하원을 시키러 가지도 못하고, 오늘 유치원에서 뭘 하고 놀았는지 미주알고주알 수다도 자주 떨지 못하며, 놀이터 벤치에 앉아 다른 엄마들과 이야기를 나누다 그네를 타고 노는 아이에게 중간중간 손을 흔들어주지도 못한다. 그래서인지 그녀는 아침 시간만이라도 아이에게 최선을 다하려고 노력한다. 하지만 생각보다 쉽지 않다. 일어나기 싫다며 잠투정하는 아이를 토닥여 씻기는 것은 악몽이며, 옷이 마음에 안 든다며 짜증을 내는 아이의 옷을 열 벌도 넘게 갈아입히는 것은 런웨이 백스테이지보다 더 바쁜 전쟁이고, 정성스레 찌고 볶고 삶고 데쳐서 준비한 아침 식사를 퉤하고 뱉거나 먹지 않으려고 도망 다니는 아이를 쫓아다니는 것은 그녀의 육신을 찌고 볶고 삶고 데치는 지옥과 같다.

쉽지 않은 건 집안일만이 아니었다. 사람들은 소아과 의사라면 귀여운 캐릭터 얼굴이 달랑거리는 펜을 들고 우는 아이들에게 사탕 몇 개나 쥐여주며 편하게 일한다고 생각한다. 클레어도 의사가 되기 전까지는 그렇게 생각했으니까. 그 생각은 의사가 되고 나서 산산조각처럼 부서지고 말았다. '시간이 얼마 남지 않았습니다. 마음의 준비를 하셔야 할 것 같습니다', '사망하였습니다'와 같은 말을 달고 살아야 했고, 분노와 슬픔으로 이성을 잃은 부모들의 욕설과 폭력을 고스란히 받아내야 했다. 그게 대학병원 소아과 전문의의 현주소였다.

새로운 계획을 실천하기 가장 좋은 월요일 아침, 그녀는 검사 결과를 들으러 온 부모들에게 '당신의 자녀가 길면 일 년, 짧으면 당장 오늘 세상을 떠나는 것도 이상한 일이 아닙니다'라는 말을 해야만 했다. 같이 자식을 키우는 입장에서 이런 얘기를 듣는다면 얼마나 고통스럽고 괴로울지 잘 알면서도 어쩔 수가 없었다. 지금 이 시간 이곳에서 그녀는 한 아이의 엄마가 아니라 의사이기 때문이다. 클레어는 그게 자신이 해야 할 일이라고 굳게 믿었고 그게 맞았다.

'코드 블루. 코드 블루.'

심정지 환자가 있음을 알리는 의료 코드가 스피커를 통해 흘러나왔다. 클레어는 직감적으로 누구인지 알았다. 306호의 에비게일이 분명했다. 그녀는 병실을 향해 전속력으로 뛰었다. 머릿속이 복잡했다.

'예상보다 훨씬 오래 버텨주었지만 오늘을 넘기기 힘들다고 말한 지 세 시간도 안 됐는데….'

병실엔 먼저 도착한 의사와 간호사들이 심폐소생술을 하고 있었고, 가족들은 서로에게 몸을 의지한 채 오열하고 있었다. 아이의 할머니는 정신없이 뛰어온 클레어를 보자마자 제발 내 새끼 좀 살려달라며 싹싹 빌었다. 다른 가족들도 덩달아 울며불며 클레어에게 매달렸다. 그녀는 양팔에 무겁게 매달린 손들을 떼어내며 침대로 발걸음을 옮겼다. 의사 세 명이 번갈아 진행하는 심폐소생술에도 에비의 심장은 전혀 반응이 없었다.

　"내가 할게."

　클레어가 순서를 이어받자 땀을 뻘뻘 흘리던 다른 의사가 손을 뗐다. 심폐소생술을 시작한 지 어느덧 20분, 더 이상은 의미가 없음을 의료진 모두는 알고 있었다. 그저 담당 교수인 클레어가 '그만'이라고 외치길 바랄 뿐. 클레어는 애써 그 눈빛들을 무시하며 다시 한번 침대 위에 올라가 아이의 심장을 두들겼다. 심폐소생술을 시작한 지 30분, 심박 측정기의 흰 줄은 야속하게도 직선을 유지했다. 클레어도 이제 더 이상 어쩔 수 없다는 걸 알았다. 그녀는 한숨을 깊게 쉬며 아이 가슴에 포개어놓았던 손을 거뒀다. 아이의 부모가 침대로 뛰어들어 왔다. 천사 같은 미소를 머금은 채 고요히 잠든 아이를 끌어안고 부모는 날카로운 비명을 질렀다. 클레어는 자꾸 메어오는 목을 가다듬으며 시계를 확인했다.

　"안 돼…. 에비야… 눈 떠봐…. 눈 떠…. 안 돼…….."

　오열하는 가족들의 목소리에 좀처럼 그녀는 입을 뗄 수가 없었다. 아이를 끌어안은 엄마의 모습에 그녀의 눈이 흐릿해졌다. 다시는 자식의 따뜻한 온기를 느끼지 못하는 공허함과 자식을 앞세웠다는 자책감. 지금 저 침대 위에 누워 있는 아이가 내 딸이라면… 내가 저 아이의 엄마라면…? 어지러웠다. 눈시울이 뜨거워졌다. 그때 클레어의 이성에 불이 들어왔다.

고개를 세차게 흔들며 클레어는 과도하게 선을 넘은 감정의 끈을 단단히 동여맸다. 그녀는 속으로 같은 말을 반복했다.

'정신 똑바로 차려, 클레어. 너는 엄마이기 전에 의사야. 여긴 병원이고. 절대 울면 안 돼. 네가 울면 널 보고 있는 인턴, 레지던트, 간호사 들이 뭘 배우겠어. 또 보호자들은 어떻고. 감정적인 의사를 어떻게 신뢰하고 자기 아이를 맡겨. 그러니 무슨 수를 써서라도 참아. 지금 네가 해야 하는 건 사망 선고야. 그것만 생각해. 다른 건 생각하지 마. 감정 따윈 잠시 버려둬. 냉정해지자. 사망 선고. 사망 선고. 사망 선고.'

클레어의 표정이 순식간에 차갑게 바뀌었다. 이번엔 조금도 망설이지 않고 입을 뗐다.

"2040년 11월 24일 오전 11시 36분 에비게일 밀러 사망하였습니다."

가족들은 더 크게 통곡하기 시작했다. 클레어는 눈물 한 방울 보이지 않았다. 그저 차가운 표정으로 서 있을 뿐이었다.

그때였다. 아주 미세하게 열린 병실 문틈으로 낯선 이의 시선이 느껴졌다. 안으로 들어오지도 않고 울지도 않는 걸 보니 아이의 가족은 아니었다. 아마도 다른 병실에 병문안을 온 사람 같았는데, 자신을 보는 시선이 시리도록 따가웠다. 마치 정죄하는 느낌이었다.

'당신 같은 의사한테 죽음은 흔하디흔한 일이라 이거야? 그

래도 사람이 죽었는데 어떻게 그럴 수 있어? 냉혈한 같으니!'
소리 없는 꾸짖음이 들려왔다.

클레어는 콧잔등 밑으로 흘러내린 안경테를 고쳐 올리며 눈
으로 맞받아쳤다.

'나도 사람이야. 의사도 사람이라고. 매일 죽음을 본다고 해
서 익숙해질 리가 없잖아? 제발 그런 눈으로 보지 마. 나도 힘
들어…. 겨우겨우 참고 있는 거라고….'

낯선 여자는 독심술이라도 썼는지 화들짝 놀라곤 시야에서
사라졌다.

녹초가 되어 집에 돌아온 클레어는 겨우겨우 신발을 벗고
거실에 들어섰다. 오늘처럼 하루가 긴 날엔 결혼하기 전으로
돌아가고 싶다는 생각을 하는 그녀였다. 물론 가족과 불화가
있는 것은 전혀 아니었다. 단지 결혼을 하고 나니 마음 편히
울 곳이 없었다. 혼자 살 땐 집에 돌아와 소리 내어 엉엉 울
수 있었다. 욕실에서 울어도 됐고, 방에서 울어도 됐다. 밥을
먹다가 울어도 됐고, 일부러 슬픈 음악을 들으며 슬픔에 슬픔
을 보태어 울어도 됐다. 한바탕 울고 나면 시원했고 무거웠던
마음도 가벼워졌다. 다음 날이 되면 또 병원에 출근해 하루
종일 시한부 선고와 사망 선고를 감당할 힘을 얻었다. 하지
만 이제 더 이상 속이 시원해질 때까지 펑펑 울 수 있는 공간

이 없었다. 집에서 그렇게 울었다간 가족들이 무슨 일이냐며 걱정할 것이 뻔했다. 그중에서도 가장 염려되는 건 그녀의 딸 오로라였다. 조그만 아이의 눈에 엄마의 존재는 크고 강하다. 이 세상이란 전쟁에서 끝까지 자신을 지켜주는 방패막이자 요새일 것이다. 그런데 그런 엄마가 울면 아이는 얼마나 불안하고 무서울까? 클레어는 집과 병원을 떠나 마음껏 울 수 있는 장소를 찾으려 노력해 왔다. 인적이 드문 길가, 차 안, 버스 맨 뒷자리, 영화관, 공용 화장실, 공원 벤치, 새벽 시간 거닐던 강가. 그렇지만 아무리 한산한 장소여도 갑자기 누군가 올까 봐, 혹은 볼까 봐 불안해서 온전히 감정에 집중할 수 없었다. 그렇게 조금씩 풀다 말고 풀다 만 감정의 잔여물이 노폐물처럼 몸 안에 쌓여갔다. 그녀 자신도 그 감정 노폐물의 버거운 무게를 느낄 만큼.

클레어는 주방 한쪽에 걸려 있는 LED 벽시계를 확인했다. 저녁 7시 40분. 친정 엄마가 오로라를 집에 데려다주는 시간은 보통 저녁 8시. 아직 20분 정도 시간이 있다. 울 수 있을까? 20분이면 충분하다고 판단한 클레어는 조심스럽게 안방으로 향했다. 불도 켜지 않은 채 화장대와 침대를 지나 가장 구석진 자리로 걸어간 그녀는 벨벳 암막 커튼 옆 코너 벽에 등을 기대며 미끄러지듯이 바닥에 앉고서 두 팔로 무릎을 감쌌다. 그리고 하루 종일 있었던 일들을 차례로 떠올리며 미처

제 시간에 풀지 못했던 감정의 잔여물들을 토해내기 시작했다.

'오늘은 유독 힘든 날이었어. 오전 10시, 필립아일랜드에서 온 가족에게 검사 결과를 얘기해 줬어. 아이 배에 복수가 차서 주변 장기들을 압박하니까 호흡곤란이 오고 있다고. 앞으로 복수는 더욱 넓은 범위에 차오를 거고 결국 이번 달을 넘기지 못한다고. 엄마 보호자가 무릎을 꿇고 사정했어. 내 딸 좀 살려달라고. 같은 엄마로서 그 심정이 너무 이해되고 안타깝지만 의사로서 소견을 말했어. 내가 과연 잘한 걸까? 너무 냉정하게 말한 건 아니었을까? 조금 더 부드럽게 말해도 됐을 텐데. 조금 덜 자세하게 말해도 됐을 텐데….

오전 11시쯤엔 병으로 아내를 먼저 떠나보내고 혼자 딸을 키우고 있는 아빠 보호자가 진찰실에 들어왔던 것 같은데. 아이가 백혈병이라고 말했을 때 그의 표정이 어땠던가. 가뜩이나 뼈밖에 없을 정도로 야윈 그의 얼굴이 내 말을 듣고 더 처참한 몰골이 됐지….

또… 그리고 또… 없는 입맛을 겨우 달래 점심으로 샌드위치를 한 입 먹으려다 하게 된 사망 선고. 215호의 루시아. 주렁주렁 라인을 꽂은 가녀린 팔을 높게 들어 손 하트를 만들어 줬던 아이. 지난주엔 '선생님 감사합니다'라고 삐뚤빼뚤 적은 손편지를 내 손에 쥐여줬는데. 그런 아이를 오늘 내가…. 내 손으로 떠나보냈어. 내 입으로 그 아이의 마지막 순간을 정해

버렸어.'

클레어는 점점 숨 쉬기가 어려웠다. 무거운 돌덩이들이 폐를 짓눌러 더 이상 산소가 지나갈 자리를 내주지 않는 것만 같았다. 그럼에도 무자비한 그녀의 뇌는 끊임없이 괴로웠던 순간을 상기시켰다. 두 번째 사망 선고를 한 에비게일의 얼굴이 그녀의 머릿속에서 떠나지 않았다.

'오늘 떠나기 전에 한 번이라도 더 들여다볼걸. 진통제라도 하나 더 놔주거나 손이라도 한 번 더 잡아줄걸. 그렇게 그냥 보내는 게 아니었는데….' 그녀는 한 손으로 블라우스의 가슴 장식을 움켜잡고, 다른 한 손으로 방바닥을 할퀴듯 헛손질하며 울기 시작했다. 떨어진 방바닥 위엔 눈물 자국들이 물방울 무늬처럼 수놓였다. 등을 기댄 벽의 안심되는 느낌, 누군가 올지 모른다는 불안감이 없는 밀폐된 장소. 그야말로 울기에 완벽한 자신만의 공간에서 그녀는 마음 편히 감정의 잔여물과 그간의 노폐물을 배출하고 있었다.

그때 방문이 벌컥 열리며 그녀의 딸 오로라가 들어왔다.

"엄마!"

이 세상에서 딱 한 사람에게 눈물을 감출 수 있다면 클레어는 주저 없이 자신의 딸 오로라에게 감추고 싶었다. 그런데 하필 이 순간에…. 정신이 번쩍 든 그녀의 눈에서 눈물이 쏙 들어갔다. 재빨리 얼굴을 닦아내고 머리를 손으로 빗어 정리했다.

클레어의 품으로 뛰어들어 온 오로라가 말했다.

"엄마 슬퍼? 왜 울어?"

"엄마 안 울어. 오로라가 잘못 본 거야. 엄마 잠깐 쉬고 있던 거야. 운 거 아니야."

클레어는 오로라의 눈을 똑바로 보지 못하고 45도쯤 아래를 보며 말했다.

"정말?"

"그래, 그렇다니까. 엄마가 왜 울어? 이렇게 예쁜 우리 딸이 있는데. 엄마는 정―말 행복해서 눈물이 나질 않아."

오로라는 큰 눈망울을 반짝이며 클레어의 눈을 요리조리 살폈다. 그러곤 손가락으로 엄마의 눈을 가리켰다.

"거짓말!"

"거짓말 아니야. 정말이야."

클레어가 침을 꿀꺽 삼키며 말했다.

"엄마…"

"응?"

"울어도 돼!"

"뭐?"

"울어도 된다고! 우리 선생님이 슬플 때 우는 건 당연한 거랬어! 여기가 시키는 거랬어!"

오로라가 다섯 손가락을 쫙 펼쳐 엄마의 쇄골에 가져다 댔다. 아이의 고사리 같은 손에서 따뜻한 온기가 전해졌다. 클레어의 눈에 눈물이 다시 그렁그렁해졌다.

"우리 딸. 다 컸네. 위로할 줄도 알고. 근데 엄마는 울 수가 없어. 아니, 울면 안 돼."

"왜? 왜 안 돼?"

"엄마는 어른이니까. 그리고 엄마는 의사니까. 그리고 엄마는 엄마니까…."

"아니야."

오로라가 고개를 세차게 흔들었다.

"뭐가?"

"어른도 울어도 되고 의사 선생님도 울어도 되고 그리고 엄마도 울어도 돼. 왜냐하면, 왜냐하면 사람은 다 울 수 있는 거야. 울지 않으면 아픈 거야. 아프면 안 돼. 아야—해. 여기가…."

오로라는 다시 한번 클레어의 가슴 중앙을 작은 손바닥으로 꾹 누르며 말했다. 클레어는 아이의 손이 닿자 심장이 멈춘 듯 얼어붙었다가 이내 빠르게 요동침을 느꼈다. 여섯 살 딸의 위로가 고마웠고, 자신 때문에 벌써 애어른이 된 것만 같아 미안했고, 아이가 하는 말이 곱씹을 정도로 울림이 있음에 놀랐다.

"고마워… 우리 아가…."

클레어는 오로라를 꼭 안아주었다. 오로라도 클레어의 목을 꼭 끌어안았다. 어쩌면 오로라가 엄마를 꼭 안아준 것일지도 모르는 밤이었다.

엠마는 정신없이 병원을 향해 달리는 중이었다. 루니가 위중하다는 연락을 받았기 때문이다. 머들은 지난 6개월간 꾸준히 엠마에게 연락해 왔다. 먹고 있는 우울증 약의 개수가 줄었고, 이제 감정에 비례하여 눈물을 흘릴 수 있다고 했다. 덕분에 루니의 수술비를 마련할 수 있었다며 뛸 듯이 기뻐했다. 그렇게 모든 것이 안정을 찾아간다고 느껴진 목요일 오후, 척추 재수술을 하루 앞둔 루니는 혼자만의 긴 여행을 떠날 준비를 마친 듯했다. 엠마가 가쁜 숨을 몰아쉬며 병실 문 앞에 섰을 때, 머들은 의사들과 언쟁을 하고 있는 중이었다.

"애가 도대체 왜 이래요?"

루니는 산소호흡기를 끼고 창백한 얼굴로 누워 있었다. 안쓰러움이 뒤섞여 있는 머들의 눈은 더욱 침침하게 보였다.

클레어가 귀에서 청진기를 빼며 나지막이 말했다.

"루니 어머님, 저번에 말씀드린 대로 루니가 더 이상 치료를 버틸 힘이 없어요. 아무래도 내일 수술은 어려울 것 같습니다. 그리고 이제 마음의 준비를 하시는 게—"

머들이 클레어의 말을 뚝 끊었다.

"무슨 소리 하시는 거예요. 아직 멀쩡한 애한테."

"맥 콜린 선생, 오전에 루니 상태 어땠어?"

클레어가 자신의 뒤에 줄 맞춰 서 있는 레지던트 의사 중 한 명에게 물었다.

"평소하고 비슷했습니다…."

키가 아주 작은 남자가 머들의 눈치를 보며 대답했다.

"비슷하긴 뭐가 비슷해! 호흡도 멀쩡하고 생글생글 웃고 있었는데! 당신들은 잠깐 와서 보니까 모르지. 나는 하루 종일 보고 있었다고."

머들이 신경질적으로 말했다.

"저희가 오늘은 하루 종일 번갈아 가며 1초도 빠짐없이 루니를 지켜보겠습니다. 그리고 다시 말씀 나누시죠."

클레어가 뒤를 돌아 의료진에게 눈짓하자 의사와 간호사들 모두 고개를 끄덕이며 각자 수첩에 재빨리 기록했다.

머들은 의사들을 매서운 눈빛으로 한 번 쏘아본 뒤, 루니에게 시선을 돌려 울먹거렸다.

"루니야… 루니야… 어디가 불편해. 엄마한테 말해봐, 응?"

머들은 대답 없는 루니에게 묻고 또 물었다.

머들을 잠시 바라보던 클레어가 뒤를 돌아 앞장서자 맥 콜린을 제외한 나머지 의사들이 우르르 뒤따라 나갔다. 클레어

284

는 문 앞에 서 있던 엠마를 보자 어딘가 묘하게 낯이 익다고 생각했다.

'나를 탐탁지 않아 하는 저 표정…. 저번에도 누가 나를 저렇게 본 거 같은데…'

그녀는 엠마를 은근히 경계하며 병실을 나갔다. 엠마는 발자국 소리가 나지 않게 살금살금 걸어서 루니가 누워 있는 침대로 다가갔다. 2년 만에 본 루니는 말도 못하게 말라 있었다. 마른 정도가 아니라 거의 몸에 붙어 있는 조직이 없다고 느껴질 정도로 앙상했다. 치아 여덟 개가 다 보이도록 환하게 웃던 모습은 찾아볼 수 없었다. 그저 산소호흡기에 자신의 마지막을 맡긴 채 간신히 생명을 연장하고 있었다. 가느다란 양팔엔 빽빽하게 바늘이 박혀 있어 보는 사람의 팔이 다 아릴 지경이었다.

"엠마 왔구나."

머들이 가까스로 몸을 일으키며 말했다.

"그냥 앉아 계세요, 아주머니. 지금 힘들어 보이세요."

엠마가 부드럽게 그녀의 어깨를 지그시 눌렀다.

"연락받고 놀랐지? 정신이 하나도 없고, 연락할 데도 없고…. 제일 먼저 떠오른 사람이 엠마 너였어. 바쁠 텐데 미안하구나…."

"그런 말씀 마세요. 언제든 도움 필요하시면 달려오겠다고 했잖아요."

"우리 루니… 가엾은 것… 내 새끼… 다 내 잘못이야…."

"아주머니 잘못 아닌 거 아시잖아요…. 자책하지 마세요."

"루니는 정말 바보야. 간호사들이 하루에도 열댓 번씩 두꺼운 바늘로 찔러 피를 뽑아 가도, 어쩌다 신참 간호사가 혈관을 못 찾아서 여러 번을 찌르고 또 찔러도 꾹 참아. 내가 혹시 자기를 걱정할까 봐…. 아파도 내색 하나 없이 꾹 참아. 미련하게."

머들의 눈가가 촉촉해졌다. 엠마가 그녀의 어깨를 부드럽게 어루만지며 위로했다. 머들이 엠마의 손에 자신의 손을 포개며 말했다.

"엠마…. 난 루니를 떠나보낼 준비가 안 됐어…. 너무 무서워…. 내가 대신 아팠으면 좋겠어. 내 새끼는 나보다 더 오래오래 행복하게 살았으면 좋겠어…. 나 너무 이기적이다. 그렇지?"

"…."

엠마는 마땅한 대답이 떠오르지 않았다. '루니는 괜찮을 거예요!'라는 말이 선뜻 나오지 않았다. 무책임한 말 한마디에 머들이 더 상처받는 것은 아닐까 걱정이 됐다.

그때 루니의 맥박 측정기가 30 밑으로 떨어지며 마구 울리기 시작했다. 머들은 재빨리 루니 머리맡에 있는 빨간 비상 버튼을 눌렀다. 가까이 있던 간호사 세 명과 맥 콜린 선생이 미친 듯이 뛰어왔다. 맥은 그대로 심폐소생술을 시작했다. 한 줌도 남지 않은 루니의 가슴 정중앙에 두 손을 포개어 일정한 간격으로 압박을 넣으며 수간호사인 헬렌에게 말했다.

"클레어 교수님을 호출해 주세요. 어서요."

헬렌이 쏜살같이 뛰어나가고 남은 두 간호사는 심장 충격기를 세팅하기 시작했다. 엠마는 뒤로 물러나 휘청거리는 머들의 몸을 떠받쳤다. 자신이 힘을 빼면 머들은 바닥으로 곤두박질칠 것이 분명했다.

맥 콜린은 10분이 넘는 심폐소생술에 숨이 턱 끝까지 차올랐다. 헉헉… 헉…. 듣기만 해도 가쁘게 들숨과 날숨을 쉬면서도 절대 멈추지 않았다. 이제 맥박 측정기는 더 큰 소리로 루니의 죽음이 가까워졌음을 알렸다. 그때 클레어가 병실로 달려 들어왔다. 그녀는 다리미처럼 생긴 심장 충격기를 받아 들고 "150줄!"이라고 외쳤다. 헬렌이 숫자를 150에 맞추자 클레어는 뼈만 남은 루니의 가슴에 전기충격을 줬다. 덜컹. 가벼운 루니의 몸이 공중으로 높게 떴다가 다시 침대로 떨어졌다. 맥박이 잠시 올라가는 듯 보였지만 도로 뒤죽박죽 불안정한 포물선을 위아래로 찍어댔다. 클레어는 다시 한번 충격기에 젤을 골고루 바르며 크게 외쳤다.

"200줄!"

덜컹. 또다시 루니의 몸이 떠올랐다 가라앉았다. 그때 맥박 측정기는 잔인할 만큼 선명하고 또렷하게 소리를 냈다.

삐————————.

루니의 심장이 멈췄다. 바쁘게 움직이던 의료진도 그 자리에 그대로 멈춰 섰다.

입을 틀어막고 절규하던 머들이 엠마의 손을 뿌리치고 루니에게로 튀어 나갔다.

"루니야!"

머들은 루니의 머리를 들어 올려서 가슴에 품고 절규했다. 병실에 있는 이들 중 움직이는 사람은 단 한 명도 없었다. 일부는 머들과 루니를 안쓰럽게 바라봤고, 일부는 천장을 보며 크게 한숨을 쉬었다. 정신없이 바쁘고 뜨겁게 움직이던 공간은 일순간에 차갑고 싸늘하게 얼어붙었다. 머들의 고통스러운 포효만이 살아 움직였다. 엠마는 고개를 푹 숙이고 행여나 소리가 날까 봐 입을 꾹 다문 채 울음을 터트렸다. 소리가 새어 나갈 것 같았지만 꾹 참았다. 왠지 그래야 할 것만 같았다. 잠시 후, 머들의 울음소리 위에 또 다른 이의 울음소리가 섞여 들리기 시작했다.

"흑흑… 흑…"

흐느끼는 소리는 머들의 소리만큼 크고 고통스럽게 들렸다. 점점 더 격앙된 목소리가 힘겹게 입을 열었다.

"2041년… 10월 27일… 오후 3시… 49분… 루니 콕스…

사망… 하였습니다….”

목소리의 주인공은 다름 아닌 클레어였다. 그녀는 사망 선고가 끝나기 무섭게 머들 옆에 주저앉아 통곡했다. 동료 의사들과 간호사들은 매우 놀라 당황한 표정을 지었다. 클레어 존슨 교수가 병원에서, 그것도 환자 앞에서 흘리는 첫 번째 눈물이었기 때문이다.

💧

“시청자 여러분, 오늘 저희 9시 뉴스데스크에는 눈물관리청 청장을 맡고 계신 레이먼 펠튼 씨께서 나와주셨습니다. 안녕하십니까?”

수만 개의 조명이 번쩍거리는 스튜디오에서 버건디색 재킷을 걸친 앵커가 레이먼을 보며 인사했다.

“안녕하세요. 눈물관리청 청장 레이먼 펠튼입니다.”

“청장님, 매우 반갑습니다. 오늘 아주 특별한 눈물을 설명하기 위해서 이 자리에 오셨다고 들었습니다. 정말 궁금한데요. 시청자 여러분들께 직접 소개해 주시죠.”

“오늘 여러분들께 소개해 드릴 눈물은 ‘밤하늘의 블루’입니다. 인간이 느끼는 극악의 슬픈 감정, 가장 사랑하는 사람이 죽음을 맞이했을 때 흘리는 그 눈물이 바로 ‘밤하늘의 블루'입니다. 예로부터 신이 사는 밤하늘은 검은색이 아닌 청색이었다고 합니다. 또 동서양을 막론하고 사람의 죽음을 시적으로 표현하면서 '하늘의 별이 되었다'라고도 하죠. 상상하기힘드시겠지만 관리청에 들어오는 수억 개의 눈물들은 15초에하나씩 '밤하늘의 블루'로 물듭니다. 즉 어떤 사람의 가장 사랑하는 이가 밤하늘의 별이 되었다는 뜻이죠. 12, 13, 14, 15.제가 숫자를 세고 있는 지금 이 순간에도 말이죠. 눈물이 '밤하늘의 블루'로 측정되면 그 금액은 상상을 초월할 정도입니다. 사랑하는 가족을 잃은 슬픔은 그 어떤 단어로도 표현하기힘들 정도로 잔인한 슬픔입니다. 그런데 과연 저렇게 많은 돈이 그들의 괴로움을, 상처를, 아픔을 위로할 수 있을까요? 엥커분께선 어떻게 생각하십니까?"

레이먼이 갑작스럽게 질문을 던지자 앵커가 당황하며 대답했다.

"아… 글쎄요…. 어려운 질문이군요. 제 생각엔 돈을 아무리 많이 받아도 가족을 잃은 슬픔을 대신할 순 없을 것 같은데요. 어떻습니까? 제 대답이."

"답은 모릅니다. 보통은 억만금을 준다고 해도 가족과는 바꾸지 않을 겁니다. 내 사랑하는 사람이 죽었는데 돈이 다 무슨 소용이냐 하실 수도 있습니다. 하지만 먼저 앞세워 보낸부모님이나 자식이라면, 그들은 남은 가족이 계속 슬퍼하고 고통 속에서 사는 것을 절대 원하지 않을 겁니다. 누구보다 기쁘고 행복하게 살길 원하겠죠. 자신과 함께했던 시간들을 가끔씩 떠올려주길 바라면서요. 어떤 분들에게는 그 돈이 살아갈 원동력이 될 겁니다. 지금 이 시간에 혹시 사랑하는 사람을 먼저 떠나보내셨나요? 얼마나 힘드신가요? 얼마나 고통스러우신가요? 저는 '힘내세요', '다 괜찮아질 거예요', '시간이 약이에요'라는 그저 무책임한 말은 하지 않겠습니다. 어쩌면 앞으론 더 힘들지 모릅니다. 잘 살다가 문득 화가 나고, 그 사람의 죽음을 인정할 수 없을지 모릅니다. 어쩌면 모두 내 탓이라며 자책하실 수도 있습니다. 이렇게 힘든 날들이 뜨문뜨문 혹은 매우 자주 찾아와 밤새 많이 아프고 힘드시기도 할 겁니다. 하지만 이것 하나만 기억해 주세요. 저희 눈물관리청이 절대 여러분 혼자 그 아픔을 겪지 않도록 돕겠습니다. 항상 이 자리에 서서 기다리겠습니다. 여러분과 함께 걷겠습니다. 그러니 여러분도 부디 밤하늘의 별이 된 사랑하는 이를 떠올리며 행복해 주세요. 행복하려 애써주세요. 살아주세요. 살아주십시오. 고맙습니다."

머들은 마지막 인사를 하고 있었다. 눈감은 루니의 얼굴은 어느 때보다 평화로워 보였다.

"루니야… 사랑해…. 엄마가 정말 사랑해…. 내 아들로 태어나 줘서 정말 고맙다. 너무 부족하고 못난 엄마라 많이 힘들었지? 미안해…. 맨날 기다리게 해서…. 낫게 해준다고 지키지도 못할 약속해서 정말… 정말 미안하구나, 우리 아가…. 너무 미안하지만 너무 이기적이지만 엄마는 너의 엄마로 살 수 있어서 너무 행복했어. 고마워. 이 세상을 다 준다고 해도 바꾸지 않을 내 아가… 사랑한다…. 이제 편히 쉬어. 우리 나중에 만나자. 그때까지 행복해야 해. 엄마도 그럴게…."

장례식장 한구석에 유행이 한참 지난 머들의 가방이 놓여 있었다. 가방 속에 들어 있던 휴대폰이 환하게 불빛을 밝혔다.

[눈물관리청]

친애하는 머들 님, 당신의 눈물은 '밤하늘의 블루'가 되었음을 알려드립니다. 절대 혼자 그 아픔을 겪지 않도록 돕겠습니다. 항상 이 자리에 서서 기다리겠습니다. 당신과 함께 걷겠습니다. 부디 밤하늘의 별이 된 당신의 가장 소중한 사람을 위해서 행복해 주세요. 미리 진심으로 고맙습니다.

-청장 레이먼 펠튼 드림

🌢

띵 소리와 함께 물방울 엘리베이터가 꼭대기 층에서 활짝 열렸다. 엠마는 숨을 크게 들이마셨다가 내쉬었다. 어디선가 아까시나무의 꽃향기가 퍼지고 있는 것 같았다. 진짜 향기가 나는 건지 아니면 플라시보 효과인 건지는 알 수 없었지만, 긴 여행 끝에 '역시 집이 최고야'라는 말이 절로 나오는 것처럼 어려운 길을 돌고 돌아 따뜻한 집으로 들어온 느낌이었다.

"엠마!"

익숙한 남자의 목소리였다.

"레이먼."

뒤도 돌아보지 않았지만 단번에 그를 알아봤다. 그녀가 몸을 돌리자 레이먼이 다시 돌아온 걸 환영한다며 작은 꽃송이를 엠마 손에 올려줬다. 너무 작은 꽃이라 잘 보이지도 않았지만 엠마는 괜스레 설렜다.

아이삭은 이번에 관리청에서 새로 허가가 났다는 과즙콸콸 수박케이크를 게걸스럽게 먹으며 말했다.

"헤이, 엠마! 이거 카페 티얼스 신메뉴야. 부럽지?"

조안은 아이삭의 등을 찰싹 때리며 말했다.

"여보… 가 아니라 아이삭! 내 책상까지 가루 떨어진다고요. 저쪽 가서 먹어요! 엠마! 그동안 고생 많았지? 와서 케이크 좀 먹어. 머핀이랑 커피도 있어."

"조안이랑 아이삭이랑 부부였어요?"

엠마는 자세를 낮추며 레이먼에게 나지막이 속삭였다.

레이먼은 대답 없이 웃기만 했다.

자신의 자리로 돌아간 엠마는 이든이 짐을 싸고 있는 모습을 발견했다.

"뭐예요? 어디 가요?"

앙숙같이 으르렁대면서도 막상 어디 가는 건 불안한지 코앞까지 쫓아가 따져 묻는 엠마였다.

"사람을 오랜만에 만나면 '안녕하세요'라고 먼저 안부를 묻는 겁니다, 네?"

"칫─. 그쪽이야말로 동료가 일 년이나 다른 곳에 파견근무를 갔다 왔으면 '잘 갔다 오셨어요?' '다시 온 걸 환영해요'라고 하는 겁니다, 네?"

레이먼, 엠마, 이든 세 사람은 마주 보며 깔깔대고 웃었다.

"근데 진짜 어디 가요? 나처럼 B동에 파견 근무라도 가는 거예요?"

짐을 챙기던 이든의 손이 움찔했다. 엠마의 표정은 의기양양해졌다.

"아하. 파견 근무를 가시는구면? 에헴. 선배로서 조언하자면 우선 폐수처리장의 조 아저씨는 성격이 괴팍하고 욕을 달고 살고 아─주 무서우니까 조심하는 게 좋을 거예요."

"엠마, 조 아저씨가 무슨 성격이 괴팍─"

"청장님은 잠시 가만히 계셔주세요."

엠마가 손바닥을 펼쳐 레이먼 얼굴을 가렸다.

"그리고 또 마커스 팀장님은 전직 강력계 형사라 팔뚝이 거의 집채만 해서 한 대 맞으면 날아가니까 말 가려서 하고요. 알겠어요? 그리고…"

"그리고 또 뭐요? 또!"

이든이 짜증을 확 내며 말했다.

"오랜만에 만나서 반갑다고요. 잘 다녀와요, 이든."

엠마가 활짝 웃으며 말했다.

커다란 물품 상자를 들고 있는 이든의 귀가 새빨갛게 달아올랐다. 그는 어쩔 줄 몰라 하다가 그대로 쌩하니 엘리베이터를 타고 가버렸다.

"뭐야? 대답도 없이."

빙그레 웃던 엠마는 양손으로 자신의 넓적다리를 찰싹 때렸다.

"레이먼, 제가 듣기론 그동안 너—무 이성적이고 현실적이고 찔러도 피 한 방울 안 나올 것 같은 이든 때문에 측정 금액이 말도 안 되게 적다는 손님들의 컴플레인이 있었다고 들었어요."

"그건 어떻게 알았어요?"

얼굴에서 웃음이 떠나지 않는 레이먼이 말했다.

"로비에서 5번 수증기터널 직원들 얘기를 아주 살짝 훔쳐 들었죠. 사회복지부 말이에요."

엠마가 익살스러운 표정을 지어 보이자 레이먼이 큰 소리로 웃었다. 그를 따라 웃던 엠마는 갑자기 궁금한 것이 떠올랐다.

"참, 데이먼은 어때요? 잘 지내나요?"

"말도 마요. 이제는 울보가 다 되었는지 시도 때도 없이 수도꼭지처럼 울어대고 있어요. 평생 울지 못한 것이 억울해서 이제라도 지난날의 자신을 위해서 열심히 울겠다는군요. 원, 기가 막혀서."

"전 데이먼의 그 마음이 어떤 건지 알 것 같기도 하네요."

엠마는 허공을 응시하며 생각에 잠긴 듯 말했다. 레이먼은 의외라는 표정을 지어 보이며 물었다.

"엠마, B동 견학이 끝났어요. 어때요? 고민에 대한 해답을 찾았나요?"

엠마는 멍한 표정을 거두고 활짝 웃어 보이며 말했다.

"네. 찾았어요. 앞으로도 다른 사람들 이야기에 귀 기울이고, 함께 있어주고, 그들의 감정에 깊게 공감하고 이입하는 데 최선을 다할 거예요. 그리고…"

"그리고…?"

레이먼이 엠마의 말을 따라 하며 고개를 앞으로 쭈욱 내밀었다.

"저의 이야기도 정성껏 들어줄 거예요. 저 스스로와 많은 시간을 함께 보내며, 저의 감정을 세심히 들여다볼 거예요. 저를 더 많이, 더 자주 따뜻하게 안아줄 거예요."

레이먼은 엠마의 고민이 무엇이었는지 어렴풋이 짐작할 수 있었다. 씩씩하게 고민의 답을 스스로 찾은 엠마를 기특한 얼굴로 바라봤다. 엠마도 레이먼을 보고 싱긋 웃어 보였다. 그러곤 몸을 돌려 자신의 자리로 걸어가 깍지를 낀 손을 위아래로 크게 움직이며 몸 푸는 시늉을 했다.

"손님 여러분, 제가 돌아왔으니 이제 걱정 마세요. 그동안 측정액이 너무 적어서 섭섭하셨죠? 지금부터 제가 여러분의 소중한 눈물 한 방울 한 방울에 공감과 진심을 가득 담아 보상해 드리겠습니다. 자, 그럼 시작해 볼까요?"

엠마가 동그란 버튼을 누르자 천장에서 반짝이는 눈물방울 하나가 줄을 타고 내려왔다.

에필로그

똑똑.

"들어와요."

리즈가 A4 종이 열 장을 레이먼 앞에 펼쳐 보이며 말했다.

"청장님, 니블 감정관 인사에 작은 문제가 생겼습니다."

"무슨 문제죠?"

"예정대로라면 이성 담당관엔 이든 펠트로, 감정 담당관엔 울슐라 에반스가 내정되어 있었습니다만, 울슐라가 그만 교통 사고를 당했습니다."

"이런, 많이 다쳤나요?"

"생명엔 지장이 없지만 장기적인 재활치료가 필요해서 사직 의사를 밝혔습니다. 아무래도 감정 담당관을 다시 배정해야 할 것 같습니다."

"유감이군요. 울슐라에게는 위로의 선물을 준비해 줘요."

레이먼은 건네받은 종이를 한 장씩 넘기기 시작했다.

"이 사람들은 은청색 티켓을 양도받은 사람들입니다. 청장님이 이 중 한 명을 감정 담당관으로 결정해 주시면 감사하겠습니다… 만…. 아무래도 서류만 보고 결정하시긴 힘드시겠죠? 기존 직원들은 11월부터 출근을 시작하는데, 티켓을 양도받은 사람은 일정이 미뤄져 1월 1일이나 되어야 출근을 할 수 있으니까요. 그러면 업무 감각을 익힐 시간이 부족할 테고… 문제 발생을 막기 위해선 한 번에 적임자를 선택해야 하는데… 아무래도 안 되겠어요…. 지금 가서 면접을 보러 오라고 연락을—"

"이분으로 하죠."

레이먼이 종이 열 장 중 한 장을 뽑아 리즈에게 내밀었다.

리즈가 염려스러운 표정으로 되물었다.

"이… 이렇게 정하셔도 괜찮으시겠어요? 이분… 안 만나보셨잖아요."

"글쎄요…. 만나본 것 같기도 하네요…."

레이먼은 묘한 표정을 지어 보였다.

"네?"

리즈가 되물었지만 레이먼은 말없이 다른 일에 집중하기 시작했다.

밖으로 나온 리즈가 종이에 쓰인 이름을 내려다봤다.

'엠마 화이트.'

♦

벽에 금이 가 있는 오래된 장례식장 안, 조문객으로 인산인해를 이루고 있는 다른 호실과 다르게 제일 작고 썰렁한 12호실. 부모님의 영정 사진을 걸어둔 열일곱 살 여고생이 수척한 얼굴로 서 있다. 어젯밤 11시, 음주 운전자가 횡단보도에 서 있던 부모를 그대로 들이받아 두 사람 모두 그 자리에서 사망했다는 소식을 들었지만 소녀는 믿지 않았다.

소녀의 부모님은 가난했다. 돈, 학벌, 명예 그 어느 하나 가진 것이 없었다. 건축 현장 일용직이었던 소녀의 아버지는 어린 시절 집이 가난해 하루 끼니로 감자 하나만 먹어도 많이 먹는 거였다며 속없이 껄껄대곤 했다. 그럴 때마다 소녀는 속상한 마음에 그게 웃을 일이냐며 아버지에게 핀잔을 줬다. 아버지가 젊었을 때에는 가족을 먹여 살리려고 중동에 있는 뜨거운 나라인 리비아에 가서 일을 했다고 한다. 일 년만 고생하면 떼돈을 벌 수 있다고 들었지만 현실은 그렇지 않았다.

301

얼마 안 되는 돈과 지병을 안고 귀국한 아버지는 맞선으로 어머니를 만났다. 소녀의 어머니는 꽤 부유한 집안에서 태어났지만 소녀의 외할아버지가 전 재산을 도박과 유흥으로 몽땅 날린 덕분에 열일곱 살이라는 어린 나이에 열아홉 살이라고 두 살 위로 나이를 속여 공장에서 일하기 시작했다고 한다. 창문도 없는 공장에서 빛도 보지 못한 채 고개만 숙이고 일했던 어머니. 환기 없이 먼지만 가득한 공간에서 얻은 건 돈이 아니라 골병뿐이었다. 일하느라 학교를 다니지 못했고 그것으로 악순환이 시작됐다. 어머니는 그렇게 도망치듯 맞선에 나와 아버지를 만났다. 가난한 신혼부부였던 소녀의 부모는 단칸방을 전전하다 마침내 꽤 괜찮은 전셋집을 구했다. 하지만 그마저도 사기를 당하는 바람에 전 재산이었던 돈을 모두 날렸다. 그 후 소녀의 부모는 주인집 2층에 딸린 작은 방 하나를 어렵게 구해 소녀를 키웠다.

소녀의 부모는 하루 벌어 하루 먹고 사는 처지에도 같이 일하는 동료와 주변에 사는 이웃을 항상 생각하고 챙겼다. 소녀는 그저 사람 좋기만 한 부모가 답답해서 '나는 어른이 되면 우리 엄마 아빠처럼은 살지 말아야겠다'라고 다짐했다.

'도대체 무엇을 위해서 저렇게 살까? 어차피 그렇게 살아봤자 우리에게 남는 것은 가난과 배고픔, 무시와 서러움 그리고 오늘 같은 비참한 죽음뿐인걸.'

소녀는 부모의 영정 사진 앞에서 드디어 그 이유를 알 것 같았다.

식장의 조문객들은 소녀의 손을 잡으며 너 나 할 것 없이 비슷한 말을 건넸다.

"네 부모님은 정말 좋은 분들이었어. 힘내라."

"신도 참 무정하다. 네 부모님 같은 사람들을 이렇게 빨리 데려가시니…."

그때, 앞이 뾰족한 명품 구두와 커프스에 신비로운 동물이 새겨진 블랙 슈트를 입은 남자가 들어왔다. 소녀는 남자가 장소를 착각했다고 생각했다. 우리 부모님을 찾아왔다기엔 다른 세상에 사는 사람 같아 보였다. 그도 그럴 것이 남자가 입장하자 경호원으로 보이는 남자 몇 명이 식장 밖을 서성거렸고 곧이어 소녀와 비슷한 또래의 남학생이 남자를 '아버지'라고 부르며 따라 들어왔기 때문이었다. 남자는 소녀의 아버지 사진을 뚫어져라 보며 양손을 모아 기도했다. 그리고 사진 앞에서 들리지 않을 정도로 작게 뭐라고 중얼거리더니, 몸을 돌려 울고 있는 소녀에게 다가왔다.

"엠마, 정말 많이 컸구나?"

남자가 부드럽게 말했다.

"저를… 아세요?"

"그래, 난 네 아버지 비엔의 오랜 친구야. 넌 날 기억 못 하겠지만 난 네가 아주 어렸을 때 너를 본 적이 있단다."

소녀는 말없이 고개를 끄덕였다. 남자는 엠마의 손을 꼭 잡아주며 말했다.

"나는 너희 아버지한테 정말 많은 도움을 받았어."

소녀는 그 말이 믿기지 않았다.

'누가 봐도 가난한 우리 아빠가 도움을 받았으면 받았지, 저렇게 부자처럼 보이는 아저씨가 무슨 도움이 필요해서 우리 아빠에게 도움을 받았다는 말일까⋯.'

"너희 아버지는 내가 가장 힘들 때 유일하게 내 곁에 끝까지 남아줬던 사람이다. 아저씨가 사는 세상은 돈 때문에 친구도 잃고 가족도 잃을 수 있는 외로운 곳이거든."

남자의 표정이 쓸쓸해 보였다.

"너희 아버지가 아니었으면 아저씨는 지금 이 자리에 없었을지도 몰라. 그런데 난 비엔에게 해준 것이 하나도 없는 게 정말 미안하구나. 그 친구가 힘들 때 금전적으로 도와주겠다고 여러 번 권했지만 너희 아버지는 매번 한사코 거절했단다. 난 매번 받기만 했는데, 오늘 이렇게 마지막 인사를 하게 될 줄은 정말 꿈에도 몰랐구나⋯. 그 말을 꼭 한 번이라도 했어야 하는 건데⋯. 그 말을⋯. 내 사랑하는 친구 비엔 화이트에게 평생 동안 한 번도 하지 못했던 말, 딸인 너에게라도 전하고 싶은데 들어주겠니, 엠마?"

엠마는 남자가 무슨 말을 할지 겁나기도 했고, 아버지 대신
내가 들을 자격이 있을까 싶어 잠시 고민했지만 이내 고개를
천천히 끄덕였다.

남자는 소녀의 아버지가 환하게 웃고 있는 영정 사진 쪽으
로 고개를 돌리며 말했다.

"내 사랑하는 친구 비엔, 자네에게 한 번도 하지 못했던 말
이 있어. 진작 전했으면 좋았으련만…. 너무 늦은 나를 부디
용서해 주게. 모두가 내게 등을 돌리고, 가족마저 내 편이 되
어주지 않았던 많은 날 동안, 자네는 항상 내 곁을 지켜줬지.
묵묵히 내 이야기를 들어주고 내 등을 두들겨 주었어. 자네가
없었다면 버틸 수 없었을 거야. 항상 내 곁을 지켜줘서, 내 친
구로 남아줘서, 비엔 화이트라는 아름다운 사람으로 살아줘서
고맙네…. 진심으로 고마워…. 부디… 편히 쉬게 친구."

엠마의 손을 잡고 있는 남자의 손 위로 눈물방울이 투두두
둑 소리를 내며 떨어지더니 하나로 합쳐져 바닥으로 흘렀다.
남자는 소녀의 어깨를 다독였지만 소녀는 잡은 손을 놓자마
자 그대로 바닥에 주저앉았다.

남자의 아들은 깜짝 놀란 듯했다. 태어나서 자기 아버지가
누군가에게 고맙다고 말하는 걸 처음 보는 것 같았다. 남자는
소녀에게서 눈을 떼지 못한 채 아들에게 말했다.

"가자, 레이먼."

남학생은 엠마를 걱정스러운 눈으로 잠시 보곤 아버지를 따라 나갔다.

다시 혼자 남겨진 소녀의 눈물샘은 단단히 고장이 났는지 표정 없는 얼굴에 가늘고 기다란 폭포 줄기를 만들어냈다. 소녀는 부모님의 영정 사진을 한참 동안 바라봤다. 그리고 깨달았다.

'아버지가 나에게 물려준 유산은 돈이나 명예가 아닌, 바로 이것이구나…. 누군가 힘들 때, 어려울 때, 함께 있어주는 것. 묵묵히 들어주고 깊이 공감해 주는 것. 내 아버지는 그런 삶을 나에게 물려주셨구나…. 그런 아버지의 삶을 내가 이어가고 싶다…. 아버지의 모습을 내 속에 담고 살아간다면 아버지가, 어머니가 내 안에서 영원히 살아 계시지 않을까….'

소녀는 무언가 결심한 듯 흘러내린 눈물을 담담히 닦았다.

뚝. 소녀는 더 이상 울지 않았다.

이팝나무가 흐드러지게 피었던 2021년 5월의 봄, 침대 위에 앉아 가수 성시경 님의 「외워 두세요」라는 노래를 듣고 있었습니다. 애절한 가사 때문인지, 아련한 멜로디 때문인지 눈물 한 방울이 툭 하고 제 무릎 위로 떨어졌습니다. 그 눈물을 보며 한 가지 생각이 번뜩 떠올랐습니다. '눈물이 돈이 되면 어떨까?' 하는 엉뚱한 상상 말이죠. 그렇게 이 책이 시작되었습니다.

지면에 담을 수 있는 분량은 한정적이라, 사람이 가지고 있는 무수하게 많은 감정의 눈물들 중 일부만 골라내는 게 쉽지 않았습니다. 미처 담지 못한 눈물들은 더 좋은 기회를 만나

풀어나갈 수 있길 기대해 봅니다.

　우리가 사는 세상에서 눈물은 늘 어른스럽지 못한 것, 남자 답지 못한 것, 창피한 것, 숨어서 해결해야 하는 것, 약해 보이 는 것이라는 사회적 통념으로 가득 차 쓸모없는 것처럼 취급 되는 경우가 있습니다.

　하지만 저는 눈물이 이 세상 어떤 것보다 가장 소중한 가 치를 지녔다고 굳게 믿고 있습니다. 집필하는 수많은 낮과 밤 동안 책 속 인물들과 함께 기뻐하고, 감동하고, 슬퍼하고, 안 타까워하며 얼마나 많이 울었는지 모릅니다. 시간이 가면 갈 수록 인물들과 더 가까워졌고, 그럴수록 공감과 이입은 더 커 졌습니다. 그렇게 차곡차곡 꾹꾹 눌러 담은 저의 진심과 눈물 의 진정한 가치가 독자 여러분에게도 빈틈없이 닿길 간절히 바랍니다.

　지금 이 시간에도 사랑하는 사람이 아파서 혹은 자신이 아 파서, 생계를 이어가기 막막해서, 하고자 하는 일이 풀리지 않 아서, 인간관계에 지쳐서, 소중한 사람을 잃어서, 기쁘고 행복 해서, 진한 감동을 받아서, 그 외에도 수많은 이유로 남몰래 눈물을 훔치는 분들이 있습니다. 여러분이 오늘 흘리는 그 눈 물은 천문학적인 액수의 돈이나 명예와 비교할 수 없을 정도 로 커다란 가치가 있다고 말씀드리고 싶습니다. 그리고 지친 삶 가운데 이 책이 마음껏 편안히 울 수 있는, 아주 안전하고 따뜻한 침대가 되어주었으면 좋겠습니다.

'흐르는 세상'에선 여러분의 그 뜨거운 눈물로 모두 부자 되시고 행복하시길.

2023년 5월
최소망

띵동!
당신의 눈물이
입금되었습니다

초판 1쇄 발행 2023년 5월 9일
초판 3쇄 발행 2024년 1월 15일

지은이 최소망
펴낸이 김선식

경영총괄 김은영
콘텐츠사업본부장 임보윤
기획편집 박하빈 **책임마케터** 권오권
콘텐츠사업2팀장 김보람 **콘텐츠사업2팀** 박하빈, 이상화, 채윤지, 윤신혜
마케팅본부장 권장규 **마케팅3팀** 이고은, 배한진, 양지환 **채널2팀** 권오권
미디어홍보본부장 정명찬 **브랜드관리팀** 안지혜, 오수미, 김은지, 이소영
뉴미디어팀 김민정, 이지은, 홍수경, 서가을, 문윤정, 이예주
크리에이티브팀 임유나, 박지수, 변승주, 김화정, 장세진, 박장미, 박주현
지식교양팀 이수인, 염아라, 석찬미, 김혜원, 백지은
편집관리팀 조세현, 백설희 **저작권팀** 한승빈, 이슬, 윤제희
재무관리팀 하미선, 윤이경, 김재경, 이보람, 임혜정
인사총무팀 강미숙, 지석배, 김혜진, 황종원
제작관리팀 이소현, 김소영, 김진경, 최완규, 이지우, 박예찬
물류관리팀 김형기, 김선민, 주정훈, 김선진, 한유현, 전태연, 양문현, 이민운
외부스태프 일러스트 권서영

펴낸곳 다산북스 **출판등록** 2005년 12월 23일 제313-2005-00277호
주소 경기도 파주시 회동길 490
대표전화 02-704-1724 **팩스** 02-703-2219 **이메일** dasanbooks@dasanbooks.com
홈페이지 www.dasanbooks.com **블로그** blog.naver.com/dasan_books
종이 신승지류 **인쇄** 북토리 **코팅 및 후가공** 평창피엔지 **제본** 국일문화사
ISBN 979-11-306-9976-9 (03810)